藍屋子

蔡素芬——著

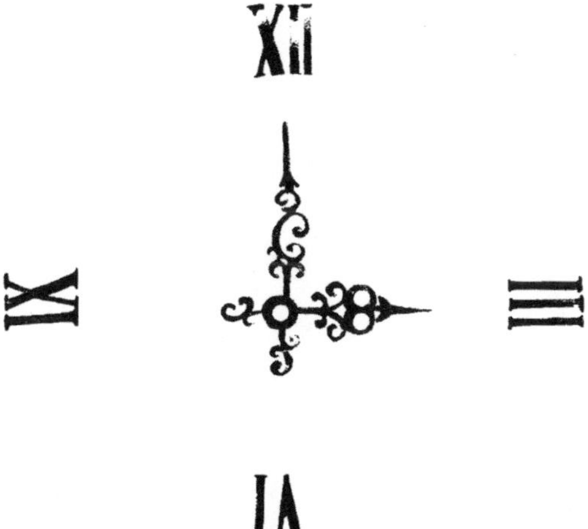

目次

1 藍屋子

室外投來的光線明亮，伴著細微的車囂，這新裝潢完成的居所，位在路口進來的巷子，十四層大樓裡的第八層，窗前對街是一群低樓層的建築，再過去是公園，可以看到公園群樹的綠意，和馬路上延伸到視線遠方的高層建築。地面的聲浪與車影來到這裡像栽入土裡，徒剩一溜聲光的尾巴。

正對陽台落地窗的這片牆一片粉白，陽光灑進來，整個空間明亮中又顯得空盪盪的淒白，華生知道需要一點裝飾，窗邊、牆邊、牆面，都需要一些藝品增加居住的氛圍。舊居搬來的小幅畫掛在廚房和臥室，客廳的這片大牆需要一幅大畫。昨天經過進口藝品行，他帶回來一只雕像燭台，放在餐廳旁的書架上。總是這樣，只求偶遇不求刻意。有天他總會遇上一幅適合擺在主牆上的畫作。

新居離辦公室只有兩條街，走路可以解決上下班的交通問題。如果有寬裕的時間，從那兩條街之間繞到別的街去，商行林立，吃的用的，生活機能健全，他覺得自己像窩居的宅男，除了出差，就完全生活在幾條街之間。假日時，他的桌上攤放的也是工作上的設計圖，在餐廳與客廳之間，是他的工作桌，像吧檯一樣的高度，坐在高腳椅上工作畫設計圖，有居高臨下的感覺，幫助他以為自己可以以較高的角度觀看事情。雖純粹像是一種心理作用，卻確實讓他可以專心思考設計圖的完美性。不管畫在紙本上或電腦繪畫，他所畫的三D立體空間圖都一絲不苟，他腦子裡充滿比例的規畫與空間感的想像。

做為一名空間設計師，有時犯了一種過度透視的毛病，常常想像打穿一堵牆後空間可以變化成什麼樣子，對空間的高低也存在像對待感冒病毒般的敏感，凡是過矮或過窄的空間，他都想像打穿隔層的可能性。他搬了幾次家，這個新房子他看第一眼就滿意，腦子裡馬上動念，打掉一堵牆，重新組合空間，規畫成為可以放鬆心情，坐在工作桌前就想工作的情境。

從工作的空間規畫設計公司下班，他彎到別的街道，邊散步邊找裝飾品，這街上有兩間畫廊、一間歐洲藝品行，畫廊的畫他早先看過，沒找到合意的，這天他走進藝品行，這是來了數次的商行，商品常常更新，不乏好貨，過去在這裡買過燈飾和大小雕像，供客戶裝飾空間。剛才從門外他望見牆上有幾幅畫。現在他站在這幾幅畫前，老闆老胡解釋這次貨櫃運來的比較多掛毯和畫作。掛毯不適合他的空間，這些畫作他一幅幅望過去，其中一幅有著藍色門扉的建築物畫作深深吸引他，畫中前院花園旁，那建築物像個古董商行般，從玻璃窗就反映出裡頭豐富的物品，讓人想推開藍色的門一探究竟，而院中的花草樹木色彩鮮亮。他毫不猶豫，說：「對，我要的就是這幅畫。」他感覺到家裡陽台投進的陽光把畫中花園的樹木和建築物都照亮了。

這幅畫第二天就運到家裡，畫作連框大約他兩手臂張開的寬度，掛上牆面那刻，畫框的四周彷彿有光，強烈的刺激使他剎那間所見的事物只剩色塊，待回神，看清了牆上的畫已穩穩的貼牆懸吊。一片牆因大幅畫而有了生命。一個家因一幅畫而有了精神的重心。從他工作檯的角度望上去，一邊是畫作，一邊是陽台，做為空間設計師，他確認這個空間對他而言完美無瑕。

他常手捧一杯咖啡，坐在沙發上欣賞畫作，畫中花園的深處，屋子的後方，似乎還有一片更大的天地。這樣算是滿足了他對一幅畫的想像，延伸空間的存在讓畫作有生命，這應是一幅畫可以達到的最大滿足感了。

白天雖在設計公司，有時去拜訪業主，有時撥空去看家具展示，了解裝潢素材，他常去看的是燈，以為燈具對空間特別有畫龍點睛的效果，一盞適合的燈飾會使整個空間的感覺產生不可思議的個性。

這天他又去看燈，為某個設計案空間裡所需的十二盞燈尋找靈感，這家燈具行有許多水晶燈，複合在古典線條雕飾的金屬燈架，也有現代式的不鏽鋼造形骨架，膠板與玻璃合組出很後現代的風格。吊燈、罩燈、壁燈、立燈一應俱全。他找造型線條簡約的現代風水晶燈，卻在一排立燈的角落看到一個可轉彎角度的投射燈，只是一個很簡單的喇叭形燈罩，聚合出的燈光很有投射效果。他當下將燈買下扛回家。

這立燈不大不小，容易置放，可放在家裡的任何房間，燈罩可任意轉彎投向任何角落，最理想的地方是放在客廳的角落，炫目的鹵素燈光帶著彩亮的光芒投射向目標物，由於離目標物有一定的距離，不致讓目標物過熱。他轉動它投向他的工作桌，投向沙發，投向桌角一具小小的女性雕像，最後，他將燈遠遠投向牆上那幅他決意命名為〈藍屋子〉的畫作，屋子的藍和花園的花色都像塗上一層光澤，整個鮮活立體得像要跳出畫框。心裡像受到一記鼓擊，突然明白這光線是為了那幅畫而存在，他完全不需要在天花板加設投射燈，這個立燈以略彎的身柱像拋擲般的把喇叭燈罩中的光源投向那幅畫，成為客廳裡一條自然流暢的拋物線。也好像是一條光之線將空間劃為兩半。

白天，他開燈，注意到燈光擴出的光源剛好投射在藍門的門把和門環上，那以獅頭為造型的門環閃著銅金的色澤，夜晚時燈光一投射，門環閃的是金光，他感到很稀奇，而燈光都不打時，門環十分黯淡，像睡著的獅子，在花園的綠葉掩映下並不特別搶眼。

有個夜晚，幾個朋友來家裡喝酒聊天，對他的空間表示讚賞，每個人都站在〈藍屋子〉前觀看良久，似乎深受吸引，還講幾句讚美的話，以為畫作出自哪位大師之手，大家湊前到畫面右下角看外文簽名，是個名不見經傳的人。他說：「這幅畫可能是歐洲跳蚤市場流出來，給蒐購者賣到藝品出口商，跟著二三流甚至不入流的藝品堆在貨櫃裡流浪到這附近的藝品店，剛好適合這片牆而已。」

「歐洲畫作多如牛毛，地攤貨也有珍寶，只要符合自己需要，又不必花大錢，就是撿到寶。」有人說。

也有人說：「應是畫家多如牛毛，我們所認識的只是其中幾根特亮的毛色，不能說其他的就不值一看。說不定這幅是名家之作，給不識貨的流落到一般市場。」

大家雖討論畫作身價，但沒有一個人精通美術鑑賞，只對那畫作頗有好感，便藉題發揮，說不定是因來到他的新居，享受了他的美食美酒後，不得不說的客套話。他的設計師同行，彼得跟他一樣注意到燈光投射後，那彷彿自己會發出金光的門環，在畫作裡只是一個小物件，卻成為視覺的焦點。彼得讚美：「這畫師是自己研磨色粉的吧，這麼細緻，是把金沙磨進粉裡了嗎？」

彼得大半時間飲著酒時，就盯著畫作，臨別前終於說：「哪天你這牆上要換畫，就把它賣給我，我可以以兩倍價購買。」

這真是個好生意，才買幾天就有人出雙倍價。

「彼得，你沒喝醉吧？」

「沒有，完全清醒。」

「你為何喜歡這幅畫？」

「覺得它有光，就像喜歡一個女孩，是因為她有光有吸引力，這是欣賞角度的問題，也是沒有道理的，就是喜歡。」

那個道理也許潛藏在個人的品味中，彼得的回應只是證明了他倆的品味接近，而彼得不惜付出代價。還好他們沒有同時喜歡上同樣的女孩，否則他也許打不過彼得的豪氣。但無論如何，起碼他現在可以哂笑彼得：「怎麼樣？這畫在我手中，你就乾瞪眼吧！」

眾人離去，夜深人靜，耳頰酣熱，彼得對畫作的迷戀眼神令他得意自己的眼光。這麼寧靜的夜裡，馬路上的車聲已細緻得像條線般在這空間浮移。他站在畫作前，腦中擺脫掉彼得的貪戀眼神，他獨自注視畫作，獨享畫作的美麗色彩，花朵彷彿在輕微的綻動，吸引他伸出手，觸撫花朵，手指感受到畫布的紋理與色塊的厚度，花朵靜冷，並不如他想像中的以細緻的動作綻放。他心想，酒喝多了，竟作瘋了。他的手指移到門扉上的門環，撫觸門環投出的金色光澤，又移到門把，油料質地細緻，就算酒瘋也罷，這幅畫是他的，他有權撫摸畫作的每個地方，這金色獅頭和手把多誘人，彷彿一打開，裡頭就會閃出更多的金色光澤。

他手指才碰觸門把，門把卻是動了。莫不是酒精發生作用令他暈眩，他又扳動門把，那門便大剌剌開啟，一股旋風式的吸力將他吸進門，也像一股推力，他一瞬間發現自己站在門內，面對的是一間像陳列室般的大廳，四周牆壁都是半牆高的立櫃，上頭擺滿各種物品，他再眨一眨眼確定眼前景象，發現雖然自己耳頰還有酒熱，但景象確實是個陳列室，他不了解自己如何能進入畫作中那比自己小好幾倍的門扉。他走到最近的陳列物，一只銀器水瓶，觸感冷硬，這是真的，非幻覺。

他再撫摸其他物件，大大小小的瓷碗、造型殊異的銅製燭台、有鐘錘擺動的座鐘，那擺動的樣子令空間很詭異，好像有一陣一陣輕微的風鬼魂般飄動，他想看看這房裡還有沒有別的東西會動。他往另一個開著的門走去。

看來像是臥室的地方，開著的櫃子裡有一長排的服飾，像演戲用的戲服，色彩都很鮮豔華美。再走入另一間，也是堆滿器物，像是儲藏室，它有一條通道連到廚房，廚房的另一道門通向後院。廚房的爐子是炭爐，爐架上有一隻茶壺，而木製的櫥櫃是鄉村風，開架的部分放了許多茶杯。這不是個古老房子，但也不是多新穎的現代房子，儲藏室與主廳的器物看來又像是許多許多年前，已經入土的人生前使用的東西。這到底是個什麼樣的房子？他走到後院，樹木茂密，葉綠花紅，好像有園丁照顧似的，卻不見半個人。

前院和後院間有道柵門，他在後院待了一下，樹林的後面似乎很空曠。他又走回屋子，隨手拿起水壺邊的一個錫杯，從水壺裡倒出水來，剛才和彼得他們酒喝多了，喉嚨乾，好想喝水，但不確定這水能不能喝，拿到鼻前聞了聞，沒特別的味道，淺嚐一口，是水，甘美。他拿著那杯水，往前廳走，一切擺置整整齊齊，櫃上和物件上都沒有灰塵，這是一個虛假的地方嗎？可是手中那杯水是真的，鐘錘也在擺動，這水的甘美很像某個礦泉水品牌的水質，他一口飲盡，喉嚨感到清爽多了。這回他好奇前院，或許有人在前院，他扭開前門那個和門外一模一樣的獅頭門環下的門把，手一推開門，眼前一陣暗後是道亮光，眼睛瞬間改變受光，眼皮感到沉重，但慢慢看清了眼前的景象。

這是他家，客廳裡還點著燈，外頭的街道是暗的。他是從夢中醒來嗎？他躺在沙發上，剛才的景象是一場夢嗎？他坐起來，發現手裡緊緊拿著從藍屋子廚房拿出來的錫杯，杯身閃著銀光。他不禁背脊挺直，心裡一陣涼。

將錫杯放在廚房的流理臺上，聽到杯身碰觸流理臺人造石時發出清脆的碰觸聲，這邊和剛才那邊好像透過這聲音串連起來了。他卻恍恍惚惚心神不寧。擰熄客廳的燈，想將剛才的景象阻絕於黑暗中。他摸黑走回臥室，希望這一切都只是一場夢而已。

2 獅頭門環

深沉，如在水中，泗出水面，呼吸暢然開通，華生睜開眼睛，清楚明白自己從一場深眠中醒來，也清楚知道心裡掛意的是什麼。他不疾不徐到浴室盥洗，換一身乾淨舒適的衣服。他要確認自己是像平時那樣過著清晨的生活。他走到廚房打開冰箱，拿出吐司，放入烤麵包機，以咖啡機泡一杯咖啡，每個動作都是平時的動作，將早餐做好放在桌上準備享用前，他終於轉身面對昨晚放錫杯的流理臺角落。

是的，那錫杯在角落發光。

他一邊用餐，一邊凝視那畫，也凝視客廳另一牆的鏡子中反射的自己，長相和昨天一模一樣。但他感到自己體內的器官也許在變形，促使自己長成一頭怪獸，只不過仍以舊皮囊包裝著罷了。

出門上班時，他將錫杯放入公事包，裡頭還有他的設計圖。從走入辦公室那刻起，他感到不踏實，好像自己已經不是原來的自己，他坐在位子上，不時摸摸公事包裡的錫杯，證明錫杯確實存在，去茶水間或洗手間回座位，也要摸摸錫杯，中午吃便當，他特地買平時吃的排骨飯，確定目前所存在的這個空間是真的，到走入會議室，設計師聚集起來聽業務報告，投影幕升起的速度仍是慢慢的，足以讓人打兩三個哈欠，有人在咖啡機那裡沖泡咖啡，一切都是確實存在的。他心神不定熬到下班，多走了幾條街，這都是平時會走的街，每個店家都跟日常一樣運作，沒有變形，也沒有消失。走入一家日本料理店，坐在平時慣坐的位置，和老闆寒暄，點愛吃的鰻魚飯，伸手摸摸公事包裡的錫杯。還在，冷硬的觸感，杯身的弧度詳述了杯子的樣貌。

一直到回到家，他取出錫杯，放在客廳茶几中央，他坐在自己的長形工作桌，望著那杯子，再望望畫，這一切如此不可思議，使他決定再一次試驗真實性。他走向立燈燈光投射所在的畫，伸手觸摸那金光閃閃的門把，一推，瞬間，身子一陣輕緩的顫動，他就置身在上回一模一樣的場景，這裡仍是白天的景象，時間感停留在畫中的白畫時分，鐘錘仍擺動，他走過臥室走過儲藏室，來到廚房，又到後院繞了一圈，一模一樣的花草樹木，回到廚房，爐上的水壺仍是同一隻，而爐邊什麼也沒有，原來的錫杯已被他拿走。

他拿起那隻壺，來到主廳，隨手又拿了一隻展示檯上的銅製長型燭台，走向大門，扭動門把。與上次一樣的經驗，眼前先是一陣黑，接著便感應到自己家裡的光線，仍然是躺在沙發上的姿態，一隻手裡握著茶壺和燭台。

他坐直身子，撫摸這兩樣東西，感受物品的質地，靜默的注視，內心感到無限的孤獨，這個奇幻般的遭遇，竟沒有一個人可以分享。是他私心裡，覺得還不到分享的時刻，這該是個秘密。

幾天後，他將那燭台和錫杯拿去老胡的藝品行，問老胡可曾看過這樣的東西，老胡仔細端詳這兩個物件，說：「這燭台滿像中世紀時代歐洲教堂裡的用品，錫杯又像東南亞錫產地的用品，做工相當講究，是手工打造，和現在的機器生產不同。這東西有來歷。相信是藏家的東西吧？」

老胡的說法使他心中遲疑，問：「可以在你這裡寄賣嗎？看有沒有行家有興趣？」

「這應該拿到古董行寄賣，我這裡只是一般的藝品，放這兩樣太尊貴了。」

老胡不知道他從這裡買走的畫帶給他的驚奇體驗，這兩件物品本出於老胡店裡的畫，他想把物品放在這裡，等待有緣人。

「不如就放在你店裡，看有沒有人有意思，賣不賣得成都沒關係。」

老胡堅持那是古董店裡的東西，不肯收，只替他介紹了一位開古董店的朋友，說可以拿去那裡估價。

基於好奇，他來到古董店，古董店老闆掂著物件，沉思甚久，追問物件來源，他只說，是朋友相送，覺得用不著，來估個價看有沒有市場。老闆說：「沒看過這樣的東西，很難估價。若不反對，就放在店裡，給有興趣的客人自己出個價。」

過幾天，那老闆來了電話，說有客人要了那燭台，開了數萬元的價。這讓他感到很驚嚇，有人願意買下那來路不明的器物，那麼到底藍屋子裡的東西有多少價值，又是什麼時代的呢？

為了解謎，他又數次進入藍屋子，每次去就提一隻大提袋，袋裡塞滿物品即刻離開。每次屋子都悄無聲音，卻一樣一塵不染，在那空間，他感到缺乏存在感，但看到花園的花有凋謝有新生，卻又詫異不已，在這裡仍有自然界的時間感，那麼為何每次進來都是畫面上的白天，而擺動的鐘錘所指示的時間也都是三點。下午三點，那就是畫面時間，也是藍屋子永恆不變的時間。

他將數次進出所蒐集的物件放在客廳裡新裝設的展示架，某個週末夜晚，他又請彼得等幾位好友到家裡喝酒，這是他們維持友誼的一種規律，每隔一段時間，就會到他的窩裡東聊西扯，主要是他單身一人，空間自由。

友人也很輕易發現他新設的展示架，玻璃層架放置形狀大小不一的瓷瓶、銅雕、漆器，和近乎如水晶般透澈的玻璃杯器。有人就問：「你哪裡搞來這些東西？」

彼得對那些展品仔細端詳，說：「這些東西的工藝性不俗，樣式也不是坊間的商品，應該有點來歷吧？」

「你看這些值錢嗎？」他問，他知道彼得識貨，同是空間設計界好手，對藝術品有一定程度的見識。

「值錢，看來源如何，也有可能身價不凡。不會是國寶吧？」

「國寶？隨便拿得到啊？這些不過是我一個親戚寄放的，要我好好保管，我就鎖在展示櫃裡。」

彼得問：「親戚是商人？」

「要這麼說也可以，跑船的，跟商船四處去。」

「難怪，是滿有見識，帶回一些寶物。」其他朋友說。

雖然他胡謅了一個跑船的親戚，但證明了朋友們對這些物件價值的認定。他現在像個飄浮的人，在兩個空間進出，可以把那個空間的寶貴東西帶到這個空間來。他想起，不如自己來開家高檔藝品店吧，貨品不必多，但求有緣人，他好奇什麼樣的人對從藍屋子帶出來的物件有興趣。

兩個禮拜後，他在附近常去的街上找到一家小小的店面，他根據藝品行老胡的指導，跟一些藝品品質較高的進口商進了大部分的商品，留一個專屬的特製櫃子，噴上藍漆，擺放藍屋子拿來的物件，這藝品店只能算是他的兼差，他雇請一位年輕男助手阿忠，在下午三點鐘開店門，店名就叫「三點鐘藝品」。他傍晚下班後過來，九點前後離開，讓阿忠照顧藝品行到夜裡十點打烊。假日時，則待更長的時間。凡有人想買下藍櫃子裡的物件，都特別註記，願意留下客戶資料的，也詳加登記購買的品項和金額，不願留資料的也不強求，但會大略記下長相性別外觀等。

經營「三點鐘藝品」三個月，藍櫃子區的供貨還不虞匱乏，每次他進入畫中的藍屋子，光儲藏室的物件，就似乎源源不絕的，他怎麼拿，物件仍堆疊滿室，到底有哪些品項，無法細覽。來店裡的真正行家不多，通常靠直覺的美感和可親的價格購買，願意買藍櫃子區貨品的客人較少，但通常品味與財力等高，客人會對貨品來源詳加追問，他多半說是國外商行帶回來。阿忠也不疑有他，因為藍櫃子區的貨品都是他親自帶來，而其他區的貨品是藝品進口公司送來由他們挑選。買藍櫃子區貨品的客人有些會常來看看這櫃有什麼新進貨，或者詢問他特定的物件，他會在進入藍屋子時，特別留意能不能發現客戶指定的物件。而他的設計師朋友們，耳聞他兼差開店賣藝品，也偶爾來看看他店裡有無他們的設計案中用得上的品項。這樣一個經營藝品店的門外漢，在這條熱鬧的街上也逐漸受到矚目，維持一個往上升的營業額。

而更可怕的是，有些物件，他標很高的價格，也能遇上有緣人將物件帶走，這是完全沒有本錢的生意啊。夜裡他坐在家裡看著藍屋子畫作，鹵素燈星燦的投射光下，畫作宛如夢境，他的遭遇亦宛如夢境，他賣了藍屋子裡的物品，算犯法嗎？那邊空無一人，法律存在嗎？他只是很想知道誰會喜歡上藍屋子的物件，他們買走了藍屋子的物件，生活會有什麼變化？門把上端的獅頭門環，閃閃發光，不可思議的兩個空間的交界，為他帶來財富。這也是他要留下客戶資料的原因。他懷疑，這幅畫作是否也是藍屋子流出來的，世上真的有這樣一座藍屋子嗎？畫作怎麼會輾轉來到老胡的藝品店，老胡的藝品店還有什麼奇寶？

有了這想法後，他又陸續去老胡那裡買了些看來奇特的藝品，但帶回家後沒發現什麼特別之處，倒是老胡以為他有了自己的藝品店還往他店裡買藝品，再奇怪不過了。他只說：「本業是設計師嘛，看到適合某種空間的物品，就會想搬回家。」他將家中的一個空置房間拿來當儲藏室，放置這些買來的藝品，和陸陸續續從藍屋子拿出來的物件。

有天，有個窕窈的小姐，短髮俏麗，短裙迷人，戴著墨鏡，來到店裡，她巡視了一番店裡的藝品，然後摘下墨鏡掛到鵝黃色棉T胸口，看了一會藍櫃子區的物件後，問說：「請問有門環嗎？」

「門環？」那天週六下午，店剛開，三點，他坐鎮在店裡，聽說要找門環，他直接問：「哪一種門環？」

「我一直在找造型特殊的，最好是獅子頭門環？」

「哦，特殊用途？現在的房子很少用門環。」

「新家的布置，有扇復古門的設計。」

小姐講話不疾不徐，但聽得出很想找到理想中的門環。

「大概希望在什麼價格帶？」他試探性的問。

小姐正眼瞧他了，而他正好可以將小姐看個仔細。細眉，櫻桃嘴，微有鳳眼，輪廓有形，鼻子小巧，大耳垂吊著鋼圈耳環。古典中散發時尚感。

小姐說：「沒有價格限制，你開什麼價就什麼價，如果那正好是我需要的。」

「很貴也沒關係嗎？」

「要貨先看到滿意。」

那小姐離開的身影輕巧俐落，一轉身像風一樣消失在門前，他追出去，在她背後說：「小姐明天下午三點後來看貨吧！」

那小姐說好呀，很快走入逛街人潮，一溜煙般消失。

那天店裡來了不少客人，週末總是這樣，消費者逛街兼採買，來店裡的客人買的大都是一般的藝品，藍櫃子區一件也沒賣掉，畢竟這區標價高，賣一件就足以支付店面一個月的開支，有些特別的物件，他還擺在家裡的儲藏室惜售。

忙到回家倒頭就睡，隔天一早一睜開眼，那位短髮小姐的俏麗身影浮現腦海。快速盥洗，用過早餐，從工具箱裡拿出兩支不同寬度尺寸的起子和鉗子放入褲子口袋，隨即來到畫作前，伸手按住門把，注視門把上的一對獅頭門環。多少次他進入這門，從來只推門把，門環對這屋子來講，只是一個裝飾物，連當門響的功能都用不上，因為裡面沒人。

他推門而入，裡頭依然空無一人，為了確定門內的同款門環可以取下，他毫不浪費時間的把褲子口袋裡的所有工具掏出來，放在門邊的櫃子上，連昨天就放在口袋裡的手機也放在櫃子上，口袋清空，方便他蹲下來研究如何拆內門的門環。這是個特殊的屋子，有門把還裝門環，而且內外門都裝，每個門環都是兩顆螺絲釘釘上去的，要拆並不困難，他挑了寬度較小的那把起子，轉動螺絲，一下子就拆掉了一個門環，連鉗子都用不上。拆下另一個門環後，門上只剩四個螺絲孔和原來的把手。他將四顆螺絲放進褲子口袋，將起子和鉗子也放進口袋，門環拿在手上，急著想試看看少了門環的把手能不能推開門。手一扭動門把，眼前先是一陣黑，又是一陣亮，他知道他回來了，而手中仍緊緊握著門環。

坐到工作桌，將注意力放回新接的一個展演空間設計圖，先畫了一個空間分區的草圖，再就主展區想一些細節，時間也就一點一滴過去了。自己動手做了簡單的三明治午餐即到店裡，和阿忠碰面，並將帶來的金色獅頭門環以絨布擦亮，找到一個精緻的禮盒，將門環置入，四顆螺絲也裝在一個套袋裡，放入禮盒襯底的緞布上。

準三點，店面開張，展示架上的燈光投射在物品上，燈光彰顯藝品寧靜的質感，三點零五分，俏麗的短髮小姐戴著墨鏡如約前來。進店後，她拿下墨鏡，他捧出禮盒，那對門環的金色光芒潤澤溫暖，獅頭毛髮栩栩如生。那小姐驚叫了一聲，說：「對，太完美了，我要的就是一對像這樣的門環。」他隨口給了一個百萬價格，小姐二話不說掏出黑卡，刷卡了結，即提著那禮盒消失於街上人群。

連年輕的阿忠整個臉都僵住了，大概心想不過是一對漆色上得很均勻的門環啊！他則懷疑是否自己不識貨賤賣了門環呢？真想拆下正門的門環給古董行家估估價，但他知道正門的門環呈現在畫上，是拆不下的。真想找個人聊聊，了解一下門環到底有什麼學問。他掏手機，想打給彼得，口袋左摸右摸，沒有手機，唉呀，忘在藍屋子的櫃子上了，那時只記得把工具放回口袋，忘了手機。將店面交給阿忠看管，他得回藍屋子拿手機。

回到家裡，就直接到畫作前，伸手觸摸門把，扭動推門，但怎麼推都推不動，他後退幾步，詳觀畫作中藍屋子的門把和上頭的門環，一模一樣，並沒有任何改變，他再次扭動門把推門，仍然如如不動的站在自己屋中。

他頹然坐入沙發，又站起來走動，又試著走入畫中，一整個下午，一整個晚上，重複著這樣的動作，但徒勞無功，像魔法瞬間幻滅。

他打電話給阿忠，問有留下那位小姐的資料嗎？阿忠說，賣的時候太慌張，成交在瞬間完成，忘了請小姐留資料。他想，也許可以透過信用卡銀行查小姐資料，但銀行絕不會透露客戶個資。

他整晚打電話給自己的手機，沒有人接聽，接聽才有鬼呢，那屋子除了一大堆物件，什麼人影也沒。那支手機是充飽電的，他只是要確信，即使進不了畫作中的藍屋子，那個空間還是存在的。手機有響聲讓他相信，確實有那個空間的存在。

隔天他去辦了新手機，接下來的日子，下班後常站在自己的店門口，守株待兔般等待那小姐的身影，一日兩日，小姐沒有出現，他也每天嘗試進入畫中，仍無法進入。所有過去的經歷真的像一場夢，可堪安慰的是，從藍屋子帶出來的物件仍在儲藏室和店裡，這些物件證明了那邊空間的存在。

他吩咐阿忠，藍櫃子裡的物件不賣了，只做展示。然後他翻閱過去買過藍櫃子裡的藝品的客戶資料，請阿忠開始聯繫客戶，以詢問滿意度為名，看客戶會不會透露出任何有關那藝品帶來的奇幻經驗。

數日後，阿忠說他打了幾通電話，客戶對買回去的藝品滿意，除此之外，沒表示什麼。華生便不再作聲，他怎能要求阿忠問客戶，買去的藝品對他生活有影響嗎？那太踰越一個店家的商業行為了。

他只能不斷打電話給遺留在藍屋子裡的手機，以確保那空間還在。手機仍然響了一會兒後就轉入語音留言。電池的電力會耗盡嗎？如果耗盡了，是否以鈴聲聯繫的藍屋子空間就如斷線的風箏，不再存有？無論如何，他仍舊打電話，確認那空間仍在，明知最終都是轉入語音留言。

某個週末，他坐在店內櫃檯，盯著外頭經過的人影，期盼那位俏麗的短髮小姐出現。過盡千影皆不是，他百無聊賴，自從進不了藍屋子後，他一直以來彷彿魂掉了一半，做什麼事都不起勁。他把玩手機，隨手撥了一通電話給舊手機，響了十聲，等著它轉入語音信箱，卻是一個接通聲，手機聲筒傳來一聲女性的聲音，喂。他瞬間毛髮直豎，腦門充血，連同椅子跌得四腳朝天，眼光穿過阿忠驚嚇蒼白的臉色，落在天花板上的一片粉白，頓時周遭一片朦朧，在過度曝白的視覺裡，那聲喂像個囚銬，那邊的人聲像法令，無形無狀的把他網羅其中，他覺得自己在飛，也好像在跌落，他要手機，他要手機，和那邊對話，卻只聽到自己不斷喂喂喂，喉嚨乾緊，眼前一片霧白。

3 兄弟來訪的夜晚

華生醒來，第一眼看到眼前一片白，眼珠轉了轉，意識到這是個房間，牆面也是粉白，房裡有藥味、消毒水味，右側不遠有一扇門，左側是窗戶，床邊有櫃子，櫃子上有水壺和水杯，床墊柔軟，床板很硬，他的手摸到金屬床架的冷涼。是醫院病房，沒有錯，他躺在醫院裡，那麼記憶的最後一刻是什麼？

似乎一片粉白，他望向天花板的粉白，腦中浮起人往下跌的畫面，那是最後的印象。往下跌時，他手上應握著手機。此刻他伸展兩隻手掌又合上，手掌裡什麼也沒有。但手機裡那聲女聲的喂，回想起來仍令他感到震驚，隱約一絲害怕像蟲蠕動般翻攪得他難受。他想坐直身子，兩手撐床鋪才感到下肢動不了。他靠手肘的力量試著移動身體，抬起臀部，右腳卻感到沉重脹痛。半翻起上半身，掀開被子一看。右腳下肢到腳踝包著石膏，腫成一截大樹幹，沉重得動彈不得。他想找來護士問問，轉頭看到床邊的按鈴線垂得有點遠了，伸手搆不到，索性移動左腳，看能不能帶動右腳下床。努力了五六分鐘，右腳動都不動，骨頭內的疼痛讓他使不上力。

門卻開了，助手阿忠手上拎著一隻木製長丫型枴杖走進來。他以疑問的眼光看著阿忠。阿忠臉露愉悅，靠近過來，俯身低頭看著他的臉，說：「醒了，你覺得還好嗎？腳感覺如何？」

「我怎麼在這裡？腳為什麼包起來了？」

「咦，你忘了？你暈倒，腳踝撞到桌腳又跌到地上，把腳骨跌裂了，送來醫院照X光打石膏時，你清醒過，怎麼就忘了？」

「那麼我睡很久了嗎？」

「二十小時。」

阿忠將枴杖放在床邊：「今天開始你得習慣木杖當你的另一隻腳。」

「我根本不記得照X光打石膏的事，我只記得跌下來時，手上還拿著手機。手機呢？我的手機呢？」

阿忠走到衣櫃前，打開衣櫃，從掛在衣桿上的薄外套拿出手機，遞給他。「既然你醒來，要打給誰就隨意打吧，反正現在你躺在床上動不了，不怕跌下來了。」

他撫著手機，查詢上一通通話紀錄，是他的舊手機號碼，紀錄顯示接通了，接通時間只有三秒，他就跌成狗吃屎的慘狀，而現在他仍心有餘悸，那個女聲在他心裡清晰到不斷的製造迴音。在阿忠面前他不願洩露一點情緒，他將手機放在床頭。

「那麼我在這裡住一晚了嗎？」

「對的，睡了一晚。想聯繫你的家人，但不知道電話，昨天我陪你到十一點，看你睡得不錯就回家了。早上來看你仍在睡，陪了一下就去買枴杖，醫生說你需要枴杖。你半夜都沒醒嗎？」

「或許有，又睡著了，我不記得。醫生的意思是我可以回家了嗎？」

「醫院如果安排出院，通常都是中午十二點以前辦理，現在已經過了辦出院的時間了，我估計還得住一晚，大概明早醫生確認過就可以回家。」

他掀開被子，試著在阿忠的攙扶下下床，右腳仍無法使力。

「不要急吧，慢慢來。」阿忠將他按回床上。

「你昨晚一直陪我，那麼店裡怎麼處理？」

「昨天將你送來醫院，就順便將店門關上。要通知你的家人嗎？如果你的家人來陪你，等一下我可以來得及三點前去開店門。」

他當機立斷：「不必通知家人，回去貼個條子，說休息一週。明天把我帶回家後就放你假。」

「你需要的話，我會到家裡看需要幫什麼忙。」

「好的，再說。」

他確定阿忠是個好助手，聰明有主見的年輕人，讓他安心，但該死的，他不能說出藍屋子的事，這是他永遠不能說的秘密，尤其在那邊有回應後。他束手無策，而無法請阿忠幫他想辦法，如果阿忠知道店裡賣的藝品是從藍屋子拿出來的，會怎麼想？消息走漏出去，購買者知道後又會怎麼想？他得堅信，只要跟一個人講，即使關係再親密的人，都可能有守不住口的時候。消息一旦散布，他又如何面對社會質疑和撻伐？也說不定一講出來，阿忠將他當作具有妄想症的神經病，將他送精神科。

望著床頭櫃上的手機，他沒有勇氣再撥舊手機的號碼，真的擔心萬一那個女聲又接起，跟他追究他從藍屋子帶出那麼多器物，且一部分賣出了，那該怎麼辦？而且一想到原來那邊有人，他的頭痛就勝過腳痛，腳上那坨腫大的石膏顯得無足輕重。從畫面穿過去的空間不但存在，還可能有人，而他每次去卻看不到人。他感到迷迷糊糊，無法理清這些經驗的虛實。

難以入眠的夜晚，心裡老想著舊手機是否有人會回撥，為了擺脫女聲的糾纏，索性將手機關掉。關掉後，兩手托在後腦杓，現在也只有這兩隻手管用了，眼睛望著粉白的天花板，終於想起來到醫院的畫面，他坐在輪椅給推到X光室，那時脖子幾乎是整個歪向左肩，不是他無力撐起，而是像裝死一樣的不想清醒面對舊手機有回應這件事。

隔天一早辦了出院。阿忠送他回家，他在家中不斷練習以枴杖走路，確認行動可以自理。他要阿忠幫他採買足夠食用一星期的食物置入冰箱。跟公司請了假。他要當一星期的宅男，打算過足不出戶的日子。而他做的第一件事是打電話到電信公司暫停舊手機的通訊。

工作桌上有進行中的設計工作，他必須儘量利用這星期將這份展覽空間設計圖規畫出來交給公司。接下去有一個精品店空間規畫，最好是先完成展覽空間規畫再進行精品店空間規畫，才能專心一致沉浸在該案空間的想像中。

他坐到桌前，抬頭望著那幅藍屋子發呆，沒有勇氣再走過去摸摸那門把，他知道摸了也是徒然，就算真的能進入那幅畫，他現在並沒有勇氣和準備到那畫裡與可能在畫裡的人見面。

每天都對那畫視而不見，放假狀態中的阿忠偶爾來看看他的生活需要，幫他送洗衣服。阿忠頻問他需不需要請家人來。他感到尚能拄著杖走動，就不勞煩住在台中的父母，何況父母也還工作著。腦海不自覺巡索過前女友們，不免感到自己的蒼涼，歷任女友皆無能繼續相偕前行。

他把自己退居在工作桌與臥室、廚房間。把枴杖放一旁，他得先完成展覽空間的設計圖，藉電子郵件傳送到辦公室給總監。這個展覽空間是以商品陳設為主，為了加入藝文氣息和強調商品的文創性格，特別在展區規畫了一個舞台，可做為活動的主持舞台，也可當戲劇的表演舞台，在一週的商品展出期間，會有一天一檔的短劇演出。他所要負責的是展區的空間分隔，商品區和表演區、人群走動的空間大小等等，舞台上的燈光音響則有專業處理。

他得演算空間比例、入場人數、參觀人數、攤位排列、人群動線、各區的人群容納量，以便做更適當的空間規畫。這類藝文性濃厚的商品展售，常搭配藝文表演，他們公司以低酬勞從事空間規畫聊表對藝文的支持，或可說藝文活動無利可圖，以平實的價格接案可賺取經驗，尤其像他這種有數年資歷又稱不上第一等級的設計師，展場是可以應付得來的工作。事實上舞台區的規畫並不複雜，但講究氣氛，他以黑色為主調，幾面黑色隔間牆加上色調單純的幾何線條造型就足以營造氣氛了。

居家的第三天，把完稿傳送回公司，他頓覺身體重量減輕，拄杖站起時靈活許多。也可能他已適應拄杖的生活，除洗澡時得替右腳包好防水膜，坐在塑椅上拿蓮蓬頭沖水，準備功夫有點費事外，其他事項倒沒有太多麻煩，而且不出門反而簡化了生活，那些穿街走巷混亂視聽的形色光影都退化為湖中影似的，不生波瀾。

交出完稿的當晚，剛過七點，彼得和幾位同事好兄弟們拎著便當滷味到家裡來，從手提袋裡拿出兩瓶紅酒，打算小酌。他們全自動打開廚房櫥櫃，拿出盤子筷子就圍成一桌，將食物都倒在盤子上，酒杯也斟了酒，五個人，若要打一桌麻將，一個人當侍候茶水的，倒是很適合消遣漫漫長夜。只不過他們從來沒有打麻將的習慣。

「你的設計稿我看過了，交給總監看，總監說沒什麼問題。所以提食物來為你祝賀一下。」彼得說。彼得年紀不比他大多少，身材高壯，對生活很有品味主張，三十好幾了，也如他一般孤家寡人。

「真夠意思啊！」他夾起滷味雞腿，毫不客氣的大吃大喝。

「總監說，接著那個精品店，也要有初稿出來。」

「嗯，逃得過嗎？品牌資料有在看。」這是設計師的基本工作，替品牌的店鋪做設計，總要讀品牌歷史和精神，藉以找靈感，他有自信自己起碼是個負責認真的空間設計師。

他擅長的是有時尚感的設計，而彼得擅長運用東方古典元素做典雅的復古設計，這是他為什麼想問問彼得對於門環的看法。彼得既自己來了，算自投羅網，哪有不問的道理。他問：「彼得，對門環了不了解？材質和行情怎麼樣？」

彼得替大家斟了酒，眼神專注，像尋找記憶庫般的說著：「門環古代就有了，銅製鐵製錫製都有，按官位高低有不同的材質規定，銅製是最上品，古董店或許可找到歷代流傳下來的門環，價格就難說了，古董價格就是一個願打一個願挨，喜歡了，價格受得起就出手。當然也有商業目的生產的，仿古新製都有。」

「現代什麼樣的人家需要門環呢？」

「我在設計上接觸的案例，有一戶人家在陽明山上買了別墅改修，新設一對大門，上頭要門環做裝飾，業主從新加坡帶回一副古式門環，門環相當大，在古時應是將相王侯家用的，要我為那門環設計一道相襯的大門。門環在過去當門響用，等於現在的門鈴，可是在當代的設計，都當裝飾用。我也有業主是把門環安在花園的門上當復古感用的。」

「這麼說來，價錢由來源和品相決定？」

「哪個東西不是這樣呢？像眼前這瓶紅酒，」彼得拿起他帶來的酒，將瓶身轉了一圈，遞給他，「法國波爾多產區，五大酒莊之一的酒，光是二軍而已，價錢就相當不親民，若是一軍酒看年份等級又分很多價格帶，上百萬的酒都有。就像皮包，精品與平價，來源與材質不同，身價不同啊！」

他放下瓶身，故意回嗆彼得：「我只問門環，你談到紅酒、皮包。好啦，感謝帶來高貴的酒，這回被你上了一堂課。學到的東西必要的時候要運用上，哪回我如果設計到古典風格，說不定也用上門環。」

彼得回應：「搶單啊？有本事你搶！」

他們一下飲盡一瓶酒，眼前食物橫掃一空，其中一名專跑工務的同事阿丁一面清理桌面，一面說著：「請女朋友過來吧，拿枴杖還要自己做家事怪可憐的。」

「他是疼女朋友，不捨得女朋友當他僕役！」另一個也是空間設計師同事艾倫說。

彼得接口：「你們不要煞風景，人家已經缺腳，女朋友也八百年前告吹了，不然哪輪得到我們帶酒來這裡撒野。去去去，收盤子的收盤子，洗碗的洗碗，好讓華生休息了。」

四個兄弟當起僕役，有的收拾桌面有的倒垃圾有的洗碗，彼得走到藍屋子畫作前凝視了一會兒，又欣賞一回展示櫃裡的藝品，華生坐在餐桌一端望著彼得，不敢多說一句，彼得卻回頭跟他說：「這幅畫畫的像是西方房舍，大門上卻安了門環，底下又有把手，真是奇特。」彼得好像還想說什麼，華生別開臉去看廚房裡忙著的兄弟，假裝沒注意彼得說話，彼得也沒再多問，只是背著手靜靜的站在畫前。

兄弟們收拾妥當，說要替他拿垃圾到樓下垃圾處理室，便拎著垃圾袋走了。

室內回復安靜，剛才的喧鬧像一陣風颳過，卻有一股熱情如暖流沒有帶走，他坐在暖流的氛圍中，不禁有點感傷，多事的阿丁何必提起女朋友，他原想忘掉前女友們，禁不起兄弟的挑動，在深夜竟感寂然。回到工作桌前，用工作克服寂寞應是最好的辦法。但剛才喝多了，腳感到腫脹，包著石膏的右腳如石塊，連腦袋也昏昏沉沉，閉關才第三天，他就像躺在墳墓裡感到沒有生氣沒有希望，雖然兄弟才來看過他，但越是熱鬧越對比此身孤涼。尤其那無解的畫中天地，真令他感到無可奈何。

尚無睡意，只好打開電腦上網殺時間排遣寂寞。說也奇怪，阿丁的嘴巴難道是皇帝嘴，說什麼是什麼。郵件傳來一封前女友露西的信。信上說：「華生，你還好嗎？我已從日本回來台灣工作，在那邊旅館工作的三年期間，雖然忍耐著和你聯絡的衝動，但回來後，卻忍不住給你發封信。當初那麼冒然自願到日本的旅館工作，真是對不起，年輕貪玩，想看看外面的世界。結果在那邊工作很辛苦，不敢跟你講。還是回來台北心情上較輕鬆。只是跟你問候，讓你知道我回來了。」

完全失聯三年的露西竟然來信，在這個夜晚，那信上的文字像懾人的音符，悠悠勾起兩人過往的情愫。三年前，露西在他們時有爭執的情況下，毅然決定去日本九州宮崎的旅館工作。那天她來跟他說，她受不了他的忙碌，不再忍受他的不體貼，決心要去日本工作一段時間。「那麼意思是要分開嗎？」他問她。她說：「可以說是這樣。」基於男子風度，他成全她，心裡莫不隱隱明白她應是另有選擇，他沒有話可說，情場敗將，女友無心戀他，兩人時有齟齬，分開看來是必然。

而今露西這封信，他原可置之不理的，但竟馬上回信：「露西，回來又是一個新的開始，這三年想必收穫豐富。我最近腳傷，就暫不去看妳了。」信送出去了，才感到自己太衝動，露西並沒有要他去看她，他自白什麼？露西的信明明有懺悔的意思，他為何還故意忽視，是男性的尊嚴使他故意目盲吧？他這樣思考時，郵件又跳出一封回函。露西問：「什麼樣的腳傷？我來看你，請給我地址電話，你原來的手機號碼我打不通了。」

那麼露西打過電話給他，找不到他才發信。他給了她新手機號碼，信末附上，不必來看他。

信才發出去，手機響起，十之八九，沒錯，是露西打來的。他聽到她的聲音，腦海浮現她清秀的臉上瀏海柔軟的覆蓋半邊額頭，他那時老想去撥開她的瀏海。露西的聲音在這寂靜的夜裡，像從日本打來的，時間空間都很遠，畢竟三年沒聽到，這時聽來有點不真實。

「謝謝你給我電話，意思是不反對我打給你？」

「從來沒反對過。」

露西好像想了一下才反應過來，說：「是啊，那時是我要去日本的。」

他無意考古，問：「現在都好嗎？」

「想見你。」

她柔美的聲音像土石流難以招架，他從來束手無策，在被動的狀態下等待命令，過去她說要離開他，現在她又說想見他，上回她決定去日本，這回她在電話那頭問：「我可以來看你嗎？就是聊聊天。」三年時間的距離，好像因這句話而縮短如昨日。

「我現在不方便，我不能去接妳，也不能為妳準備點什麼東西吃！」

「如果你沒有其他顧慮的話，我帶點東西到你那裡，反正你腳傷不方便。」

他不知道自己怎會答應她明天下班後直接到他家來，像夢遊中說出的話，他對她說好，明晚見。

等他頹然坐在沙發，面對寂靜無聲的室內，他有一種茫然的感覺，不知道明日太陽升起時，晨曦將溫和的撥開昏暝顯現清朗，還是將以強烈的光線刺激視覺，令人目眩難辨東西。

4 重逢

露西拎著一袋熱食來按門鈴，華生拄著枴杖到玄關對講機啟動門鎖。露西搭電梯上來，高跟鞋聲音停在門外，他打開門，看見露西一頭齊肩直髮，兩側頭髮遮住臉頰，小臉蛋看來更小，瀏海下的神色多了滄桑感，那是三年的時光刻上去的，也可能是生活的不如意留下的痕跡，但她杏仁般水亮的眼睛，小巧的鼻子，厚薄適中、看來有點任性的性感的唇，仍是那麼熟悉而令他內心感到絲微的痛楚。

他閃身讓她進來。露西一邊脫鞋一邊望著他的腳和枴杖，將熱食放上玄關櫃上，兩手觸摸他褲管下包得腫脹的腳踝，詫異說著：「哎唷，你比想像中嚴重，誰知你竟是石膏腳呢？怎不說？」

她將食物帶進餐廳，他撐著枴杖靠在牆邊看她打開櫥櫃找碗盤，露西很熟練的將上層櫥櫃一個個翻開，確認了每個櫥櫃擺放的容器，取出三個盤子兩副碗碟和筷子，將外帶來的食物移置盤中，餐桌上一下子色香味俱全。

兩人都站著，露西身子靠在餐桌後的櫃子，兩人對望了幾秒，空氣的流動彷彿都聽得出聲音來。露西說：「我進來後，你還沒開口說話。」

華生額上滲出細細汗水，他舉起手背擦去汗水，才慢慢挪動枴杖，坐到餐桌前。坐下來時，他發不出聲音，他並不知道自己會短暫的失聲，只是望著露西。露西坐在他對面，為他鋪好碗筷，低頭挾菜，他沒動筷子，她挾了些菜到他碗裡，問：「我買的食物你沒胃口嗎？」華生沒有反應，露西垂下眼瞼說：「抱歉。」她放下碗筷，起身挨到他身邊，抱著他說：「抱歉，原諒我，我那時一意要離開，我傷害了你，抱歉……」

華生將她的瀏海撥開，仔細看著她的臉，像要辨認三年的空白到底有沒有改變了什麼。三年前，他幾乎哀求她不要離開，露西卻堅決要到日本的旅館工作，那等同分手的決定，讓他心冷，試著交往的女友，也都無法成為固定伴侶。她卻在這時又闖進他的生活。

「為什麼？為什麼妳回來？」

「你不希望我回來？」

「我以為結束了。這三年妳沒有來一通電話。」

露西又伸手想抱住華生，華生將她輕輕推開。露西說：「我有點良心不安，心想你一定生我氣，我不敢打。」

「不是不敢打，是不想打吧？不然怎麼現在又敢打了？」

露西移開視線，注視桌面的木質紋路，說：「對不起，看來你真的生氣，氣到現在。可是你也讓我來了，不是嗎？告訴我，這腳傷怎麼回事？」

「就是不小心跌倒。人走路不是有時也會撞到桌角嗎？所以坐著也會打個瞌睡跌下來，就是這樣，從椅上跌下來。」

「你需要幫忙，我下班後可以過來，我來照顧你。」露西回到座位，挾菜到他盤子裡。

「我還可以，就是所有動作慢慢來就是。謝謝妳來看我。」

「不要再謝了，我應該來的，除非，你……」

華生低頭吃飯，她帶來的食物應是精心挑選過，一些港式點心，還溫熱著。他只顧用餐，在家待一天，確實也餓了，露西講什麼，他閃神沒注意，但突然聽到露西說到「L旅館」兩字，像利刀飛過耳際般。

「什麼？妳說什麼？妳現在在L旅館工作？」

「是啊，不然呢，就只會旅館的公關工作，不知要找什麼別的事做。」

華生心裡閃過一道靈光，L旅館是很有歷史的旅館，由清領時代一個河岸邊的茶棧發展成日治時代的一個小旅館，戰後經擴建，在原地重建成一棟擁有更多房間的旅館，近幾年又打掉重建成現代的新穎旅館，裡面保留了旅館發展的各種重要紀事和紀念性文物，不但有專屬的發展沿革陳列室，相傳也有一些收藏在密室裡的資料。他眼神瞬間光采了起來，望著露西的眼光變得神采奕奕，他問：「妳為何在那裡工作？還習慣嗎？」

「我一位堂叔看我有日本旅館工作的經驗，聽說我要回台灣，就介紹我先到L旅館工作，剛好這邊需要補一名公關人員，他和旅館高層認識，我就暫時有工作上的銜接。才工作兩個月，之前在日本旅館工作的經驗讓我在台灣這邊可以接得比較順暢。」

「跟在日本的旅館工作有什麼不同？」

「這一時說不清，大略來說，是日本的管理一板一眼，權力位階很敏感，台灣這邊好似沒這麼嚴謹，人的相處也比較隨和。」

「妳在日本有發生什麼不愉快的事嗎？」

露西看著她，眼神閃爍，臉上肌肉不自覺僵硬了些，她開始收拾碗盤，到水槽洗滌，華生坐在原位望著她，她苗條的身材，令他內心蠢蠢不安，他調開頭去看牆上的畫作和展示架上的藝品，現在即使他要搬動那些，將藝品隱藏起來，也力不從心。

客廳的燈光投在藍屋子畫作上，自從走不進那畫後，他覺得再大的光亮投在屋子的金色門環和門把上，也感覺不出那色彩的吸引力。他內在頹喪，身體又難以移動，感到自己如今像廢人似的。露西洗好碗走過來，他一把拉住她，露西蹲下來，他便將她整個肩膀攬過來，嘴唇貼著她的腮邊，游移到她的嘴唇，封住了她的，只有這時候他覺得自己有用。露西肩膀動了動，掙脫開來，說：「你好像有心事。」

「沒有。」

「那你為何看來這麼不專心。」

「是嗎？抱歉，我腳上這石膏讓我很不自在。」

露西俯下身來，手指頭順著石膏包紮的上緣撫觸到下緣，紗布下冷硬的膏體像堵穿不透的石牆，她問：「你這樣怎麼上班？請假到哪時候？」

「本來請了一星期，看來好像還不行。」

「到石膏拆以前都要請假吧？」

「不知道，下星期再說。請假的話也沒什麼影響，可以電郵傳圖。」

「這網路時代，實在太方便了，什麼資料都可以傳送。」

「是啊，是太方便了，如果要使用的話。若沒那個心使用，電腦擺在那裡也沒用，妳消失的三年，想都沒想過用電郵傳信傳照甚至視訊。現在又突然出現，說吧，那個把妳哄到日本去的男人是否拋棄妳了？」

「我來不是因為被誰拋棄了，是因為真的想來看看你。」

「那這三年怎麼不來看？妳沒回過台灣嗎？沒上過電腦，不知怎麼傳封信嗎？現在大家都使用社群軟體了，妳也沒搜尋過我。妳那時說要走就走了。連妳哪天去日本我都不知道。」

露西拎起皮包，走到玄關，說：「我來不是要跟你吵架，你卻好像不原諒我。要我怎麼做呢？」她轉動門，一隻腳跨出去又縮回來，回頭問他：「垃圾應丟哪裡？我拿下去。」她回到廚房拎起垃圾袋。聽不到華生的回應，她看他，華生像具石膏像一動不動，臉色僵硬。

「你這樣我怎麼走？」露西拎著那袋垃圾，挨到他身邊，很柔軟的聲音問：「要我留下嗎？我不是被拋棄了，是為了想回來看你，知道自己當初的決定太匆促，來當面跟你說抱歉，如果可以請讓我照顧你，你這陣子，有個人幫忙總是好的吧？」

華生試著拄杖站起來，她幫他扶好木杖，華生往客廳去，站在畫作前凝視，回問她：「妳覺得這幅畫怎麼樣？」

「在你這客廳滿相稱的。」

「我搬來這房子不久，天天看著它，可以掃去心中的陰影，可以暫時忘記妳離開後留給我的空虛感。」

「現在我來了，我可以取代那幅畫嗎？」

華生將視線移到她臉上，那細緻姣好的臉龐，眼裡透出的彷彿是一縷飄浮的幽靈，可以停留在任何地方，也可以隨時飄開。初識她時，她還是個大二的學生，他一度以為那眼神充滿了靈氣，如今懷疑只不過是幽魂罷了。或者，他根本不願意承認那靈氣，因為那靈氣曾飄離他，而今來到身邊，不確定它的真實性。

「畫是畫，妳是妳。」雖是這樣說，他到入門的邊櫃抽屜拿出一把家門鑰匙，交給她，說：「由妳保管，隨便妳進出。」

露西緊緊抱住他，嘴唇從他的額頭游移到頸項，游遍他的面頰。那包垃圾置於門邊，塑膠袋不規則的塌陷，冷冷的蒼涼。那整夜，露西沒踏出公寓，室內的空氣有一種令人窒息的氛圍，兩人都小心翼翼，怕驚動那氛圍。露西的手滑過華生那隻包裹著石膏的腳，停在華生胸膛那片溫熱時，華生身體輕輕的震顫了一下，這熟悉的手的觸感，熟悉的兩個人體溫的漫染，他曾以為那溫熱已消散在時間的洪流裡，卻在此時，回湧得突然。

肉體的歡愉可以滿足，他卻像還在飢餓狀態的小男孩，求知欲望超越肉體的愉悅，他問她：「妳能在L旅館為我找到一些資料嗎？」

「什麼？」她意識昏昧，還沒意會到他的問題。

「資料。L旅館有清末時代以來的茶棧和旅館流變的資料，有些可能沒對外公開，妳有機會看看可不可以看到記載那時搭河邊商船往來的那些住客商人，身邊帶的是什麼貨物？」

「又不是商社，一個供人住的旅館，怎會有這些資料。你要這些貨物資料做什麼？」

「難說，也許旅館裡比商社的記載更有用，我只是想看看不同時代，人們在使用什麼商品，商人帶入了什麼貨物。」

「原來不只是空間設計師，還對歷史上的貨物買賣有興趣！」

「做空間設計，很多物品概念都用得上。再說，把這些知識當個人的養分不也很好？」

華生低頭看到的是露西充滿疑惑的眼光，在暈黃的燈光下，像個誤入迷宮，尋不著出口的小女生。他環抱她，閉上眼睛。閉上眼的時候，不必遇上她的疑惑。他可以走入自己的內心，彷如也看見一座迷宮。

5　宮崎的露西

露西發出電子郵件，心裡像颳起一陣秋風，三年前的情景歷歷在目。那天她跟華生說：「我們就這樣吧，我要去日本。短期不會回來。」華生眼裡漫生一湖凝冰的水霧，他問她：「沒有餘地？」她沿著公園的地磚轉身離開，拐過一排榕樹，榕樹的垂鬚將樹叢掩映得彷如深不見底。她沒有回頭看他。

三年後的現在發這封信，她怎能寄望他回信，甚至懷疑這會不會還是一個有效的郵件地址。

三年多前到旅展攤位服務，遇到山田先生，在他眼裡看到一條曲徑似可通向幽深的神秘花園，她感到四周的空氣有異樣的感覺，旁邊的人似乎都不存在，在那刻，她以為和華生三年的感情完全瓦解在那一眼的凝望中。

憑著簡單日語，和山田先生交談起來，他是宮崎縣J旅館的高級主管，來台灣參加旅展介紹他們的旅館，也希望吸收一些旅館業的服務人員到日本，因為在日本有許多台灣來的觀光客，若能從台灣聘請服務員，對台灣旅客來講，相當有親切感。

三天哄哄鬧鬧的旅展活動，她除了以旅館實習生身分協助向台灣客人介紹宮崎的觀光景點外，也大推山田先生所屬的J溫泉旅館的設施、湯種，和料理，雖然自己從來沒有在J旅館待過，透過詳細文字資料和照片，向顧客轉述，彷彿自己也是旅館的員工之一了。所以旅展結束兩個月，山田先生從日本打電話問她要不要去宮崎J旅館工作，她馬上答應。腦中浮現的是山田先生親切的笑容、帥氣的舉止、穩重中又有詼諧，眼尾有一個微微上揚的角度，使他隨時看起來精神奕奕。

山田的邀請，讓她可以一畢業即找到工作，還能出國體驗日式生活，似乎是天上掉下來的禮物

對山田的好印象是個引子，她轉身離去是為了一個好奇，到新的地方，那裡有山有水有日本式的情調，在年輕時，能有機會走出去看外面的世界為何不可？華生成天在他的設計圖裡，對著電腦模擬空間、跑工地，計算每個案子的利潤，他疲憊的趴在床上，她感受自己的世界與他隔著距離，躺在他身邊感受不到熱度。她需要暫時的逃離，到遠方，為未來找一個機會。

大二就認識華生，那時華生二十八歲，在建築師事務所附設的空間設計公司工作了數年，身邊的同學都說她將來經濟無虞，等著當貴婦。她倒不期待當貴婦，因為華生設計的資歷尚淺，未來還太遙遠，但和華生在一起，確實給她很大的經濟上的安定

感。華生對她很大方，常給她零用錢，對二十歲的女生來說，已進入社會擁有一份專業工作的華生，是最大的生活安全感來源。是一切來得很輕易，就索然無味了嗎？她無法解釋，她喜歡華生放任她做喜歡的事，包括她選擇到日本就業，華生沒有攔阻她，她不知道是為了維護男性的尊嚴，或是根本沒有對兩人的未來有更好的打算。幸好他沒有打算，她才能走離他。

到宮崎待下來後，她投入新工作，投入山田主管無所不在的身影，整天的工作似乎是為了討山田的歡心。

最初的兩個月，華生曾來信，她沒有回覆，華生便沒有再寫信來，電子信箱裡，冷冷清清，大都是廣告信。

找她來工作的山田先生，不如她想像的親切，山田的笑容是對著每一個表現優良的員工的，轉個身，他是個嚴峻且不輕易表露個人感情的男人。她得把工作做好，她得安慰自己，就算是情感的誤解也起碼保有為工作留在日本的尊嚴。

開始感到海外的孤軍奮鬥，整個公司只有她一位台灣來的員工，負責在大廳接待住客，除了日本旅客外，也要負責接待台灣旅客，只有接待台灣旅客，她才能透過鄉音交談而感到溫暖，但旅客的住宿期很短，大都今天住明天退，不會留下友誼，她體認到工作裡只有工作倫理，情感不能太氾濫，必要時得武裝自己，才不會受傷。

旅館裡常接觸的日本同事，就屬未婚的恭子最談得來，恭子的家不在宮崎，在北邊的大分縣，假日時，恭子常回大分家看父母，若是恭子沒回大分，她們偶爾去逛街喝茶，恭子不在，她便落單打發自己的一天。

初來日本那天，飛機降落地是宮崎市的飛機場，下飛機看到道路上到處種植椰子樹，以為降落在南洋，濕暖的氣候也很有南洋風，細長的椰葉迎風飄動，城市的視線很遼闊。那晚她先停留在首府宮崎市，黃昏時住進大淀川前的旅館，旅館對面，隔著馬路，川岸立著文豪川端康成的字碑，大淀川流水悠悠。寬闊的川面幽靜的將城市畫開，沒太多高樓大廈，夕陽溫潤的橙黃渲染川上的天空，建築與樹木也蒙上那沉靜的橙黃，是個安靜沒有過多喧譁的城市。她沿著川邊散步，樓宇的燈光逐漸亮起，宛如城市無數的星星越過河川燦亮，寬廣的視野和天空，近晚氳氤的沉靜感，這就是她的新地方了。

這份寬廣一直相伴而行。隔天她到J旅館報到，坐在巴士裡一路往南，右邊是陸地，左邊是太平洋浮晃的水氣，天空蔚藍，海灘上一塊塊俗稱鬼洗板的風積石一疊疊下斜到海中，風積石上突出的石紋一條條排列，真的像一大塊洗衣板沉伸到水裡，有海水的地方幾乎都看得到鬼洗板，浪波打上來，水沖上石板，又一階階退去，像洗衣板上正清洗著衣服，水波滌沖。天藍與海藍在遠方銜接成一片無邊無界的視覺，有那麼短暫的時刻，她以為她年輕的二十三歲生命不該置放在這片空曠裡，她應去更熱鬧更繁華的地方，而不是在這度假或養老似的環境裡。但那念頭像沿岸椰子樹梢頂的陽光，隨風一閃而逝，當它再來時，又是一陣風吹散。她不讓那念頭困擾她。

往南走沒多遠，在日南公園風景區內，J旅館古色古香的被一叢叢的綠林包圍。日本的園藝在古式的旅館尤其發揮得淋漓盡致，樹木剪出規規矩矩的形狀。J旅館很大。有舊館新館，兩館間隔占地極廣的花園，園間有木柵迴廊通向各式設計別緻的風呂。

工作派定後，她在新館的時間多，若接待到團體客人，要帶他們認識環境，走進花園曲徑通向舊館，沿路介紹風呂位置。一天的活動量在旅館間來來去去，有時感到腳筋像橡皮筋乏力了，撐到下班，腳更沉重疲乏，但心情卻是輕盈，終於可以回到住宿處，一個人安安靜靜與自己的空間相處。

住宿處在旅館附近，假日的清晨，她出門，沿著旅館後面的海岸線慢慢散步到橋邊的神社。神社坐落在河岸邊，大海為鄰，神社旁的河川流向大海，坐在神社前的石墩望向成片的鬼洗板伸入海中，有種空曠到無欲無求的境界。海風撩髮，亦如撩走煩憂。

她通常沿著神社環繞幾圈，再站在岩灘上望望鬼洗板和海面，讓清晨的風將身體裡外吹透，然後緩步回宿舍悠閒的準備早午餐。這時段到神社附近吹風的不只她一人，有些早起的歐吉桑、歐巴桑也在岸邊橋端散步，他們眼睛直視前方，好像那裡通行無阻，沒有一棟建築物可以阻止他們的行走。風從海的方向吹過來，撩起髮絲，滌洗一個假日的早晨，心便沉澱到一個安穩的居所，疲累也似乎靜滯不動，是個重新為自己加油充電的早晨。

住處位在海岸邊通往大街的一條小巷，巷子兩邊是賣土產的店家和小餐廳，拐個彎橫切巷子，就是住處。她住二樓，樓下是喪偶多年的獨居老太太藤田女士。藤田女士每天早晚都在院子澆花剪樹枝，動作輕巧的拿著長剪刀剪稍高的枝葉，就像在膜拜什麼似的有一種專心的虔誠。藤田的庭院永遠乾淨整齊，她住入時，以為自己占了老太太便宜，因為她完全沒替七十四歲的老太太整理院子，就住在乾淨整潔的家裡，雖然她付了租金，但租金很平價，藤田老太太似乎只是想有個人陪伴，讓家裡有其他聲音存在。

她住的二樓，有一個獨立的小廚房，可以做點簡單的食物。洗滌蔬果碗盤，清理浴室、馬桶，開關廚櫃弄出來的聲響，都讓老太太感到親切吧！

連著小廚房的是靠窗的餐桌，從神社的岩灘回來，她會先沖澡，然後烤片三明治、沖杯咖啡，坐在陽光明亮灑進來的餐桌前，靜靜的享用，那陽光透明到連她都似乎透明了，可以穿過窗玻璃，優遊窗外的世界。

窗外的街景通向平坦的馬路，有車子駛過，也有樹影成排，樹上淡淡的陽光反射，拉長視覺，遠方變得更淡更遠。她喜歡那遠。視線越過樹尖，極目處是更遠的山巒與分布在山巒間的建築，外觀並不清楚，只剩色塊與形狀可辨認那是建築，再更遠就是天空了，淡藍成白，陽光正漫肆投射下來。近景則是附近人家的屋頂和鄰近的路樹，翠綠的樹身帶給她十分放鬆怡然的心情。但過了這用餐的悠緩時光，一日就像那逐漸高昇的陽光，顯得太長了。

她不斷整理居家環境，將物品收納在櫥櫃專屬的位置，吸塵、抹地，學習屋主藤田女士將家裡一切保持得井然有序。她的物品不算多，畢竟是從台灣來到日本工作，對未來有不確定性，個人物品不會像一個定居下來的家般的沒有節制。只能算是稍微擴大的學生宿舍，整理起來容易，卻又不得不感到如浮萍寄游的沒有安定感。

後來為了打發過長的時間，為了趕在日落之前有事可做，她利用假日下午去上插花課。恭子跟她說，上完插花課，還有茶道課，喜歡的話，還可以上拳擊課、衝浪課、高爾夫球課。好像生活是為了這些課而持續著的。或許也是，除了上班謀生，沒有家庭的話，似乎學點技藝找事做是填滿日子的方式。

但恭子並沒去上這些課。恭子常回大分縣看父母。恭子是有家的人。她也有家，但她不能太想家，想下去就要計較自己為何跑老遠來異鄉工作。要面對那已變形般的理由，就像在承認自己的變形。她還不打算這麼做。

山田先生做為主管，要照顧底下許多人，他們開會時，他不苟言笑，坐在桌子前端聆聽報告，像座冬日氣氛蕭颯的山，只有私下在大廳或走道碰面時，他會露出打招呼的笑容，好像在市場碰見一個老朋友似的，只有那時候的山田是親切的。

露西插花時，剪著那些枝枝葉葉，就會想起自己竟為了那市場般親切的笑容就離開台灣來到一個日語的國度。剪刀剪斷菊花硬梗，硬梗碰到桌面有一聲悶悶的回響，像她心裡的回響。深咖啡色的桌面鋪躺著色層濃淺不一的綠梗，綠便像給吃進那深咖啡色裡，消失不見了。

6　如善茶棧到L旅館

L旅館在小鎮的老街外緣，那裡離河岸近，可眺望河，也是過去海運船員登陸進出的路徑。

十九世紀末，L旅館的原址只是河岸邊一個竹片與瓦片互搭而成的小茶棧，那叫李如善的第一代人，十四歲就已在茶棧工作。那時海上頗不平靜，法國船艦和中國船交戰，在淡水河基隆河一帶時有交火，但民間貨船得走，各國商船仍有往來，淡水河上的船隻一停泊，如善會舉著茶棧的名牌，快步來到岸邊吆喝船員到茶棧用餐休息。不管是哪國的商船經過，金髮紅髮棕髮，看在如善眼裡都像海草一樣，捲來海洋的氣息，一種飄散著奇幻色彩的遠方想像，讓他充滿期待和欣喜。船員會扛下一袋袋的香料、布匹、茶葉、器皿，他們不會在碼頭上展示，而是將貨物拖到離岸不遠的貨倉暫時存放。船員一下船，如善馬上可以從他們身上的氣味辨識出船上運載什麼貨物。這些繞過印度洋，經過南海，又駛進台灣海峽的船隻彷彿帶來一個潮濕充滿奇花異草的世界，每人身上都有一座叢林的影子，傳透出熱辣的香料味。而從中國東南沿岸駛入的船隻，帶來布匹和木材，停泊期間，回程裝載的貨包透出清淡的茶香味，他站在岸邊望著貨船，空氣中的茶香味帶著一種期待，希望駛離的船隻下次又會滿載貨物而來。

三年接待客人的經驗，使他練就碰見哪國客人，都可靠著手勢和臉上表情溝通，比手畫腳順利把客人請進茶棧，簡單而發音不清的招呼語像萬國通用語，順利賺進銀子，因此相當受到老闆劉福的器重。可偏劉福在五十幾歲這當口犯了痨病，法國船艦的砲火令他受驚和犯憂鬱，原想這唯一依靠的茶棧也生存不下去了，卻因如善這小子天不怕地不怕傻愣愣的把船艦看成威武的海上大玩具，因帶進客人而讓他們度過了風浪之日，因而生前把茶棧交給李如善，條件是照顧遺孀的生活和一位痴兒。

劉福病重臥床時，十七歲的李如善便接下茶棧的經營，和一名廚師、一名清潔雜役，開始了離也離不開的茶棧生活，又因有養活劉福遺眷的承諾，這生計便得維持下去。時屆清末，中國來的船隻送來的商人，甩著腦後的辮子講著南腔北調，跟地方官往來密切，當時台灣巡撫劉銘傳奏請興建鐵路生效，淡水與福州的海底電報線也積極完工中，商船貨運不斷，茶棧生意好像種植在沃土上，自然就花繁葉茂了。

兩年內茶棧攢了些錢，養活照顧劉福遺眷的承諾也能履行，母親替他安排了婚事，娶了同條街上雜貨行的小女兒，接連生了長女長男後，如善買下茶棧旁的一戶瓦房，擴建為一間有六個房間的旅舍，通道與茶棧相連，如此開始了一個兼具飲食與住宿功能的河邊小旅館。如今如善魂魄若還有知，應萬沒想到，這根業延續下去，竟熬過了五十年的日治時代與國民政府接收台灣，翻過二十一世紀，擴充為十幾層樓的現代旅館。可能是他和雜貨行的女兒帶來的商人基因一代代濃烈的演化下去，枝繁葉茂開花並蒂的成就了河邊的旅人事業。

一八九五年，日治時代開始，當時居民沒有想到日本官員很快就取代清朝官員統治台灣，人人得改名換姓，日本商輪的進出更加頻繁，為了因應暴增的商船工作人員及往來台日的旅客，正當壯年的李如善再向左右鄰買地擴建，在一九一〇年，成了擁有二十間房、兩層樓的旅館，在當時頗具規模，榮景維持十幾年。而後旅館因淡水河淤積，輪船轉向基隆港靠泊，商人水手不再上岸，生意轉淡，像繁花開盡，敗葉隨之而來，等待離枝以便抽出新葉，等待的過程漫長如置荒漠，只維持一個可度日的清淡生意。李如善年紀漸長，在不景氣中將事業交給下一代，長子李無缺。那時日治時代結束，撐過慘淡的日治後期，如善已七十五歲，無缺五十歲。無缺原以為國民政府來到台灣後，人民的生活會獲得改善，卻是越加破敗，對立氣氛很肅殺，旅館常住不滿，有一半的房間經常關閉，留一老婦打掃。這時無缺的長子李長流二十五歲，跟在父親身邊看著這毫無生氣的景況，便思考改變旅館體質。年輕李長流將樓下部分空間改為平價海鮮餐廳，勉強將旅館事業撐下去。

長流具有敏銳的生意嗅覺，他在淡水只剩漁船進出的最不景氣時候，將部分房間改為長期租賃，租給到淡水討生活的外地人，因此在別的旅館紛紛歇業，或改建為住宅出售的潮流中，他提早接手旅館，堅守了家業，多向經營，地權始終保留。來到六〇年代，長流打理旅館十幾年了，從青年到壯年，六〇年代的台灣各項社會建設很積極，交通的發展，使人口的流動也頻繁，淡水鎮上往來的人多了，旅館的需求又復甦了起來，洽商、旅遊的，使小鎮的氣氛在寧靜中有點躁動，旅館的房間常客滿，第二代的無缺最慶幸自己保住了父親如善傳下來的二十間房，讓兒子長流在社會景氣蓬勃時能有機會擴充事業。在他一腳跨進棺材的邊緣時，看到了長流買下旅館後面的一片小地，增建旅館為五十間房，無缺看到父親如善的影子在長流身上流竄，旅館雖沒在自己手上擴充，在兒子長流手中壯大，算是走過兩個政治主子時代後的極大安慰。

第三代掌門人李長流擴充旅館是有原由的，他看到以農為主的小鎮突然在五、六〇年代興起觀光懷舊風，外地人來到此地擷取淡水風光，體驗小鎮生活，參觀廟宇、教堂及古堡，他們的旅館彷彿披上一層金沙，馬路上常有仰望者，研究增建於日治時代的兩層樓旅館位於二樓的牌坊與外柱的木材用料，並以長鏡頭攝取掛在旅館門廊上的木製茶棧店坊，那店坊是第一代人的立業證明。李長流感受到祖父留下的這個旅館是珍貴資產，可以讓他趁勢壯大旅館的，正是沒有在歷史變動中化為塵埃的旅館歷史。

但已顯陳舊的旅館一直維持下去，將來可能變成古蹟無法為自家利用，生意還要經營的話，得隨著時代的進步變化，滿足現代人對物質文明的需求。長流跟銀行貸款，限於可貸額度和保守心態，他規畫的是中型旅館，把兩層樓的旅館打掉重建為五層樓高的新式旅館，保留一部分土地，前砌花園，做為新式旅館的景觀。他在新旅館一樓的通道，專闢一個旅館沿革室，將立於十九世紀末的第一塊茶棧牌坊和增建為兩層樓旅館的部分建材保留陳列，加以文字敍述，將旅館的歷史繼續保留下去，以成為地方的一個亮點。

新的旅館落成，與淡水河相望，五樓面河的高級套房總是受到老顧客的指定入住。雖是中型旅館，在淡水一帶卻是相當具規模且便利的投宿所在。從六〇年代中到接近千禧年，當日氣派新穎的門廳，已顯侷促黯淡，近四十年的老旅館，其間沒有翻新，頂多換過壁紙、地毯，新的旅館密集出現，民宿也加入小鎮觀光競爭行列，過去新的，如今也顯老舊了。過去淡水火車嗚嗚鳴笛，帶來攫取淡水風光的旅客，八〇年代末停駛後，由現代化的捷運取代，帶來更多的人潮，街上的商店一翻再翻，老店所剩不多，新的門面新的經營者，小鎮開始改頭換面變成和其他觀光地點差異不大的商業小吃觀光區。幸得那日益狹仄的淡水河還悠悠流著，對面的八里河岸和觀音山橫躺如昔，仍可讓觀光客拾點淡水地景原始外觀和不斷更新的變貌。留宿的旅客變多，各式旅館的選擇也多，L

旅館唯一勝場是價格和悠久的歷史感，及定期清理地毯和玻璃，油漆容易因潮濕而生鏽的造景鐵圍欄。

年事已高的長流以為生意既可維持，這個中型旅館不乏客人，持續下去，就如一成不變的日子，不變應是最穩的狀態，但當周遭的環境往更好更多元的方向前進時，不變就是停滯，可能會逐步走向邊緣，最後淘汰出局。他找來兒子們討論旅館的發展，問，旅館維持現在的規模，會在河岸的繁盛光影間逐漸黯淡下去嗎？三個兒子彷彿知道他的心事，異口同聲說，不擴大只有死路一條。那麼收起來，你們各自去發展自己的事業呢？李長流這麼說。三個兒子看中父親不可能放棄承自祖父的家業，父親的疑問已說明了他有雄心壯心想再次擴大旅館，於是他們規畫了擴大案，以既有財力加上銀行貸款，家族重新改建旅館。李長流心想自己已是一腳擱在棺材內了，在另一隻腳也踏進之前還能看到三個兒子雄心勃勃要壯大祖業，基因裡流竄的驛棧主人豪邁的熱血真是值得驕傲，將來是成是敗他或許看不到了，但有那雄心的一步，他不管去了天堂或地獄，都可對祖父及父親說，確實是你流傳下來的氣魄啊！

打掉舊樓，重奠地基，十幾層的新大樓在千禧年後的數年間洋洋灑灑恢弘開幕，保有旅館沿革介紹的專室仍是特色之一。這回，沿革室設在地下一樓，與幾家商店和咖啡館成排並立，讓到樓下洗衣或美容購物的旅客，都可趁便參觀沿革室，或有地方文史研究者，也會來到沿革室，觀看舊照片和畫像，閱讀文字資料。

才來旅館上班兩個月的露西，受訓時曾在經理帶領下來過一次沿革室，兩個月來還沒機會再進來，是華生交代她可看看旅館的資料，她才又利用空檔來這沿革室參觀。

牆上的畫片，多為十九世紀末的模擬情境畫面，幾條大木柱撐起的茶棚空間，牆以竹片與泥漿複合，屋頂密密疊置茅草，到後來的六間房、二十間房、五十間房旅館，都有手繪稿或照片展示，對歷任的經營者也畫了圖像並加註文字說明。如今這大旅館的推手是第三代人李長流，起造者是第四代的三兄弟，而第五代正值三四十歲的壯年期，三代人的活力加諸在這大型旅館，真正是李如善開疆闢土後的枝繁葉茂。

露西大略讀過展示的文圖，文字陳述的部分真不少，怕忘了展示文上所述的，便隨手拿了櫃上的介紹手冊。她本以為自己來了一家才成立不到十年的新旅館服務，卻沒想到，原來是超過百年的老店，第一代人的老靈魂還徘徊不去，帶領著第四五代人持續打拚，而過了九十歲的第三代李長流還精神爍爍的偶爾出現在旅館裡，人人稱為老董事長。老董事長一出現，如皇上駕到，那陣仗她見過兩次，第四代長子李久鑄隨候在側，旅館大廳服務人員全迎上恭接。她也在那鞠躬敬禮的行列，這對她只是一種職業訓練和必需，在日本的J旅館，她早習慣九十度鞠躬，相較台灣的三十度鞠躬，她感到體力節省不少，因而並沒感受到大家迎接老董事長是精神或體力上的負擔。

看過一輪牆上及展示櫃上的介紹，她感到疲倦，讀文字和強迫性的記憶總叫人心生反抗。才剛踏出展示廳，她就感到，有些閱讀的細節她已忘了，在她看到廳外的咖啡館坐了不少客人時，她的腦內頻道一下就轉到旅館的空間感，丟掉了剛才文字陳述裡的時間感。

7 藝品店的留存

華生的藝品店公告休七天，現已來到第六天，明天再休一天，後天就得開張。華生給阿忠電話，要求藝品店繼續延休一個星期。

阿忠特地來看他的復元狀況，坐在他身旁，年輕的臉龐帶著疑惑和解開疑問的欲望，盯著他電腦上進行中的空間規畫製圖，說：「你腳上這石膏沒一個多月是拆不了的。還好你還能對著電腦工作。但你的腳雖不方便走，並不影響開店啊，我看店就好。」

華生坐在桌前，打石膏的那隻腳伸直，頂在桌子下緣，這僵硬的腿令他坐得不自在，腰以下簡直是斜躺在椅子上，阿忠試著扶正他，華生隨他拉提他的手臂，一邊說：「經營一家店並不是派個人坐在裡面就好，碰到問題要解決時，我在總是比較好。」

「不會的，店裡通常不會碰到什麼大問題，小問題我還應付得來。萬一店休太久，客人會以為我們出了什麼事，或以為休業了，對將來的生意不好呀！」

華生盯著阿忠年輕的臉龐，一股無邪的稚氣，好似總相信前面的路是直的，他心裡盤算把店收起來，屆時阿忠就得另謀他就，表面上似乎很殘忍，但也許阿忠會有更好的發展，反而對阿忠是好的。於是他試探的問：「阿忠，我們的店經營一段時間了，多虧你的照顧，你覺得這店的前景如何？」

「如果純賣古董，店家的定位清楚，會有行家熟客常來光臨，或推介同道來光臨，但像現在這樣複合式，也賣古董，也賣新藝品，也許有些人就害怕在古董的部分買到贗品。」

「但真行家是懂得鑑別古董的，不怕來錯店。」

「真行家畢竟是少數。」

「無妨，我們仍賣新藝品，古董就放在那裡等行家上門，沒有行家上門也沒關係，古董就擺著，當鎮店寶。」

「要這樣隨心所欲也無所謂，就是一家很有個性的藝品店就是了。」

看阿忠對店裡的經營方向和對古董界和新藝品的買賣市場都有些心得，他一時無法決心把店收起來，即使不再可能從藍屋子裡拿出藝品來賣，原來已拿出來的，雖可繼續賣，但不能再補充貨源了，除非向別的古董市場蒐購，當然這也是方法之一，不管貨源從哪裡來，能補充才能把店經營下去。可是，藍屋子拿出來的能繼續賣嗎？既然那邊有人接他的電話，那麼那邊的人會不會出現在他店裡，追究他未經允許，竊取藝品到這邊來賣？那邊真的存在嗎？一想到這奇異的藍屋子，他就不真實起來，到底從進入畫作到現在發生的事，是不是一場夢境，他真的不清楚，他現在還在一場夢中未醒吧？否則怎麼連露西都出現了？露西不是三年前就離開他了？

如果這只是一場夢境，那麼在還沒自然甦醒的狀態下，就讓夢境繼續下去吧，藝品店得繼續經營，他要等那個買走門環的小姐有天又回到店裡買藝品，然後詢問她門環的下落，如果找得回門環，說不定還進得了畫中。但進入後，會遇到什麼人嗎？這念頭讓他毛骨悚然。他捏捏手腕，感到痛，看看外頭的陽光，明亮得像要燃燒起來，不像夢中。他拿出手機，啟用大家正流行使用的通訊軟體，並在電話通訊錄名單裡自動加入了幾位聯絡人當好友。找到露西的電話，加入好友，露西迅速回覆，馬上留訊息給他，今晚下班後會帶晚餐過來。如果藍屋子的經歷是夢境，實在太悠長也太離奇。到底他是在夢中穿透一幅畫，還是在現實中有了常人不可能的遭遇，他實在感到迷惘。盯著手機上的訊息，若連訊息也是夢，那麼這夢也太貼近現實了。

連阿忠也加入通訊好友，以後連電話費都可省了，直接以軟體通訊。

「現在通訊這麼方便，我們還是按公告，下週就恢復開店，你有什麼指示，就留個訊息給我就可了。」阿忠想讓店維持下去的意志堅定得好像他才是真正的老闆。

這又是無比真實的了，就試看看真實會走多久吧。

「好吧，按計畫恢復營業，別忘記留下客人的聯絡資料，方便建立客戶資料，將來有什麼特殊藝品，都可發訊息給他們。」他說。

阿忠離去後，他仍天人交戰，到底要不要經營下去，藍屋子裡的人追過來怎麼辦？那邊的人可能來到這邊嗎？把店收掉，這些問題就一勞永逸不必再擔心，就算藍屋子的人追查，也查不到這家店，就追蹤不到他。但如果藍屋子的人找到藝品的買主，尋線查到他是原來的經營者呢？他仍是逃不掉的。

這些問題反反覆覆在他腦中發酵，膨脹為一股更要查出個水落石出的力量，不管這邊那邊能不能互通，他都得去了解，為何他可以通到藍屋子那邊去，而拆掉門環之後，通路卻斷了。即使得傾家蕩產承受搬出藝品並賣掉的後果，他也得接受。

有了這個結論，他感到當下充滿活力，他得更努力工作，賺夠錢以便賠償藍屋子主人的藝品損失。他馬上給阿忠傳了訊息，藝品店的古董都不能賣。

他打定主意要將店裡的古董藝品收回保存，直到藍屋子可再進入時，將所剩的藝品放回去。為了這個理由，藝品店得繼續經營，直到買門環的女子回來，找到任何可再回藍屋子的線索。

目標既然很明確，心裡便沒有什麼罣礙，如果連受罰的恐懼都沒有，心裡便可以很坦蕩。但當然他沒有像一張白紙或一片白雪那般坦蕩，他曾是闖入者，如今不過是站在泥汙上尋找清水，想把自己漂洗一番，若沒先前那闖入索求的行為，便不必如今的居心布局，內心不能說沒有一絲戒慎恐懼，如果此生再也進不了藍屋子，是否沒機會把藝品還回去，而要惦念這一段奇遇到終呢？內心盤據著這個問題時，何嘗不是心裡的負擔。

他坐在窗前，視線穿過公園的樹群，落在遠處的群樓。剛搬來時，望著室外的明亮，心裡也明亮至極，喜歡窗口的一方陽光和窗外的視線，現在那視線好像有了遮蔽，在眼睛所見的地方，好似存在一個看不見的地方，它可能是在空間中的某個角落，是一般肉眼看不到的，在眼睛所見的空間中，可能交疊著不同的空間層次，如今看到的群樓不再是單純的群樓，天空也不是單純的天空，在東西南北的方位間，不知架疊了多少空間，是肉眼穿不透的。比如聲波在物理學中屬四度空間，而人們生活的空間，看得到各種物體的影子，是三度空間，那通電話是否是四度空間的顯現，那人並不具體生活在三度空間裡？藍屋子又是在哪度空間？他是剛好藉由一幅畫跨越了不同的維度空間嗎？

他內在安靜得出奇，因為感到自己微小如塵，這世上難以理解之事複雜的存在，而自己的認知太有限，不過是複雜事物中一個小小的浮游粒子，他讓自己漂浮，在難以詳知的複雜物理體系中，讓自己安靜下來，才盡到微小的本分吧，暫且從容的以靜待變吧。

不管窗外存在多少空間，他在自己所居維度的空間裡得再細分空間，完成工作本分，回到本業也是他沉靜下來的方式之一，找到安身立命的方式以對應可能的變化。他繼續畫精品店的設計圖，在精準計算動線和空間的風格前，他回到書桌上的品牌介紹書，及品牌所提供的全球各家店的介紹和圖片資料。這是個好案子，他像走入一個時尚博物館，先選取一個展覽室，盡其所能的在那展覽室裡看到與時尚相關的某個鏈帶，少了這鏈帶，時尚便失色不少。

傍晚過後，電鈴響起，是露西為他帶食物來。正值二十六歲的露西青春美麗，但臉部沉穩成熟，三年獨自在日本工作的經驗好似催化了她的世故，臉上有一種明快的幹練，和她那青春輕巧的身影並不很相稱。在他工作的場合，和已婚當了媽媽的女子相處慣了，習慣她們的成熟世故，她們努力從穿著打扮維持一個職業婦女的形象，那畢竟是完成女人生育能事的成熟身體，有成熟女人的韻味，露西相對就是個孩子。孩子，是否他低估了她呢？她不能算孩子了，她是有工作經歷，在日本的旅館業看過形形色色的人，也許她的內在比他更寬廣更成熟呢。

看著露西在廚房將食物放入餐盤的身影，真像是這家裡的女主人，才來過一次，今天就熟門熟路的知悉每個櫃子的功能和電子爐火的使用法，一下子就將飯菜放在餐桌上。是否明晚、後晚，她都會來？在他行動還不方便時，天天都來當他家裡的女主人？

他這時想當個耍賴的孩子，似想報復這三年來她對他的不理不睬，但這不是他本願，或許應該說，像一個受了委屈的孩子，因感到不受理解而沉默。他沒有動筷子。這時他也發現，露西從一進門，除了說「帶食物來了」，就沒再說話了，只在廚房弄出各種櫃子開開關關和盤筷碰撞的聲音。

和他的沉默不同，兩人坐在桌前時，露西開始講她的一天。

「我住士林離淡水已經算近了，一大早去上班搭捷運仍然很要命。常常沒位置，站到淡水我腳都僵了，出車站還要走一段路才能到旅館。所以我穿休閒鞋出門，到旅館才換半高跟的鞋子。在旅館常常走動和站著，有跟的鞋穿來也很辛苦啊。下班轉到你這裡來，天色也暗了，你這邊熱鬧，我也想穿著像樣的衣服和漂亮的高跟鞋走進商店買東西，但不行啊，就那雙休閒鞋，怎樣都無法時髦！」她指了指放在門邊置鞋區的白色鑲銀邊的休閒鞋。

他望了休閒鞋一眼，其實很美，鞋跟也有厚度，應是走起來很舒服的鞋。他仍然沒動筷子，也沒回應任何話，他以為她還會說下去，他等著她說去商店買晚餐，走了多久才看到中意的店。但她沒說，把盤子裡的牛肉捲吃掉了半捲。她挾起一捲，送到他嘴邊，他張開嘴，一個很自然又顯得很機械的僵硬動作，好像是被迫的，因為太突然的舉動，他一時沒空間去拒絕，但拒絕什麼？拒絕就會像賭氣。他嚼動很有咬勁的牛肉片和捲皮，胃液洶湧，味蕾甦醒，便感到自己的幼稚了。

「怎麼？在家宅了幾天就沒有社會性了嗎？不講話也不吃。你不吃我就餵，直到把你餵飽。」

「妳說得對，我整天在家裡想設計、畫設計圖，腦子動多了，就失去說話的欲望了。」他順水推舟般的隨意扯了個理由，並拿起筷子，甩掉自己的任性。但若能在她面前一直任性下去多好啊！

「休閒鞋不會讓妳失去時髦，現在很多年輕女生穿各種講究設計的休閒鞋，很顯時髦，這是又健康又有時尚感的鞋，妳這雙白色鑲銀邊的就是。」

「嘴巴滿甜的嘛！」她挾了些菜送到他盤裡，「但穿高跟鞋拉長身體比例，對姿態也加分，我想穿高跟鞋，走在街上引人注目嘛！」

「是嗎？有時是錯覺，只有自己在意，路人都在忙走路。」

露西把放在他盤裡的菜挾回自己嘴裡，也給了他白眼。他感到室內的空氣終於有了點生氣，對那白眼眷戀不已，他算是個賤男嗎？喜歡看女生生氣，喜歡露西在他面前耍要性子，那表示他們的關係在修復，兩人都不必在對方面前強作斯文？

「你那些設計圖什麼時候得完成？」

「還好，公司並不催我，只是現在我有的是時間，就先做。」

「公司可以讓你休多久？」

「到石膏拆。現在一切都靠電話和電腦。同事有必要時，也會來家裡找我，所以何時上班不是問題。倒是，我有個藝品店，只有一個店員，我不在他連輪替都沒有。」

「藝品店？」

「開來玩玩的，有些物件，我在設計時用得上。一個副業，小成本玩一玩。」他說得輕描淡寫，認為這家店不需在露西面前隱藏，那是個實體的存在，知道只是早晚而已。

「那有意思，哪天我也去看看。我能幫得上忙嗎？」

露西雖然釋放善意，他卻不想麻煩她，先不打草驚蛇，藝品店的機關只在他一人心裡，暫不宜輕舉妄動。

「不用的，小店而已。等我腳傷好了，再帶妳去看看。」

他想轉變話題。「妳明晚也會來吧？」

「不。我得輪值。下午上班到晚上，所以不能過來。我會留一些食物在你冰箱裡，你可以熱來吃。」

「謝謝，妳顧慮得真周到。老實說，我也不希望妳天天來。」

露西又侍候他白眼，噘起嘴來又抿了抿。他急說：「我怕對妳產生依賴。」

露西一邊收拾吃淨的餐盤。有隻白色的瓷盤滑手，掉到地上破碎了，碎裂的聲音聽來驚心，這空間從來沒有摔了盤的聲音。

「真抱歉。我這樣笨手笨腳。」露西拿來茶几上的舊報紙，蹲下身來收拾碎片。

「我的腳不方便不能幫妳清，妳小心不要割了手。摔破一隻盤不算什麼，它讓我們往後歲歲平安，這是個好兆頭。」

蹲在地上收拾碎片的露西放慢了速度，似乎在咀嚼這句話是否透露了華生想要持續他們的關係，甚至希望未來是長長久久。她將最後一片碎片掃進疊厚的報紙，再把報紙摺了幾摺密包了那些碎片，裝進塑膠袋，丟入垃圾桶，才算完成了清理。窗外的街燈好像越來越輝煌，一片火亮把大馬路照得通亮。她說：「你要我看看L旅館有沒有流變的資料。」

「是。很高興妳放在心上。」

「我今天花了不少時間讀了那些資料。」

「這麼快？哪些資料，是什麼？」

「有一個沿革室，在地下一樓，是開放參觀的，但一般人不知道，往往只利用了旁邊的咖啡室喝咖啡而已。沿革室裡掛了幾幅圖文，早期的圖片是手繪的，簡單文字說明旅館的前身就是淡水河邊的一間茶棧而已，之後不同時期發展成不同規模的旅館。大概是這樣。」

「妳動作真快，謝謝妳，等我腳傷好了，我要親自去看看那些資料。耳聞有沿革室很久了，那時不會想看，現在因妳在那裡上班倒產生興趣了。有提到當時淡水河貨運的情況嗎？貨船都帶哪些貨？」

「那倒沒有，沒談到貨品。」

「是嗎？當時茶棧接待什麼樣的人都沒提？」

「就商船做買賣的。怎麼？你研究起歷史了？這腳傷倒讓你有閒情逸致，才宅在家裡幾天就悶壞了。」

「是嗎？姑且就這樣看。我也說不上為什麼要去管茶棧接待什麼客人，反正如今這些人都算古人了，管他做什麼。」華生嘿嘿笑著，陰陰感到自己好像提著燈籠走到古墓區想一一看墓碑上都寫些什麼。不覺又大笑了三聲。露西臉露疑惑。為他端來一杯溫水，柔聲說：「腳傷很快就好了，你可親自來L旅館，我招待你，你想看什麼，我會做最好的導覽。」

既然已來到古墓區，不如就把燈籠提近墓碑。他說：「我要看這個導覽有什麼特別的秘密武器。在我還沒去之前，妳趕快看看旅館裡還有沒有什麼寶室藏著過去各代旅館留下的好東西、值得紀念的東西。既要看歷史，那才是珍貴的歷史。」

露西望向客廳一隅，擺在玻璃展示櫃裡的一些器物，反射著燈光的錫杯、瓷器、銅飾，看來都不像現代的產物。她問：「那展示櫃裡的東西，也算歷史嗎？」

「歷史就是已發生過的事，我們剛才的對話已發生，就是歷史了。這些器物早存在了，當然也是歷史。」

「不，我的意思是，它們是古董嗎？」

「這我也不知道，跑船的親戚在他上岸的遊逛中買下來，帶給了我，我就收下來，誰知道它們算不算古董呢！」他記得他向彼得那些人編過的理由，他得讓那理由一致，才不致於連自己都忘了謊言的版本。但他得引開露西的注意力，不要露西過度過問那些器物的來源。

「妳今晚還有點時間嗎？」華生問。

「明天中午以後才上班，不必急著早起，今晚並沒有趕著做什麼。」

「那麼不如待晚一點，說說妳在日本那邊的生活吧。我成天在家裡，沒個說話對象，趁我走不出去，必須待在這安靜的家裡時，我反而可以有空當一名傾聽者。妳在那邊三年，有什麼有趣的事嗎？或者，悲傷的事。」

「一個晚上講不完的，讓我慢慢告訴你。今晚就先說一個。」

客廳立燈的燈泡發出爆裂的聲音，客廳便暗了一角，牆上的嵌燈瑩亮，並不影響視線，客廳暗掉那一角，反而有一種幽幽的情調。華生撐起枴杖，移到沙發，說：「燈泡壞了就算了，不急著修，也許在這種燈光下聽妳的故事正適合。」

「我的故事微不足道，只是打發你休假中的無聊罷了。」露西也坐到他身邊，在胸前抱了一個柔軟的抱枕。

連外頭街燈都暗了幾盞了，從窗玻璃看過去，確實幾家店家已打烊。夜將息，無數個這樣的夜將持續下去。更早之前，應該沒有街上的那些燦爛燈火，那時是一片荒蕪或一片水田。再更早一點，甚至沒有人工燈光，只有月光與螢火蟲發出微弱的光亮。生在此時，他們享受了照明，一盞暗掉的燈才提醒了此時此刻，屬於夜晚。

8 三人行的友誼

露西覺得自己該說說友誼。

剛去時，人生地不熟，憑著一些日常生活語言，在旅館裡還派得上用場，亦無太多挑戰深度用語的機會，去一個月後，對語言適應的焦慮暫緩。而除了招呼客人，帶客人參觀外，她沒機會講工作外的語言，所謂工作外的語言，就是家人的聊天、朋友的閒聊，以及私密的語言，那些日常的招呼語很像每天的語言制服，固定的說出，像一個語言機器裝在自己身上，不得不感到自己也有機器人的麻木。但她知道這不是人該過的生活。

第二個月，她接待日本本州長野縣來的一組退休老人的旅遊小團體，兩名老人詢問她附近神社的內部及本地人參拜情況。即使是日本人，並非對各地的神社都熟悉，她頓然語言失據。對神社非常模糊的印象，那時還沒有進入過當地的神社，因此無法知道內部細節，只能講著剛進旅館受訓時得來的泛泛知識，也跟老人道歉她並不熟知，剛好身材嬌小的恭子走過來解圍。

恭子輕聲細語，說明那神社每年都有不斷的遊客參訪，每年最佳的參訪時機，最有名的必買御守等等，並建議他們，明早用過餐後，可先散步去神社，不但天氣好人又少，可避免擁擠，這才讓老人們放了心。

這位嬌小的，臉頰豐潤，皮膚白皙的恭子看來不會比她大多少，臉上好似隨時都笑著，和她一起送老人到電梯後，兩人面對面微笑。露西說：「謝謝幫忙，不好意思，我剛從台灣來工作一個多月，對這裡還不熟悉，剛才妳說的內容我也牢記了。以後要跟妳學習的還多，請多多指教。」她像日本人那樣，對恭子行了深度鞠躬禮。

恭子也鞠躬回禮，然後引導她來到大廳一旁，說：「我在新館，有事隨時問我，我會盡力幫忙。」她們都互看了對方制服上的名牌，算是友誼的指認。

好像在大海中抓到浮木，便牢牢靠上浮木以便看清方向。幾天後的假日，恭子帶她去搭兩站公車可到的一個超級商場，她說：「如果妳要脫離平日生活圈，可以來這裡放鬆，購物和飲食可以消除生活壓力呢！」商場裡有各式各樣的生活用品和食物，也有飲食店家，無論是正式餐點或咖啡館都很齊備。

這天在恭子的帶領下，他們在餐廳用過午餐，簡單的定食料理，之後到咖啡吧檯喝咖啡，才進入商場採購日用品。她那時想生活簡單就好，並不需要添購什麼用品，以免將來要搬家時麻煩，但因剛領了第一個月的薪水，好像得慶祝一下從日本旅館拿到薪水這件事，這有一個渡海工作的象徵意義，不如就和恭子一起慶祝吧。所以她買了全新的床套被單取代房東藤田女士為房客準備的床套組，一雙棉布室內拖鞋，以和台灣帶來的皮革拖鞋輪流穿，一對新的杯盤和一把快煮咖啡壺，順便又買了一些食材，打算自己料理晚餐招待恭子。恭子也是一個人租房在外，兩人用餐可以熱鬧一些。

由於東西太多了，恭子幫她把東西提回家。這成了她們兩人此後的購物模式，如果要採買較多東西時，會一起去以便充當人力幫對方把東西提回家。

回到藤田女士家。幽靜的庭院，夕陽斜照，樹葉上泛著金光。藤田女士不在。樓下客廳整潔明亮，木頭樓梯飄散著木頭香。她們往樓上走，恭子說：「這個安靜的庭園真的很有家的感覺！住這裡比住公寓親切多了。」腳踩木梯的聲響輕輕的像在吟唱什麼。

「但我進進出出就怕吵到藤田女士。」

「沒關係的，獨居老人也許更喜歡有聲響。」恭子安慰她，她相信恭子說的沒錯，這稍稍緩解了她對這房子的安靜所產生的矜持。

到她居住的二樓，將食材放在簡單的流理臺上，拉開餐桌旁的窗簾，極佳的窗外視野，附近的房子都不高，視線可觸及寬廣的天空，直達遠方的群山，暮色漸攏的氛圍下，群山淡遠如一幅水墨。她讓恭子隨意參觀她的住所，自己則動手做簡單的肉絲蛋炒飯和炒兩樣青菜，她想，炒飯唬得過恭子吧，這菜單是經過恭子同意的。恭子來到她身邊看著她的每一道程序。這廚房通常只有她一個人，多了恭子的氣息，她感到擁擠，有一種壓迫感，恭子那麼靠近，把空間擠仄了，她轉過頭來看恭子，恭子可能也不習慣兩人相處廚房，臉上紅通通的好像喘不過氣。

她們一起坐在餐桌前享用，恭子說：「我很少用鍋子做料理了，大多把食物放入微波爐烹調。只要有一本微波爐食譜，都不必動鍋子了喔。當然最多是買外食或冷凍的調理包，也是放到微波爐就解決了。」恭子聳聳肩，好像她只是在做一件將就的事。

「我喜歡從鍋子倒出來的熱騰騰食物的口感。當然也不是天天動鍋子做飯，外食更方便！只不過自己動手做，有家鄉的味道。」

「那今天要來嘗嘗露西的家鄉味道了喔！」

兩人面對面笑著，這空間好像飄浮於陸上，可以隨意飄浮到與家鄉有聯繫的氛圍裡。

兩個同樣離開家裡，在外工作的女性，好像找到一條細緻光滑的絲線，串連起孤單的心境與生活的雜務。她們靠著這絲線拉近距離，同樣的光澤互為輝映，找到工作以外的語彙。恭子說她住大分縣，畢業後來這旅館工作三年了，父母務農，有長的休假日她會回大分縣看望父母。大分也有許多旅館，她考慮未來也許回到大分找旅館工作，離父母近些，但一個人在外，與父母有點距離也不壞，何況宮崎的氣候好，所以目前就還是維持在J旅館工作。恭子問她為何離開台灣到日本工作？

「可以說有相同的理由，離父母有點距離也不壞，畢竟要獨立，有自己的生活，到國外來體會不同的生活，所以有緣和妳認識。」

「但父母年紀再大時，可能會覺得離父母近才好。」恭子說。

她們又相視而笑，人生的矛盾如影隨行，她們一邊自找解釋又脫離不了人生的難題，兩人互添茶水互尋暫時的釋放。

恭子說起大分縣，她的父母擁有一片山坡果園，栽種柚子，因為做慣了，他們自己管理果園，農忙時請人協助，那安靜的緩坡山間有個農舍，她父母常住在那農舍，而平地有一戶住家是由弟弟和弟媳居住。她回家就去住父母的農舍，那裡空氣清新，綠意環繞，從山巒間俯視大分地區，屋頂鍋爐的蒸氣和溫泉煙霧繚繞，美麗的平原與山巒視野很有紓壓療效。但畢竟是農業縣，早期很多縣民為了更好的生活，離鄉去大城市謀職討生活的比比皆是。她相信鄉民都會想念家鄉，那裡有好山好水。她未來也想要回到家鄉，細細的品味自己在那裡成長的點滴，陪伴父母老去。

她聽到恭子對自己家鄉和親人的情感，也似乎是說出了每個年輕離家的人對自己家鄉的想法。

她後來知道恭子長她三歲。恭子始終笑臉迎人，在以男性主管居多的旅館裡，事實上也沒有太多私人語彙的機會，她們對對方來說，都帶來異國情調，因此多了從對方身上認識異國的話題。漸漸沒有心防，畢竟都算異鄉人，再怎麼親近也有一個國度的距離，講了心裡話好像多了距離的保障，不擔心傳播給身邊的人，也可能她們的眼神間有了這樣的默契，可以談點私事。

某個假日，兩人相約到神社，恭子說來住這旅館的旅客難免有不少人會到最靠近旅館的神社參拜，不如帶她走一回，住客問起時才能更貼切的回答。

她們從街上過陸橋到神社所在的小島，從橋端望向兩旁，河水悠闊，島周的鬼洗板連著水波伸向海洋，神社外的牌坊寫著神社緣起與祭祀的主神，神社有一千六百年歷史，供奉神話故事中的山幸彥與其妻豐玉姬及鹽椎神，山幸彥為尋掉入海中的釣魚針，入海中遇見海神女兒豐玉姬，兩人因成連理，孫子即是日本第一代天皇神武天皇。神社又稱為姻緣之社，而如今來參拜者，求姻緣，求婚姻幸福，求平安，求順利，求健康者皆有。她們吹著海風走入神社，入門處有人形紙可寫願望，恭子取來兩張，要她也在紙上寫上願望，她用中文寫了一句，恭子問，那是什麼意思。她說：「恭子加把勁學中文就看得懂了喔。」恭子沒理她，彎下身就著水盆示範將人形紙放在水上，吹出一口氣，紙張柔軟化入水中，便算完成願望祝禱。她匆匆瞥見那紙上寫的是「祝君在彼處安康」，她接著學樣吹軟自己放入水中的人形，那中文字是什麼，恭子是看不懂的。一路上還有祈福求緣分的各種不同方式，恭子一一解說，釣鯉魚求平安，掛彩色棉線求緣分與幸福，轉石臼祈願望，也都有信眾正在做著這些祈福方式，她們儘看著，並沒有參與，誰也沒有鼓動誰。來到繪馬處，看到繪馬祈願板上已掛了許多信眾手寫的禱詞，兩人流連了一番，有棒球球星祈求比賽勝利，有學子祈求考試順利，更多的是求平安健康和姻緣。恭子問她是否寫個繪馬？「好的，妳也來一個吧！」她說。

她們各取一塊繪馬，這和在人形紙上寫願望有何不同？異曲同工吧，既然板子大，就寫個大願望吧。她心裡瞬間掃描了許多想法，最後在繪馬上寫下的是祈求父母平安，這繪馬是簽了名掛在牆上的，她決定寫這個普遍的願望。而恭子的繪馬寫的仍是那句「祝君在彼處安康」，這樣頑固的願望。恭子走到第三座掛板，翻了最裡頭早先已掛上的，才把繪馬掛上。她去翻恭子剛才翻過的裡層，發現那裡早有一塊一模一樣的繪馬，也是恭子的句子和簽名，日期卻是一年前的。她發出好奇的聲音：「咦，妳每年來掛？」恭子對她笑笑，嘴巴抿得很緊，好似有一個神秘的句子得守住。她也不打算問恭子，畢竟是個人的事，不能越界問到私事，只是不得不由衷發出讚嘆的聲音：「真好啊，那個人一定很幸福，有妳年年為他祈福。」她原是讚美，沒想恭子沉默下來，臉上仍像笑著的，可眼神有點哀傷，她是看得出來的。這真是個有修養的女性，看起來分明是心事重重，臉上卻能保持笑意。

到主殿參拜，主神無相無形，兩人對著殿門內幽幽的空間拍掌合十膜拜。她心裡只祈福不求姻緣，對目前尚且茫然，不知該不該走入婚姻，不敢妄求姻緣。而在這起於神話的國度，她是一名異鄉人，對神社的情感投入自認只到入境隨俗的文化尊重，她以欣賞的態度參與這裡的信仰文化，更在意的其實是友誼。初來乍到，恭子的陪伴幫她度過異地的孤獨感。

她拜過，恭子問她：「求姻緣了？」她搖頭，說：「不知該不該有婚姻，所以先求平安。」

「就是不知道，妳才需求一個好姻緣。那麼來到妳身邊的就會是好姻緣。」

「一定是這樣嗎？」

「不然為何求？當然是求好不求壞。那麼來的必然是好的。」

「所以妳求了？」

恭子仍然是笑著。她們往回走，恭子看沿路的綠林，林相濃密，多種熱帶植物翠盈盈占據天空的視線，恭子抬頭穿透枝葉縫隙，那裡破碎的天空分割成星星點點的藍與白。恭子說：「我求他在彼處安康。」

又是他！如此深情，她安靜看著恭子，恭子迎上她的眼神，一串輕柔的私密語言便在沿路的綠意中，像微風一樣拂進了她心裡。

「我大學畢業前兩個月的一個假期，和男朋友住到J旅館，他喜歡衝浪，一年有幾次來旅館附近的海岸線衝浪，我們都讀大分縣的大學，求學過程沒有離開過九州，我們計畫畢業後也留在九州工作，他想找一個機械相關的工作，他說我不工作專心當家庭主婦也可以的，他會讓我安心當主婦。但那次的旅行使所有計畫成空，他在衝浪時出意外，在海裡不回來了。隔天被海巡救難人員找到，身體腫脹得像另一個人。我想，有一個真正的他還在海上衝浪。畢業後，我就來到旅館工作，我以為他還住在旅館裡，睡夠了就拿著他的浪板去海上。我在這裡工作，他就看得到我。我感到很幸福，因為在工作的空間裡，我會以為他正與我錯身而過，或者就在我身邊守護著我！」那是恭子常掛著微笑的原因嗎？以為他陪在身邊。

從此後，她和恭子見面時，總以為，有一個看不見的他也圍繞在她們身邊，那讓恭子有勇氣離開父母獨居異鄉的魂魄帶給恭子很多的哀傷，以致感到魂魄在身邊便是安慰。

露西跟華生說到這裡時，隱去了一段。她那天也交心跟露西說了到宮崎工作的原因，並要露西保守秘密。神社裡兩人的互訴心情，像一層膠黏合了友誼，傾聽對方，也傾聽了自己。

9 居酒屋的幻影

七天的店休過去了，華生可以想像阿忠照計畫拉開鐵門營業，早上十一點的陽光明朗照在店招上，附近的店家陸續開張，一條街喧囂的氣息傳入每家拉開的店門。如果不是這沉重的石膏妨礙走動，他真想去店裡撫摸每個藝品，那是他開店以來投注心力所在，每個擺在展示架上的物件都像是他的一部分，他說不上來為何對那些物件產生情感，也許每個開店販賣商品的人，最終都和他的商品產生家人般的情感關係吧。

阿忠每天都傳當天的營業報表給他，生意平淡，有些客人對古董產生興趣詢價，阿忠都以非賣品回絕了。華生的腦子裡幾次浮上這個念頭——為防藍屋子那邊有眼線來查貨，應將所有古董都暫時裝箱安置到倉庫。但反覆推敲，又認為為了吸引眼線或任何可和藍屋子搭上關係的人來店裡，古董仍需擺著，就當解決迷惑的探險作為吧。

儘管石膏仍沉重，他拄杖的功夫倒是靈活了，唯一難受的是腳部的悶熱感，那像螞蟻將腿部當巢穴爬來爬去的刺癢感，十分令人坐立難安，他真希望睡個長覺，麻木掉又悶又癢的感覺，醒來就可拆石膏，好像翻過陰雨綿綿，醒來就藍天白雲。

只好把精力投注在設計稿的完成上，寄望專心工作可以淡化身體的不適。他將初步設計圖傳給公司，徵求公司的意見，事後又據公司的建議，不斷的修圖，將第一次的正式完稿傳給公司轉給客戶確認，並提出充分的理由說服精品公司接受他的設計。仍經過三次易稿，公司來電告知對方接受了設計圖，華生在這個案子上總算感到如釋重負，設計稿一被接受，意味著他往後還有機會接類似精品店的設計案子，如果實際完成裝潢的成品動人，他躋身精緻時尚空間的設計群就更近一步。下個步驟要緊的是必須做裝潢材質的確認，把關所有材質的品質和運用。這是個需要他與材質供應商和精品公司三方確認的工作內容，而材質多種，廠商也多，板材、線材、鐵材、玻璃、大理石、燈飾、桌椅、壁飾等等材料都需親自挑選，這是樂趣所在，也是繁複所在。他急需一雙可用的腳讓他走出去。而這三次易稿與定稿，其實耗掉了三週。在三週期間，露西能作陪的假日或夜晚，他會拄著杖，縮著重腳，到樓下走幾步路，以保持正常那隻腳的靈活，也透透氣，呼吸迥異於室內的空氣，聽叢樹間的鳥鳴，感受白天陽光照射在皮膚上的溫熱，也沉浸於月光的柔情。在終於確認設計圖被接受的這天，也是他要去醫院拆掉石膏之日。

露西這天特別請假陪他去醫院。露西來時，她的精心打扮令滿室生香，她散發茉莉的味道，還融和廣藿香，那是他過去三年中的某位叫小可的女友常使用的同一款香水，真不該在這時聯想起小可，但香水的魔力使他不得不做聯想，卻也對露西能回到身邊備感幸運。他以注視露西精緻描繪的妝容和頸上的花色絲巾把心思拉回到露西，是真真確確的露西，這段日子以來常來陪他吃晚飯，帶他放風的露西。

「妳今天真美！」

「化妝濃了些的人工美，但有時需要這樣讓心情轉換一下。」

「讓心情更好？」

「對，因為今天你就要脫離石膏走路了，我們可以長時間的一起走路散步。」

「這隻石膏腳很久沒踩在地上了，不知拆了石膏後，有沒有力氣走路。聽說有些人肌肉會萎縮！」華生看著那隻沉甸甸的腳，皺了個眉頭，好像真的擔心那隻腳的復健期比預期的長。

「放心，這事不會發生在年輕力壯的你身上，就算走不動，我可以當你的支撐，靠著我就對了。」

露西好像從來都不過度憂鬱，回想起她大學時，也是青春洋溢不太擔心身邊的事情會往不好的方向發展，那時他以為因為他陪伴她，他的工作收入應付兩人的生活，使她不必像一般大學生般擔心經濟問題，成天無憂無慮，卻沒想到畢業後她就飛得遠遠，如今想來仍是一頭霧水，雖然露西回來後常在他身邊，但他反而有了不真實感，或者說，這段日子以來所遇的事根本就沒有真實感。

暫時拋掉真實與夢境的疑慮，就算現在是在一場夢裡，這夢裡的當務之急，是得把石膏打掉，他才能獲得身體上的自由。

由X光片確定骨頭的復元良好，醫生按原先計畫，將石膏鋸開拆除，皮膚重新接觸到空氣，彷彿一個新生兒的誕生，華生感到無比的輕鬆，輕到那腳好似不存在，因此也無法使力踩在地上。他仍然是拄著杖離開醫院。醫生開了護膚用品，囑咐按摩的重要，適度的走路練習，定期的回診。他們走出醫院，他試著左右腳並用的牢牢踩站在地上，但覺身體一直往正常的左腳那側傾斜，為了怕右腳再次受傷，仍然是拄杖進計程車。

「好吧，別急，雖然我們還不能散步回家。但適應兩三天，你就會不見踪影了。」在計程車裡，露西這樣逗他。

不見踪影的卻是露西。

他在幾天內由慢慢練習走路，到甩掉枴杖，即天天按時去上班。但黃昏下班時，露西不再來了。他幾次打電話給她，露西都說輪晚班，暫時不過來。

他能自理生活，又忙著收拾養傷期間沒處理好的公事，心想不如就讓露西休息一下，不要老讓她往他這裡跑，因此專心投入工作。

先前設計的展覽場已經臨近展期，公司找好工班，進駐展場開始裝潢，他為掌控品質，白天都到現場監工。彼得說他復元得正是時候，這場展場結束，下一個案子就是精品店的裝潢，兩案剛好銜接得上。而彼得手上同時有三個豪宅設計的案子在裝潢階段，亦是忙得不可開交。

脫離腳傷後，最大的好處是下班後可以和哥兒們找個地方吃晚飯聊天，而且大家為了慶祝他重獲行動自由，分由不同的兄弟作東，常約飯局。這天他們要去居酒屋，他打電話邀請露西一起來，實際上是多日未見露西，希望能見到她。露西說不行，她沒有空，過兩天再見面。她沒說過兩天是指幾天，只是一個籠統的字眼，他心裡感到納悶，但這納悶像炊鍋上的蒸氣，一下就飄遠無蹤。

他和哥兒們在居酒屋，一棟幾乎要當古蹟保存的日式建築，人聲嘈噪，全木製的牆面、樑柱、地板，及桌椅等都飄散著木香味，彷彿來到森林裡用餐，可惜生意太好，座位擁擠，吸音效果不好，耳邊嗡鬧嘈雜的，都是談話聲，太多聲音交會撞擊，客人談什麼倒是模糊掉了。他們的位置安排在角落，可以把嘈噪拋在腦後，熱炒和燒酒上來後，嘈噪音也就只是一個背景音而已。

彼得說：「那三戶豪宅有一個快結案了，進行到油漆部分。屋主指定要找具有古畫修復技巧的團隊來漆木製的部分。」他面露無奈喝掉兩小杯燒酒，配食烤魷魚。

華生感到那魷魚很無辜，在彼得的無奈下被吃下肚完成生命旅程。他問：「有這樣的團隊？」

「哪有？」彼得仍不愧是優秀的設計師，「台灣的古畫修復師很少，專業也只用在修復畫作，怎會去替人家的房子做漆作？屋主肯出錢請國外的團隊，但我們也不至於捨近求遠的去義大利請人，打聽到日本有個曾做過修畫師的頂極漆器師傅可以為民房木作服務，所以一個月前就跟師傅預約排檔期了，仍然是要再等兩星期。」

「有找到人就好，你還煩什麼？」大家舉杯敬彼得。

「我不是嫌屋主麻煩，而是感嘆有完美主義的屋主，卻有跟不上的產業鏈，還得外搬救兵。」

同桌的阿丁說：「何必感嘆，台灣本來就小，有些專業發展不起來，修畫師物以稀為貴，他們怎還有空接民房漆作。再說，修畫和木器漆作怎連結？」

「修畫和古董維護，有特別的透明漆技巧，漆工程序有講究，這程序用在木質漆作，成品會很漂亮。聘來的日本師傅，是做高級漆器等級的師傅，有市場需求就會有人願意做啊！」

他們這樣討論著與裝潢相關的話題，把聲符也傳送到室內空間與其他聲音交混，一室烘烘熱熱，送上來的燒烤也熱騰騰的伴著燒酒酣幻大家的意識。在室內的另一端，有張靠牆的桌子坐了四個女生，其中一個的側影清麗，頸子細長，看來很像那天去藝品店買下獅頭門環的小姐。華生一直盯著那小姐的側影，一邊勾起記憶，越覺神似。他不覺站了起來，紅著酒熱的面頰走向那桌，彼得和阿丁詫異的眼神尾隨著他。

華生在那四位小姐前站定，低頭問其中一位：「小姐，是否妳到過我店裡？」他把話問出口，那小姐轉過臉來正面對他。剎那間，華生感到羞愧，是不一樣的人哪，他是醉了還是鬼迷心竅急於破解謎題，一個不清楚的側面就勾了他的魂。那小姐說：「先生，沒有喔，可能你認錯了。」聲音厚實低沉，與那小姐也不同。

華生道歉回到座位，面頰更為通紅，阿丁取笑他：「在家裡關久了，看到女人就醉了嗎？故意亂認人搭訕喔。」

「被你們灌酒眼花了。」華生又自罰了一杯。

「認成誰了？前女友？」阿丁不放過他。

「一個客戶。」華生低頭看食物，並不直視阿丁。他們一一要他罰酒，這樣喝了一輪，臉更泛紅。不幸的是，望向附近，凡有年輕女性的身影，看來都像那天來買門環的小姐。他不敢再走到她們身邊，也不敢讓兄弟們看出他那幾乎幻覺的神情，他把臉回正與兄弟們繼續說話，而在這刻，他已講不出話，只能聽他們說，他們說了什麼，並不清楚。此時好似他已不在這個空間，整個人飄浮了起來。他極力在下腰部使力讓自己好端端坐在椅子上，卻怎麼都感到自己在飄。直到有人在他臉頰擊來一掌，他才像從半空中跌回自己的座位。

「怎麼了？發生什麼事？」華生撫著自己被摑的臉頰，問桌間眾人。

「你不要喝了。彼得看你在翻白眼，以為你要犯癲癇了，叫你沒有反應，一掌把你拍醒。幸虧你醒來了，到底怎麼回事？」阿丁說。

彼得探過身子欺近他，注視他的眼睛，說：「你還好吧？剛才眼神怪嚇人的，好像離魂了。」

「喔，大概暫時有點醉意吧！」他難以解釋那是什麼狀況，他喝酒除了會臉紅外，一向還有酒力，幾杯燒酒並不足以讓他宿醉。但剛才那種飄飛起來的感覺在腦中還很鮮明，是他在抽離自己嗎？又或許只是恍神睡了個覺。他又補充，「也許累到睡著了。謝謝彼得把我拍醒。」

為了讓他回家休息，他們離開居酒屋，經過屋前短木樁圍起的木叢林，古老建築外的小庭院花草並沒有刻意修剪，在柱燈的投影下，花枝幽影長長的投在屋牆上，也凌散了一地。

彼得將華生送到家門口才放心離去。

回到家的華生，感到全身疲軟，像坐了十八年牢獄般，連肢體也忘了如何行動。他跌在沙發上，想跟露西打個電話，卻無力拿起電話。他的手像綁了鉛球，一隻架在肚子上，一隻垂在沙發外，他想站起來往臥室去，卻無力撐起身體，好似他的身體不存在似的，沒有任何一個可以使力的地方。他只能躺在沙發上，眼光剛好落在牆上那幅藍屋子。那似乎相隔已遠的進入屋中的經歷，在他趕設計稿的日子裡，幾乎忘了那段經驗，也不常仔細注視那幅畫，而現在，他身體無法移動，只能注視那幅畫了。他無意再想起那段經驗。他閉上眼，但不確定，彷無重量的這副身體，是否在閉上眼後，就再也不起來了。

10　L旅館沿革室

朝陽依舊昇起，華生睜開雙眼，亮晃晃的陽光從大片玻璃窗投射進來，雖然腦袋有點沉重，但仍清晰記得昨晚入睡前的虛軟無力，深恐一睡不醒。居酒屋裡的飄浮感似乎被陽光驅離，他動動復健中的那隻腳，起身按摩腳盤到小腿間的肌肉，在陽光的映照下，曾長時不見天日的這段皮膚反射著光澤。這使他感到幸福，沒有什麼比意識到呼吸的存在更能安慰一個被異空間驚嚇過的人。

昨夜的居酒屋幻影仍殘留腦中，提醒他現實中除了公司業務，還有他非得追根究柢的事。精品店設計案和展場案都照進度進行著，早上他進了公司，開了例行性的會議，及聽一些新裝潢材料簡報，下午無事，便往藝品店去。

這條熱鬧的街，大部分的商店都在早上十一點開，直到夜晚九點或十點才打烊，只有他的藝品店是下午三點營業到晚上十點，開店前有準備工作，阿忠總是提早到，他為阿忠新增一個小助手和他輪班看管店務。他傷後第一次走進店裡。從街上遠遠看著店招，好像來到一個陌生的旅遊地般，想重新在這裡找到新鮮感的樂趣。然而沒有任何新的店，也沒有任何店關門，兩個月還不算長，不足以讓這條街有什麼改變，勉強要說有的話，就是小公園裡多了兩排座椅，幾個婦人將她們的購物袋放在一旁，坐在那裡聊天。

他從店門的玻璃看到自己的影子，白襯衫筆挺，臉色嚴肅，好像要來談一門生意。推門而入，阿忠急從櫃檯迎出。

「老闆，要來怎沒先告知？太令人驚訝了，你是來製造驚喜的嗎？」

「不是，我來查勤的，還好你在，不然就把你開除掉。」

「可以問隔壁鄰居，店都按時開啦！」

其實阿忠每天傳當天的營業報表給華生，他們只是需要一個打招呼的方式。華生走過去給阿忠一個擁抱，說：「謝謝你啊，這些日子多虧你的，店撐得下去都是你的功勞。」

「熟客很捧場，他們會回來逛看看有沒有喜歡的物品，這兩個月，熟客的生意就占了七成。」

「這是好現象。哪樣的熟客？」

「有人仍想要蒐藏櫃裡的古董物件，仍不死心盤問可否販賣，希望我們有天可以回心轉意賣給他們。大部分客人是要精緻一點的現代藝品，陶器珠石等等，可自用也可當贈品。當贈品送人的尤多。」

華生看著展示櫃裡的玉器珠鍊，因是跟有口碑的品牌進貨，有些價值不菲，客人仍買得下手，可見這裡的客人非等閒，相當具有品味。面對具品味又下得了手的顧客，才是藝品店能經營下去的支撐力。

「那位買了門環的小姐有再來過嗎？」

「沒，印象中沒有。」

「她再來時，記得留下她的顧客資料，她花了那麼多錢買下那對門環，我一直想應該要附贈她一個小藝品，那時忘了，耿耿於懷，希望有機會可以贈送給她。」

「老闆你真是仁慈之心，還想著這件交易應給回饋。」阿忠還補上一句，「不會是因為那位小姐漂亮吧？」

「是啊，漂亮又多金，誰不想要呢？」

他為了自己脫口而出的謊言感到尷尬，不知為何自己可以隨機流暢的說出一套藉口，就人性而言，想送那小姐一份購物贈禮也無不可，畢竟那小姐連講價也沒有，二話不說很阿莎力的簽下帳單。說欠她一份贈禮也無不可啊！這樣自我安慰著，似乎也不算謊言了。

他到倉庫區盤看了一下存貨，檢查所有電路開關等等的運作都正常，衛浴也乾淨，水龍頭的出水也正常。讚許阿忠處理得很好，並說近日內他不會再來，他得忙著展場那批工程的監工。

走出藝品店，他又回頭看看店招，牌坊反射著臨近傍晚的柔和天光，牌坊上嵌了一塊雕刻著菊花圖案的鑄鐵片，那是從藍屋子拿出來的，因刻工靈活自然，他把它嵌鑲在牌坊上，增色藝品店的魅力。那菊花的花瓣有幾片被陽光照亮了，好像要啟齒說話。這菊花鑄鐵片原是如何被生產出來呢？它加了防鏽處理，色澤美麗，應有一個流浪的故事吧？它應像其他被他拿出藍屋子的物件，落腳到他這裡或再轉到其他藏家那裡，有一個流浪的過程。他沒有勇氣再追究，在現實與虛幻間，他不知道那距離多遠，不知道隔著幾層空間，恐怕不是他能理解的。

近傍晚的市街，人漸漸多，餐廳的人群沒有斷過，在繁華商業區，高昂的房租意味著要善加利用空間，從中餐到下午茶到晚餐，時時刻刻都應該做生意，既有人潮就應善加利用空間製造利潤，因此那大白天到夜晚轟轟轉著的冷氣壓縮機排出的熱氣迴盪在街上。廚房抽風機吹出的油煙和水道排出的洗滌水飄出的氣味交混在空中，人們穿過這些氣味和煙塵，與街上的汽車機車錯身而過，這樣一幅鬧街的景象天天重複進行，但每個穿過的人都有他們的心思，可能剛走出一場親人離別的哀傷，或剛從運動中心打完一場汗水淋漓的球、剛和朋友分手而情緒沮喪、剛買了一件衣服為心情重新裝扮、剛遺失了一件貴重的物品而懊惱；人們或者相隔幾年重新來到這條街回憶往日在這裡分手的戀情，與多時不見的朋友相約在某家餐廳用餐，為家裡的寵物添購合適的衣服，為自己買運動鞋、拖鞋，或者為那櫥窗裡的貨物訂價感歎自己的阮囊羞澀。氣味與煙塵儘管常年或濃或淡飄散，人的聲息比那更複雜的存在著。

而今他也成為那複雜的一員。他剛從藝品店走出，心裡懸掛著即將布置的展場，卻又為昨晚的幻影困擾，他放任自己腳步隨意行走，近日多和朋友一起晚餐，今晚無約，不想回家面對一室的安靜，露西值夜班，已數日不見踪影。他攔來一部計程車，往淡水線捷運車站去。不如去露西工作的旅館看看她吧，給她一個驚喜，也可看看旅館的沿革室，既久聞旅館重視歷史資料，不如趁機觀看沿革室的資料，他也曾承諾露西，腳傷好後會親自去看沿革室。

就這樣搭上往淡水的捷運。

剛好是放學和下班時間，車廂很擁擠，他站了幾站才有位置可坐，車行於城市的上空，漸趨黃昏的仲秋，天色蒼灰中也有幾絲柔和的藍。過了北投，遠遠的海上天色染了暈黃，平時他不會注意天色，在城市群樓間行走，於騎樓裡只忙著看眼前各樓間高低不平的地面高度，以防踩空，又怎會注意到天色呢？除非是過馬路時，天空特別染上與日常不同的色彩，譬如烏雲罩頂，或颱風來臨前紅透的雲彩，又或是異常明顯的紅霞。這樣想時，他想自己是個很不浪漫的人吧，不會刻意抬頭看看天空。搭上捷運行在城市半空，感到無所事事了，往窗外看才不得不被空曠的視野吸引。露西天天搭捷運往來士林和淡水之間，時常看著這空曠的景象，心胸應比他開闊吧。如果進入藍屋子的是露西，她會做什麼呢？

列車經過紅樹林，左邊淡水河波光粼粼，河上好像披了一層淡淡的橘黃顏色，河面開闊向海，又是另一大自然的開闊境界，他不禁羨慕起露西可以常常觀看開闊的景色，雖然馬路這邊老舊的房舍與新大樓交錯，景觀雜亂，但起碼有一片河海之景，使人與大自然連結在一起。如果不是因為露西在這裡工作的關係，他不會有機會來觀看這片寬闊的海景。這幾年他根本沒來過淡水，他沒有這邊的設計案子，也缺乏閒情逸致往淡水來，何況友朋間都不無感懷淡水成為庸俗的觀光區，更使他沒有動力往淡水來。

現在露西是他最好的動力了。許多人在終點站淡水車站下車，跟著擁擠的人潮走出車站，按地址，他徒步走向旅館，夜幕逼近，河上一層水氣氤氳，逐漸罩下灰藍的夜色。旅館有氣派的門廳，大理石照面，他走向櫃檯言明要找公關露西。

多日不見的露西穿著藍色制服，像海洋般迎向他，她臉上有疲倦的神色，可能是連續的夜班令她身體的節奏沒調整過來。露西將他帶到大廳角落，眼光落在他的腳上。

「你怎麼過來的？」

「搭捷運，到站後走路過來。」

「走路對你有好處，能走到這邊，相信你復元得很好。」

「慢慢走就好。」

華生看露西對他的突然來訪，完全沒有意外的驚喜，感到很詫異，他盯著她的倦容問：「我來了，好像沒讓妳特別高興，妳看起來很疲倦。」

「我知道你會來，你應該來，你忙完就會來。」

「為何這麼篤定？」

「你說過你要來的。現在你的腳好了，如果你把要我查的這旅館的資料當一回事，你總會親自來一趟的。」

「所以妳不再去我那裡，是因為在這裡等我來？」

露西沒有回答，轉身帶他往餐廳。外頭暮色已沉，正是用餐時間，餐廳已有眾多用餐者，看起來比較像是旅客，非當地人。

「你想必還沒吃晚餐，我上班中不能出去，就在這裡招待你。」

「我主要是來看看妳，妳許多天沒來找我，是前陣子照顧我太累了？還是我哪裡沒做好？」

「都不是。」露西很肯定的說，「我正輪值夜班，打算也許換個正常班的工作，才有正常的夜間生活。這段時間，我同時也要幫你把需要的資料查出來，不然我若離職，就接觸不到這邊的資料了。」

「原來在幫我工作呢！真是失敬，看來似乎有進展。」

「就等你來把這邊的沿革室看過一遍，其他的再說。」露西壓低聲音說。

服務生送來簡單的餐點，用餐期間，露西還去其中一桌常客打招呼客套一番。做為公關人員，維持與客戶的友善互動，是增進業績的必要做法。他看著露西曼妙的身姿低頭打躬作揖跟客人寒暄，日式的規矩殘影。露西才二十六歲，職業上與人的接觸頻繁，服務的訓練使她看起來成熟俐落，他們若能修成正果，露西會選擇繼續當職業婦女或家庭主婦？這念頭令他感到詫異，他問自己的是假設句「若能修正成果」，婚姻的主動權在誰手上？他們能談到這一步嗎？露西回座後，隨意吃了幾口，即帶他到地下室的沿革室。

「妳吃飯太快了，晚餐都這樣解決？」

「通常在辦公室吃得很簡單，我和你在餐廳吃不太自在，畢竟是上班時間，所以很抱歉。但我想你應趁機來看沿革室，這時通常沒什麼人參觀。」

華生真的感到抱歉了，一心只想到突然造訪給她驚喜，沒想到挑錯時間，反而造成她的麻煩。

「陪我看沿革室有妨礙到妳的工作嗎？」

「沒，這是我的工作之一，跟客人介紹旅館歷史並沒有不妥。」

工作中的露西一板一眼，華生既感到有隔閡感，也帶著欣賞的態度觀看她那慎重的表情，這和私下相處的她有極大的不同，首先是那藍色套裝制服，把她框架成一個定型的人，他輕易想起她大二時與他初識青春清秀的模樣，喜歡穿有著蕾絲花邊綴飾的浪漫裙子，在他身邊沒太多主見。出社會即告吹的戀情和去日本三年的磨練，這位小女生變成一個獨立成熟的女性，他好像看到一條溝在眼前，他得跨過去才能捕捉到她真正的身影。

沿革室確實沒人，他可以沒干擾的仔細看牆上的照片和文字說明，展示櫃裡也有一些過去時代的器皿和紀念文物。十幾個壓克力罩裡有不同的器物，旁立說明文字。有幾個陶杯是第一代清末茶棧所使用的茶器，及一隻燒水的鐵壺；有一支煙管，是位英國商人留在茶棧的失物；有一塊紅色殘磚標示著是日治時代的第二棟旅館改建時保留下來的磚牆的一部分；有三副麻製的手套，是第二代旅館園藝工人所使用的手套，不知是誰如此細心保留了園藝手套，那上頭已顯灰舊，手指的部分布滿黑黃的汙跡，顯示著工人們的辛勤；一部裁縫機是駐館的裁縫師為客人量身裁製服飾專用，想必當時旅館的規模在淡水港一帶受到商旅人士喜愛；有三面座鐘，是過去旅館牆上的掛鐘，樣式像是歐洲進口的造型，在當時應是很炫目的品項；還有一部打字機，甚至算盤、毛筆、硯台、入住登記冊等等；牆上除了第一代茶棧的造型手繪圖及港口的描繪，還有日治時代的旅館照片和戰後改建的照片，格櫃裡展示服務生制服。華生站在手繪圖前觀看許久，露西問他：「看出什麼嗎？」

「手繪圖上的港口遠處，停有大商船。近河口是小船。」

「是啊，商船正要入港吧？」

「不是，那時輪船規模不斷在擴大，有些商船很大，得停在河港外，貨品轉由小船進出淡水河，往返大稻埕。」

「喔，船太大了吧，水不夠深。」

「妳真聰明！」

「沿革室裡這些資料對你有幫助嗎？」

「對了解旅館當然有幫助。但是……」他沒再說下去，因剛好轉頭看到壓克力展示架裡的物件，就接著說：「當然就裝潢來講，眼前的這些物件都用不上啊！」

露西小心翼翼的眼神溜睃四周，似在確認整個空間只有他們兩人，壓低聲音說：「你不是為了找裝潢材料吧？你要我查的是清末商人都帶了些什麼貨物上岸，我不知你為何對這些有興趣，不過就是一家茶棧，也許圖書館的書籍早已有記載。但我想你一定有用意，這也很有趣，清末的一家小茶棧可能接待很多來來往往的商人，說不定還是貨物交換中心呢！你想多了解一些，我就盡力了解。最近我努力打聽，有點眉目。」

「就說妳很聰明，我只是好奇想了解那時的商人都帶了些什麼貨物，妳就將茶棧發展成貨物交換中心。說不定妳很適合當小說家或歷史學家。」他語帶俏皮，露西不搭理他，將他帶到一片彩繪牆前。

沿革室裡這道裝飾性的彩繪牆面，以淡墨畫了花園景觀，疏密有致的花草樹木，樹叢下怒放的菊花，頗有日本庭園的味道，牆面說明牌說是擬真日治時代旅館的花園。露西指著彩繪牆面菊花叢中被眾多大菊花包圍的小菊花說：「聽說這個門進去，是文物儲藏室，有更多的歷史物件放在裡面，可能就是外面傳聞的那些文物。」這時他才注意到那朵小菊花的花心是個鑰匙孔。彩繪牆隱含著一道門。

這讓他興味盎然了起來。好像買了一張彩券，在開獎的過程，發現中獎的機會越來越濃。

「那裡面的東西精采嗎？妳看過嗎？」

「沒，還沒機會進去看。旅館的人都知道那儲藏室的存在，裡面恆溫恆濕。我得和管理組的人有交情，才好意思隨機跟著他們進去查看。能不能辦到還不知道。」

「管理很嚴？」

「不知道。」

「那要靠妳多努力，找機會進去看看有沒有什麼特殊的收藏！外面既傳說有清末以來的物件收藏，想必是有的。」華生趁四下無人，擁抱了她，一下被她推開，她說：「牆上有攝影機吔！」

「那又如何？」

「在我還沒找到別的工作之前，最好安分一點。我不想被開除餓肚子。」

確實得為露西著想，這裡不適合調情。華生退了兩步，又去瀏覽牆上的說明，說：「我繼續讀讀這裡的說明文件。妳先回去上班。等下我會到河邊走走，等妳下班。」

華生送她走出沿革室，自己留下來讀文件。他不時望向那道彩繪牆，設想那裡頭放著的也許是些不值錢的陳舊用物罷了，否則為何不展示出來？可是既然是沒什麼價值的陳舊用物，何需恆溫恆濕保存，還彩繪這道隱密的牆面裝飾它。如此，他對設計沿革室和儲藏室的第四代經營人不得不好奇，而想像他應是個細膩有趣的人。如果能認識他而直接進去觀看，是不是更有意思呢？

11 儲藏室的魅惑

露西心裡有想認識第四代掌門人的想法，過去雖見過兩次，那是他陪老董事長來旅館，但都匆匆一瞥，沒有任何機會聽他講話。她一邊注意著掌門人的舉動，一邊要建立和物件管理組的交情，她突然感到一股前所未有的壓力。而她不知道為什麼想了解儲藏室裡放著什麼物件會是一股壓力，這是莫名其妙又揮之不去的念頭。

還有另外一件事情掛在心裡令她感到壓力的是，自華生的腳拆了石膏她就沒去過他的住處，輪夜班雖是一個藉口，實情是這段時間，日本J旅館的山田先生來訪。

山田先生趁著旅展之便，多留了幾天，不但住入她所在的淡水L旅館，也希望她帶他去幾個地方參觀。山田來信要求時，她原想拒絕，山田卻是言詞懇切的說，很謝謝她過去對J旅館的服務，她離開後，他一直懷念她的敬業和對公司的貢獻，今年的旅展他希望也可找到像她一樣優質的台灣女孩去J旅館工作，重要的是，他想趁機參觀淡水的旅館，相信以觀光為目的的淡水一帶的旅館有他們可借鏡的地方，所以他和參展的團隊結束旅展後，會住到她所在的L旅館，如果可能的話，參展期間也希望可以得到她的協助。

她原可以完全不理會山田的請求，畢竟已離職沒有上下屬的關係了，但山田若真的想得到工作上的資訊，以站在同業的立場，不需幫忙嗎？何況山田已經來到門口，閉門謝客有必要嗎？露西心裡不斷產生詰問，最後為了面對真正的自己，她答應山田在旅展期間不但幫忙展位上的旅遊推廣，團隊來到淡水，也會接待。

山田團隊來的那天，她如約在正式展期前一天與他們會合，他們住在展場附近旅館，五名成員在會場忙布置，山田見她走來，彬彬有禮說，她才離職幾個月，就感到非常不適應她不在旅館工作，急需再找一名台灣來的服務人員，以便能夠很流暢的接待台灣團。其他舊同事團員也跟她道謝和敍舊。山田本人或團員講的可能只是表面的客套話，總之不會有殺傷力。山田流露出來的眼神有一種恍惚感，好像時間的箭飛過去，看不到箭影，只留下一道光。她看到他眼裡那道光影，心裡卻沒有波瀾了，那麼她算是面對了自己，知道了自己是怎樣的心境了？

三天旅展結束，山田先生和同事移居到淡水。在淡水做三天考察，然後回宮崎。那三天期間，她帶他們去淡水的老街、紅毛城、淡江大學、渡船頭，搭船到對岸八里，走了一圈又折返，到山腰上的餐廳用餐，到別家旅館考察裝潢和設備、餐點，不管上班或非上班時間，她全程陪著。大家走在夜色漫淹的小鎮，路燈投射出一種迷離的情調，那也可能是一種離別的姿勢，離別了一段撲朔的情感，過去不能發生的，現在也沒有理由發生。她離開宮崎時就切斷了一切欲望了啊。

她整個人像要重新翻修般的累垮了一星期，白天在家睡覺，中午過後上班，慢慢恢復體力，一邊想著如何替華生找到他需要的資料。這天中午在旅館大廳見華生走進來，她像從一場夢境走出來，有點恍惚。而走出來的這個自己，開始有一張清晰的臉，她知道自己向華生走過去，臉色雖疲累，腳步卻沒有遲疑。她希望走向的是愛情的歸所，即使愛情的面目很模糊，不知是擋風遮雨的庇護所或是一條河岸的靠岸處？或無盡追逐的世界盡頭？就算面目模糊不清，在走向華生的此刻，她看到的是一個願意走下去的方向，相信順著這方向就會有答案。

多日不見的華生神采奕奕，可能是能夠自由行動帶給他無限的信心，看來積極充滿魅力，雖然他的眉眼間有點陰鬱的色彩，但那看起來像在思考什麼的神情，對於一個空間設計師而言，腦子裡隨時在思考什麼也是正常不過的事，何況那種陰鬱的色彩帶有神秘的蠱惑，過去交往時，她倒沒發現華生的這層魅力，可能那時自己太年輕不懂欣賞這氣質，也可能那時華生所受的工作責任不如現今，也可能那時兩人天地太單純，沒有什麼事情需要煩心，也就不知珍惜那時的單純，一心想找生活的變化。

對於華生的突然來訪，她高興但沒有太多訝異，她知道他終會來，因為華生想看沿革室，在他能走動時，當然會親自來看。她帶他去看沿革室，但那些擺在沿革室裡的物件似乎沒有滿足他的好奇，他想知道在彩繪牆後方的儲藏室裡到底放了什麼東西。不是文史學者，卻對一間旅館的沿革好奇，她不知道華生真正的心思，但凡是華生想要她幫忙的，她都希望能滿足他，說是彌補三年前對他感情的逃離也可，說是為了重新建立感情的信任也可。

她利用工作上的接觸，試圖和管理組的人員交誼。財物管理組和其他行政部門一樣，都位於地下一樓，與沿革室和咖啡館分屬不同方向，必須走過兩個交叉的走廊，才是行政管理中心。她常在中午休息時間用過餐後，走經財物管理組，如果那時管理組的陳主任已坐回座位，她就會跟他打個招呼。陳主任年紀約莫四十歲上下，戴一副寬邊近視眼鏡，頭髮長到耳後才剪了個斜坡，很有鮑伯頭的味道，他的組員只有兩名，一名管理耗財性的物品需求，一名管理旅館的所有布置品。剛開始她只說「陳主任好」，過幾天便讚美他「陳主任今天打的這條領帶顏色真美啊」、「今天淡水的風真大，陳主任出門小心這麼有個性的髮型不要吹亂了喔！」陳主任總笑笑，她擔心陳主任以為她對他特別殷勤而產生誤會，所以有時經過他座位也得匆匆步行，假設自己在忙碌中，有時也確實忙著開會而忘了要和陳主任打個招呼。

本來不相熟的兩個單位，業務性質不同，有可能完全像陌生人一樣，卻因這招呼而更有了同事的感情。這天兩人剛好在咖啡館前碰面，陳主任就先說：「最近看來好像很忙。」

「在企畫一個餐飲和住宿的促銷方案，評估的工作比較多。」她仍不改親切，「陳主任最近好嗎？」

「沒大事就是好事。」陳主任笑了起來，額前垂下一小綹瀏海，大鏡框遮住了他的眼神。即使看不清眼神，他的娃娃臉看來總是笑著。

「如果大事是好事呢？」

「那當然更好？怎麼？旅館住進總統級貴賓？」

「那倒沒有。可見陳主任眼界很高，要總統住進來才算是旅館的大事。難怪平日看你一派輕鬆。」

陳主任嗨嗨笑了兩聲，說：「那不表示我沒事做。」

看陳主任有談興，她趁勢說：「陳主任，我們促銷方案成功的話，住進旅館的客人會更多，去沿革室的人也可能變多，根據過去的經驗，客人滿好奇沿革室裡的物件會不會定期更換。」

陳主任很直接反應：「又不是博物館，哪來物件更換啊？」他聲音變弱，身旁有客人走過，進入咖啡館。陳主任挪動腳步往沿革室走，她跟進去，沿革室裡沒有參觀的人。陳主任說：「妳看，客人住旅館是要吃得好住得好，誰會有心思來看沿革室，他們做的是休閒之旅，又不是博物館之旅，所以當初旅館挪出空間闢沿革室，我就覺得很奇怪。」

「是嗎？你不覺得反而是一大特色，畢竟是有歷史的旅館。」

「歷史不見得是旅館的利基，客人不會管歷史多悠久，在乎的是床好不好睡，乾不乾淨，設備有沒有達到需求，住得舒不舒服。」

「說的是沒錯，客人重視物超所值的住宿享受，但若達到享受的等級，再加上歷史感，可能可以招攬更多客人想住進來。」

「那只是少數對文史有感的旅客，妳看有多少旅客利用時間來參觀就知道了。」

寂靜的沿革室空間跟它悠長的歷史一樣，像一個長長的、眾聲喧譁已落盡的空寂過往通道，沒有太多人回顧那寂靜的通道，現世生活永遠比過去重要。露西突然感到站著的腳很沉重，無法跟上陳主任的腳步往室外走。她問：「陳主任……」

陳主任回頭看她，「咦，妳好像在猶豫什麼？」

她指指彩繪牆上那朵隱藏著鑰匙孔的小菊花，說：「因為有踰越的問題要問你，怕不得體。但既然沿革室沒人，我就斗膽問看看，由於我剛好就是那少數的喜歡文史的人，所以聽同事說這片牆後面是個物件儲藏室時，就感到很好奇。是嗎？牆後面是個物件博物館？」她故意誇大添上自己的揣測。

「哈哈哈，」陳主任大笑三聲，扶扶眼鏡，說，「同事？是哪個同事說的？物件博物館？那也太誇張了吧！」

「只是剛進來時聽到的耳語，搞不清楚哪個同事說的，就有這個印象就是了。」她補充解釋，仔細注意著陳主任臉色的變化。

陳主任雙手背在身後，走出沿革室，她慢慢跟上。他們往辦公室去，陳主任沒再說什麼，坐回自己座位，她則回到公關的座位，那裡只有她和另一位同事當班，那同事暫離座位，她坐在電腦前，腦筋一片空白，是否得罪了陳主任？從她的位子一端遠遠望向另一端的陳主任，他正和兩位組員圍在一張桌前談論什麼，那邊的狀況並沒有給她什麼答案。她眼光調回電腦前，隨便瀏覽新聞，她的工作並沒有要求她對新聞做什麼摘要或分析，只要她不斷設計新穎的餐飲與住宿點子，並和宣傳管道保持通暢的資訊傳播，每個月為旅館締造營業驚奇，就達到她身為公關人員的基本或令人驚奇的要求。但她的顧客有可能是社會要人，她平時得花功夫注意新聞事件，辨識各部會首長及企業要人的長相，了解他們的社會形象和功能，娛樂八卦也沒放過。她希望他們走進來時，她可以呼喊出對方的名字，若能談上對方的幾件令社會感興趣的事，恭維幾句，那麼這位顧客有可能再度光臨，並帶來其他客人，或者引介其他餐飲生意的機會。

隨意的上網看新聞成了她打發時間的方式之一，某些誇張放大的缺德事件的報導，一再加上渲染的色彩，使她反感，仍得匆匆讀過；女星的胸部尺寸或減肥進度常被拿來大作文章，她視為點綴新聞烏煙的璀燦煙火，雖很快消失於黑夜，而顯得短暫膚淺，圖片還算討喜。但時間是這樣一點一點隨著新聞的瀏覽流失啊，她的工作大部分都是在締造旅館業績的窮極無聊中度過，可不可以有創意些呢？

她支著下巴看螢幕，內部警示系統跳出一行字，寫著「週年慶慶祝活動，董事長親自出席慶祝」。

大家的電腦都同時跳出相同的內部訊息，陳主任那邊開會的三個人對著桌上的筆電議論，陳主任往她這邊瞄了一眼，剛好她也想看看他的反應，兩人四目相視，眼裡好像交流著什麼秘密，好像有一種默契在那眼神裡交會，露西也很好奇到底是什麼樣的心靈感應使他們在那瞬間好像以眼神交談了一段什麼事情。

那邊討論結束，下午的時間本就沒太多事情可做，上級似乎也沒因為內部訊息而找同事開會。露西繼續瀏覽新聞。感到旁邊來了一個巨大的身影，不是身影本身巨大，而是那伴隨身影來襲的可能訊息。她抬頭看他，感到仰視角度所見的他的上半身到天花板都是訊息的影子，罩頂而來。她等他說。

「妳看到那訊息了？」

「嗯。」

「找個地方說話吧！」

「旅館裡？」

「不，下班後。到外面講。如果妳對沿革室後面那空間有興趣的話。」

她對他露出笑容，並眨眨眼，果然他們是有默契的。

「你這樣講，我更有興趣了。」她說。

這時她輪白天班，和陳主任同時下班，陳主任跟她約了一個車站附近的咖啡館，她沒聽過這家咖啡館。陳主任說：「是個小店，沒什麼人。」

這家咖啡館遠離河邊那排觀光商店，在毫不起眼的街上一角，門前汽車來來往往，遊客大概不會往這店裡來，做的應是熟客的生意。他們選擇內裡一個角落的桌子，兩旁都沒有客人，談話有隱密性。陳主任一進來就開玩笑：「我不敢約妳在旅館裡的任何餐廳聊天，不知要談公事好還是私事，公事我們是談不上的，同事會以為我們談私事，那就麻煩大了。」

「那麼同事若看到我們私下在這咖啡館聊天，不就更有事！」

「說得也是。但管不了這麼多，這和中樂透機率一樣，就假設這機率不存在。我看妳對那空間很好奇，妳的眼神像要透視那道牆，這就讓我好奇，為什麼妳那麼想知道牆後面是什麼？」

陳主任的好奇並不在她的預期中，她只能複述下午給他的答案，說自己是文史研究的愛好者，自然對那牆後的傳說好奇。

「那傳說可信嗎？」她問。

「傳說不會空穴來風。」陳主任的語氣很篤定，他看著她的眼神裡好像有一把刀鏟，想挖出她的好奇由來。即使她不是真正的文史愛好者，在此刻她有必要把戲演下去，因為離答案很靠近了，陳主任主動約她出來，這是難逢的良機。

「所以，那裡放了什麼？」

「我下午沒講是因為在旅館裡不知道適不適合講，畢竟從旅館成立以來，沒有一個同事問過我裡面有什麼東西。也許大家不敢問我，也許沒興趣。看妳很感興趣的樣子，我一時反應不過來。現在妳我離開旅館到外面來，我覺得換了一個空間和空氣，或許是適合講的。」

她等他說下去，不敢打擾他的談興以防他停止想講的欲望。服務生送來咖啡，陳主任等服務生走回櫃檯，再次確認附近的餐桌都沒有客人。便笑出聲來，說：「好像搞得很神秘，其實沒什麼，有什麼人會在乎一些過去破銅爛鐵般的東西呢？」

「所以，真的有過去的物件？」

「幾隻箱子，牆上掛了幾件不怎樣的東西，一個鐵架，放些磚啊泥的，一架書，書老舊了，空間有恆濕恆溫控制。我從來也不知道那些書保留在那裡有什麼意義，箱子裡的東西也是一開始就放在裡面了，我至今不知道裡面到底有沒有東西，若有的話，說不定是一些破銅爛鐵，因為若是黃金元寶，不該放在那箱子裡。每個月我們有管理人員進去擦拭箱子，箱子的木頭光澤很亮就是了，除此之外，那房裡沒什麼了。我的回答是否對妳來講太枯燥了呢？我也很想知道那空間到底有什麼可好奇的？」

「都是什麼樣的書？」

「我只大略瞄過，只看書背。大概有些外文，有些中文，有些日文。這樣而已，線裝平裝皮裝都有。」

「管理員不必擦拭那些書？」

「書老舊，紙張很脆弱，頂多以雞毛撢子撢去上面的灰塵，而且多年來也沒有人交代要怎麼處置那些書和箱子。今天下午電腦系統跳出董事長要蒞臨慶祝會的訊息，我就想，難得碰到像妳這樣對文史有興趣的同事，是否代替我們問問董事長那倉儲室裡的東西怎麼處理？」

「由我來問？對你好嗎？」

「沒錯，應該由我來問，但旅館要管理的物件那麼多，那個儲藏室只是其中一部分，東家自旅館成立的七年來都沒說要怎麼處理裡面的物件，也許他們早忘了那些物件和那個空間的存在。我直接去問，如果他們在意那些物件，可能反而看出我的失職，如果由像妳這樣好奇的員工在董事長面前一問，他們家族若重視，就會交代我如何處理，家族若不重視，就不會交代我，由此我可以看出他們的態度。」

這樣到頭來，反而她成為陳主任的一顆棋子，也是因為她有利用價值，陳主任才願意跟她講彩繪牆後的空間確如傳說。不如將計就計被陳主任利用，反正如果因為她的詢問而使董事長不悅，她原已不打算長留在旅館工作，即使她因此失去工作，也不算損失。如此主意打定，她露出微笑，以示陳主任給了她一件她很樂意從事的工作，和街外那些急馳而過的汽車所傳來的喧囂相比，他們談論的聲音親切而和平。她說：「那麼在慶祝會上我得有機會接近董事長，才好發問呀！而且不適合在很多人圍繞他的場合。」

「我來安排看看，一定有一個縫隙是可以容許我們的問題的！」

像一筆交易，在安靜的咖啡館空間成交，他們彼此發出會心微笑。對露西來說，陳主任長久管理那間儲藏室，對於箱子裡到底是收著何物感到好奇，只是沒有適當的引爆點讓他揭曉答案，這個剛進旅館幾個月的女性員工對文史的興趣成了引爆點，他順勢點燃，而她也像找到知音一樣，起碼她知道陳主任和她站在好奇的同一邊，要一起打開那個不知是潘朵拉盒子或是什麼奇異寶箱的秘密。

12 口述記錄人

旅館週年慶這天，淡水陽光明媚，十月的秋陽帶著金光投照小鎮的山巒與河水，樹梢的綠葉摻雜少數轉黃的葉片爍爍閃動，河水波光粼粼，旅館招牌反射的光芒顯得特別耀眼。實則前兩天的一場雨，沖洗了葉脈，也帶走了招牌上的塵埃，這天天色的蔚藍和陽光的和煦，使小鎮像煥然一新般的生氣勃勃。

雨後的陽光招來遊客，逢上週末，更是遊客如織。L旅館在週年慶這天滿檔的住客率呈現了漂亮的業績，為了做出業績，旅館推出前所未有的食泊優惠，不但有比平時更好的住房折扣，還有累積食泊消費總額的贈品。贈品從旅館專屬睡袍、吹風機到旅館造型的隨身碟、只要進旅館用餐即贈送的日式風情筷子，以及畫家繪製淡水風光的複製畫磁磚飾品，各式各樣精品級的提袋、住宿及餐飲折價券，無不勾引顧客入住的欲望。

食泊優惠是週年慶對外的慶祝活動之一，對旅館來講，有內部針對員工的慶祝形式，董事會為了酬謝員工，早上十點大家集合在會議廳聆聽各級幹部對旅館願景的規畫，董事長代表董事會發表談話，感謝員工的努力，儀式的後段是對績優員工的表揚。

唯一缺席館內慶祝會的，是在櫃檯輪值的員工。

台上的董事長是第四代掌門人李久鑄，六十七歲，七年前旅館落成時，他正當六十歲，意氣風發擴展第四代旅館為高級旅館，擴展的雄圖偉業記在他頭上，而此時致辭的他說，擴展的意圖是在第三代掌門人，也就是他父親的堅持下，由他完成。父親李長流出生於日治時代的一九二〇年，成長過程歷經日本統治，熬過淡水港由繁盛趨向沒落的景況，不但努力維持第一代茶棧旅館創立人發展起來的二十間旅館的規模，還在日治時期結束後的十幾年內，將旅館擴充為五十間房，成為淡水早期重要的商業旅館，李長流在八十歲那年，仍然雄心壯志要擴充旅館，歷經五年的規畫和重建，才有了這家高級旅館的成立，做為第三代掌門人，李長流才是將茶棧生命延續下去的重要推手。董事長說到這裡，全體員工給予熱烈掌聲。講台的側邊，旅館總經理推出輪椅，坐在輪椅上的正是滿頭白髮，已然九十二歲的第三代掌門人李長流。

李長流稀疏的銀髮閃動潤白光澤，臉色紅潤，他從輪椅站起來，向大家揮手致意，又坐回輪椅，那表示除了腿部行走較弱外，並不是身體出了多大的毛病。員工都鼓掌歡迎李長流，露西坐在台下，清楚看到個子不高的李長流眼神堅毅。做為這家旅館的大家長，他的出現好像一道光，帶著悠長的時光感，從日治時代走過來，繼承第一代李如善兩次擴充旅館的精神，在他手上也兩次擴充旅館，而達到今天的規模，他可以說是最有其祖父李如善膽識和魄力的後人，也是後輩學習的對象。露西的眼光始終停留在李長流身上，像要吸乾他的光華，目不轉睛看著這位具有傳奇色彩的九十二歲老人。

接著是表揚優秀員工，董事長親自頒贈紀念獎座，老人坐在一旁對著台下的員工微笑，也向上台受表揚的員工舉手致敬。

儀式結束後，總經理帶著員工到大廳對進門的客人發送週年慶紀念品，一條小小的方巾，繡著旅館名稱。董事長和老人一行則搭電梯往地下室。這時陳主任從人群裡找到她，低頭靠近她耳邊輕聲跟她說：「老董事長要去沿革室看看，早排好的，但沒預告，主要是家人擔心他當天的身體有狀況。現在確定要去沿革室。妳也來吧，機會恰當就發問，否則下次老董事長和董事長再出現不知是何時。」員工們都稱老人為老董事長。

這應該都是陳主任的安排吧，她成為陪著進入沿革室的一員，並且很隆重的被陳主任介紹給董事長家族的成員，成員裡包含老人李長流、董事長李久鑄夫婦、董事長的兒子，也就是第五代李謀略及其年輕貌美的夫人，李謀略才三十七歲，是李久鑄連生了三個女兒才生下來的長子，白皙的臉蛋，剪裁合身的西裝，看來就有富貴氣，李謀略撿著前四代累積下來的成果，在董事會裡任董事，藉以參與旅館經營。他們站在沿革室裡，老人坐在輪椅上看著整個空間和擺設的物件，有一種睥睨的氣勢，身旁的家族成員都靜默。

輪椅上的老人說：「蓋旅館時，我堅持要有這間沿革室是對的，這是對我祖父和父親的致敬啊，如果沒有他們的努力和堅持，我們現在是沒有這個成果的。」

「爸，你也很不凡，你貢獻很多。」董事長李久鑄近乎躬著身子屈向父親，其他家人則顯得冷漠多了，只是站在原地不動。

董事長將輪椅往沿革室內裡推，好讓父親可以看牆上最早期的茶棧畫稿。露西看其他家人散到各角落尋找各自要看的物件，便陪在輪椅邊，主動跟董事長和老人說：「這沿革室十分知名呢，我的朋友曾經慕名來欣賞。」

老人抬頭，視線掃過她制服上的名牌，然後凝視著她，好像從她透露的訊息找到知音。老人說：「所以我說當初要設立沿革室的決定是對的，總會有人有興趣。」他望向不遠處的另一張照片，那是棟五層樓的建築，他說，「那是日本結束統治，社會繁華了十幾年後我翻蓋的旅館，也就是這旅館的前身，這過程很長呢，當初也沒想到旅館可以越蓋越大。」

老人看似對她說，其實也對陪在輪椅邊的董事長夫婦、陳主任等人說，露西看老人好像陷入記憶中，她正可趁機挑起老人的感情，她說：「有些朋友就說，旅館歷經四次擴大，留下來的紀念物一定不只是現在沿革室所見到的，一定還有些值得紀念的東西，如果能夠都展示出來，說不定可以成立一家博物館，更滿足有興趣來參觀的人得到更大的收穫。」

「呵呵，沒有太多，屬於旅館的東西都在這裡了，人們在蓋新建築時，通常都丟掉舊的，這是人之常情。這些照片還是刻意請人拍下來，圖畫也是請人畫的，還請人寫說明，就是留個紀念。」老人說。

「啊，那外面的傳聞就不對了！」

「什麼傳聞？什麼不對？」老人睜大眼睛，有點詫異，好像懷疑外面的傳聞是敗壞旅館形象的醜聞，他額頭和兩頰連著脖子的皺紋像臉頰上的皮膚一樣閃著光澤，反映得當的養生料理在他的皮膚上顯現了效果，那皺紋很親切，讓露西完全沒有階級上的懼怕，她說：「外面傳聞沿革室旁邊還有更珍貴的寶物呢！」

「那一定是建築商傳出去的錯誤訊息，那時請他們做恆溫恆濕的儲藏室，他們就以為什麼不得了的東西要放在那裡。不過是幾隻箱子。」老人有點情緒波動，董事長俯身跟他說：「爸，你記性真好，還記得當初怎麼蓋這旅館。」

「當然，我要蓋的我當然記得。」老人語氣很堅定，他成為這空間的中心，露西站在他旁邊，是年輕的焦點，也有著相當堅強的意志要利用這次機會把疑問一次提出。這次她轉向董事長，說：「董事長，你父親的記性還這麼好，應該找人把他記得的事情記下來，可以留做紀錄喔！」

她講話直言無諱，董事長看看她胸前的名牌，笑道：「父親如果願意，當然是一件很有意義的事。」

「有什麼願不願意，我想講的不就在這間房裡了嗎？當初都叫人寫下文字放在這裡了。你看到的不就是紀錄嗎？」

董事長正辭窮，露西接道：「那幾隻箱子裡是否有東西要記下來呢？它們沒有展示在這裡，也沒有文字紀錄。」

現在問到問題的核心了，陳主任和露西互視一眼即匆匆別開視線，在那一眼裡，露西感到陳主任整個人僵硬，連臉上的表情也像一具石膏像一樣線條凝固，只有眼珠轉了轉，在揣測可能的答案，也可能表示對她最終能問出問題的嘉許。

老人一家人都看向她，連站在另一端的李謀略夫婦都聞聲走近。老人靜默的坐在輪椅上，他抬頭注視茶棧的手繪圖，圖裡的茶棧有兩層高，上層較低矮，主要架構是竹條與木材搭成，上覆竹片與茅草，門前牌坊寫著「河邊茶棧」，建築兩旁花木招搖。這張圖是他請一位淡水的流浪畫家畫的，那畫家常在淡水河岸流連，在渡船頭凝視對岸的觀音山，有時背著畫架擺在河岸前描繪漁舟與觀音山，他見過他幾次，在決定將二十間房的旅館擴張成五十間房時，他走向畫家說：「可以為我旅館源頭的本家畫張畫嗎？」那流浪畫家根據他的描述畫下這張畫，其中也許加入了畫家個人的想像，比如那草的姿態花的盛放，門前垂吊的乾草。

畫雖裱在壓克力框裡，仍是有點泛黃了。老人轉過臉來，對著他的兒子說：「這小姐的建議不錯，我應該為旅館的歷史補充一點資料，趁我現在還記得。」

董事長又看看露西的名牌，燦然對這名似剛離開學校不久的新員工露出笑容。

此後數日，露西不斷接到上級的詢問，問她有沒有寫文字的經驗，問她對公司的經營走向有沒有意見？問她是否對文史有足夠的興趣？對這家旅館有足夠的熱情？所有的問題裡，露西比較肯定的答案是，她中學和大學時寫了一些文章登在校刊上，大學還得過校內的文學獎，但她對成為一名書寫者並沒有強烈欲望，所以沒有往文字創作這方面繼續耕耘下去。

在老人和家族眼中，她的寫作經歷足以說明她有能力為老人的口述整理文字，何況她是旅館員工，長相清麗可充當門面的公關人員，算起來是自己人，沒有什麼人比自己人更有信任感，她那天在沿革室的陪伴和發問，也取得了家人的信任。

露西成為受指定的口述記錄人，她和陳主任再次在車站附近的咖啡館碰面。這傍晚外面飄起雨來，兩把傘一前一後置入咖啡館門外的置傘桶。冒著熱氣的咖啡使手心暖和，露西手握咖啡杯，恍然有種不真實感，上回他們坐在這裡時，描繪的畫像是試圖探知儲藏室的箱子裡放著什麼內容，對如何探知還感到迷茫，畫像也是模糊的，而現在她可以和老人直接面對面了解旅館歷史，甚至透過她的誘導，使老人講出那箱子裡的內容。她成為了參與的一份子。

「這很不真實，不是嗎？」她問陳主任。

「這是最好的發展。妳親身參與記錄就可以得到最確實的答案。」

「所以，到目前為止，事情都在軌道上？」

「應是超過預期。妳看，他們並沒有追究我為何對那儲藏室漠不關心，我們的管理只做到基本的打掃，可見若沒有妳建議老董事長做紀錄，可能他們仍沒有想多關注那幾隻箱子。可能忙著現在旅館的營收，而忽略那些老舊沒有生財價值的東西。」

「大概只有老董事長才是真正對那些物件有感情的吧！」露西望著窗玻璃上霧濛濛的水珠，水珠滑落的軌道映照著街上濕答答的各種建築和人群衣著顏色。

露西的這個結論，使他們都徒然陷入一種莫名的感傷，站在不同時間距離的人所見的物象不同，那距離也或許是心的距離。露西並不清楚怎麼解釋各人對事物情感的差異性，但她確知，她做的這些功夫，都只為了滿足華生的好奇，她想讓他發現她有能力為他做點什麼，即使她並不確信自己的文字能力能夠達到老人的要求。陪伴著她進行這整個探知儲藏室內容的是陳主任。現在，從他的大黑框眼鏡看過去的那對眼神帶著欣賞的眼光回饋給她，眼光裡還包含了他一直以來的誤解——以為她是文史的探知狂。陳主任俯首跟她敬禮，崇拜她的文史熱情，因為這個俯首，垂落了頭頂的幾綹髮絲，她才發現，陳主任有點禿頭，那應是他把頭髮留長的原因。

13 李長流初次口述

我生於一九二〇年，一生下來就是日本人，我阿公的時代，就他的認知，他是清朝人，他歷經清代同治和光緒皇帝。在他二十五歲那年，光緒皇帝當政，不中用的清朝在甲午戰爭中打不過日本，不得不向日本求和，日本開出的條件之一是將台灣永久割讓給日本，簽約代表北洋大臣李鴻章銜命賠了巨款又割讓了台灣及澎湖各島，台灣子民的主子變成日本天皇，男人的長辮子成了短平頭，而我父親也在那一年出生，因此我和父親生於日本天皇的轄下，我的兒子久鑄卻出生於日本結束統治那年的十一月。一九四五年那年我二十五歲，突然改朝換代成為國民政府，好像一個人改變穿著，站在鏡前無論如何都很不適應自己的新形象。我的家族歷經清朝、日皇、國民政府三個政治時代，在這個背景下，我們所經營的旅館也歷經不同外貌的改觀。

對我而言，光是文字的改變，就讓我彷彿回到童騃狀態，對四周環境的丕變感到茫然，就像去到一個完全陌生的國度，從制度到語言都因無知而感到驚恐。不，不是好像，是根本就變成了一個陌生國家。阿公說，回到漢字書寫了，我們終於回歸祖國了，對於我和父親而言，卻是另一趟學習的開始，因為我們兩個平時在家雖講閩南語，但在外都讀日文講日語，那時我已掌管阿公建立起來的二十間房旅館，所有住退房及各式收入支出的管帳、旅館每日的簡單記事等等，用的都是日文，突然要改成漢文，我不得不惡補漢文。我和很多鎮上的青年一樣，晚上特別去漢文老師家裡讀書習字，練拗口的華語。那年我剛當父親，看到我那仍抱在手裡一臉無知的幼兒，我感到我和他一樣是這個社會的新生兒，我們都要學習一種新的聽覺，適應新的語言，因這語言並不是我家庭裡慣常講的閩南語。

該說我生不逢時吧，清朝人阿公對我疼愛有加，我從幼年起就是他的最佳生意夥伴，跟隨他進出自家旅館。旅館是他全部精神所在，隨他走到哪裡，就聽他說故事到哪裡，我再也沒碰到一個像他那麼會講故事的人，或者說，沒碰到一個像他有那麼多故事的人。他可能也沒碰過一個像我這樣忠心跟前跟後，不鬧脾氣，又愛和客人打招呼的小孩。屢次跟他走在淡水鎮上，他就說，將來旅館由你來管吧，好好學，要越開越大呀！他嘴上雖這麼說，心裡可能知道時勢不妙了，當初由茶棧老闆那裡接過茶棧，擴建茶棧為六間房的旅館，再擴建為二十間房，是因淡水河水悠悠，船舶通商頻繁，商人上岸要停泊過宿，街上旅館供不應求，今日才走了客人，下個客人就接著進門了。但日本人將港口改到基隆去了，那裡可以容納更大的商船，各國的船隻也越造越大，載貨容量大，基隆港拔走商船路徑，淡水河往來的船隻逐漸減少，商旅人士也遞減，旅館業自然首當其衝，不要說擴充，能維持面貌已相當不易。我猜想是這個緣故，那時五六十歲的阿公才有那功夫帶我閒逛講古，應該是旅館住客清淡的殘景。

在那閒逛講古的日子裡，我對旅館的感情像根釘一樣扎下去無法拔離，這是日後才發現的，可能是我阿公的計謀，訓練了我父親後，還看上我父親的兒子，也就是我，來繼續承續他好不容易建立起來的事業。也或許剛巧，我牢牢記住了阿公所說的建立旅館的那些故事，我一輩子就陷入那故事裡，成為後續故事的一員。

先說說那箱子裡裝著什麼吧！如果說是故事的收集箱也是可以的。

我阿公說，在他還是茶棧的伙計時，因常去碼頭招攬客人，延請客人入茶棧休息用茶，一眼就看清楚了那船裡運的什麼貨，基於好奇，看不清也會問個清楚，他喜歡和客人攀談，客人長途船行之旅，下了碼頭沒有不愛講話的，有人聲就是生氣，所以他問什麼，剛下船的人都樂意跟他講幾句，即使語言不通，比手畫腳加上觀察動靜，也常成功的得到一些資訊，並將客人延進茶棧。也是這個不怕生、膽大樂觀的個性，使茶棧老闆生前將茶棧留給他經營。阿公經營了幾年，擴大為有住房的茶棧後，商人逗留過夜，有的急忙走了，留下物件，常年不回來討取，便堆積成旅館的財物，有些東西看似不值錢，但或有特別紀念意義，所以他不敢妄自丟棄，都保留起來，萬一客人回來尋找，可奉還。如此日積月累，便有一室一處專門放置物件。

在初營茶棧的階段，洋人多，有時客人將隨身的菸斗或小書遺忘在茶棧裡，或者一條手帕、一個船上帶下來的杯盤用具、一些水手們用的髮油、一個還裝著餅乾的盒子等等，有時會意外發現有水手私挾了船上的貨物上岸兜售，沒兜完的，匆匆離館時卻忘了帶走。水手上船離岸不再回來了，阿公會將書和物品留著，其他消耗品就扔棄，印象中只有一個英國人回頭找一枚遺失的戒指，其他物品則無人招領，水手走私來的貨物有各種漆器或銅製銀製等金屬用品，阿公都將它們置放在一隻木箱裡。日治初期，日本人多了，留在茶棧旅館裡的遺失物就可觀了，折扇、毛筆、書、手帕、宣紙、圖卷、茶葉罐、漆器，甚至衣服和當時顯得珍貴的照片，有的有人回頭拿回去，但大部分都進了木箱子。日本結束統治後，在六〇年代，淡水慢慢發展為觀光小鎮，以觀光為目的的旅客回流，正好是旅館擴建的契機，我們因好不容易度過淡水港的沒落期，生意勉強維持，到六〇年代，生意一有起色，二十間房已經不夠了，因此第三次改建為擁有五十間房的建築，這時我已四十歲，阿公也過世十年了，無緣看到五十間房的擴建。阿公活到八十歲，過世時是統治結束後的第五年，他很欣慰回到漢文的書寫系統，歷經清朝、日治、國民政府時代的阿公對那箱裡的東西特別有感情吧，晚年多次指示那些箱裡的東西就是旅館與台灣的歷史和文物，要我們莫要丟了那些旅客留下的書和物件。所以六〇年代，在我和父親第三次擴建旅館時，無論如何也要留下那幾隻箱子，那些物件對我們沒什麼用處，卻是和阿公的連結，就是留著對阿公的一份情感一份紀念，旅館事業是他創始的呀！到了今日，第四次擴建成這棟更現代化的旅館，我們為紀念和感謝阿公，就規畫一個房間放置他留下來的東西，說要怎麼使用倒沒有，算是對他的尊敬，好像有他的精神陪伴著。所以恆溫恆濕的擱在那裡，當旅館歷史看待吧！

14 深夜酒吧

華生閱讀露西所寫的第三代人自述，現年九十二歲的李長流追述儲藏室裡木箱子裡的物件，那些物件沒有像博物館般為每一個物件做身世記錄和編號，那不過是家屬為了保留先人們的事業足跡而保留下來的證物，裡面的東西可能稱不上價值因而沒有特別編號和記錄保存原因，卻有情感上的慰藉，因此留在箱子裡，加以恆溫恆濕保護，表示對旅館一路擴充的尊敬，也對那幾隻由珍貴樟木製成的木箱的重視。

即便沒有編號，大略清單倒是有的，第一隻箱子裡置放的是第一代旅館客人遺失的物件，在那單子上列有燭台、錫杯、硯台、毛筆、短刀、呢帽、手杖、長袍等等，顯然是清末過渡到民初的年代，往來船舶碼頭的商人或水手留下的東西。錫杯這字眼令他眼睛為之一亮，宛如手裡正拿著從藍屋子獲得的錫杯。當時是誰留下的呢？哪一國水手？船往何處開？這些物件都有專屬的故事，那持有人如今都已成白骨，靠著物件，讓後人想像當初擁有者的生活或生命熱情。這樣說來，發現木箱裡的物件，也不是無意義的，如果有心，每個物件都可以做一個當時庶民或商旅生活的考據。

比如錫杯，為何擁有者將錫杯帶上岸？是想上岸售出？還是隨身杯？是受某位重要人士贈送了錫杯，或正想將這錫杯做為一個禮物，卻遺忘在旅館裡了。如密室般的儲藏室是家族的私密所在，封鎖在那花牆洞眼裡的，是流經百年的家族事業史，從旅客留下的物件來看，何嘗不是社會經濟貿易史。他或許能透過其他資料的閱讀和討論為錫杯的來龍去脈找到一點蛛絲馬跡。

他約彼得出來見面，在小酒吧裡，兩人坐在靠牆的桌子對向而坐，酒吧男女友人共桌的多，這晚只有他們兩位男性同桌喝酒，或許會給人一些誤會，但任何的誤會都不干他們的事，他們純喝點小酒。送酒的年輕男服務生躬身置放酒杯，牆上的霓虹燈管釋放的藍色光影投在他潔白的襯衫上，將領口的紅領結罩成一層迷離的藍紫色調，連酒杯裡的調酒色澤也不安了起來。他傾身向彼得，探了探他杯子裡的綠色酒液，在藍光照射下彷如一掬淺波海水。彼得伸手將他的頭頂回，說：「這樣太明顯了，要約我也該找個隱密的地方。」

「想得美！找人約會輪不到你。」

服務生又送來下酒菜，彼得的視線移到他的腳，望著他的鞋子，說：「穿的是正常的鞋了嘛，都復元了？」

「都差不多了，可以正常走路，慢慢走就是。」

「那更要常常出來喝酒。」

「你當然知道有事要請教。」

「啥事就說說吧！你只找我來，應該是比較特別的事吧？設計有問題？」

華生怕自己過度表現對器物的熱衷，會引起彼得的疑慮，只好就設計案發揮。「對的，設計風格上的瓶頸，所以才要請教你。你是東方古典風格設計的專家，問你是最對的。我的一個業主考慮改變設計，規畫一間具有復古風格的起居室，櫥櫃上想擺設一些清末藝品，當然是複製品，你有沒有什麼建議？」

「看他喜歡瓷器還是金屬器物，清末不算有什麼大不了的新玩意，文人雅士玩賞的就是宋元明的珍品，要說勉強可湊上數的是陶藝與繪畫，可是到清末，西方列國都侵門踏戶了，海盜猖獗，比較有趣的應該是各國貨物的私通交流！」

「那麼就這些交流品吧，象徵航海時代的大交流。」華生說。

「不過，看來還真是喪權辱國的明證。」彼得笑開了，彷彿回顧歷史，只成眼前的一杯酒中倒影，任人笑談。

「哈哈，以世界貨物史的眼光看，貨物交流促成的經濟高度在於國度之上。」華生回應。

「有時真的是這樣，人們總是現實的，顧著自己的享樂，能拿到手的貨物比一個什麼國家政策實際多了。人們需要貨物，又有商人在各國間運輸貨物，誰不會想要點珍奇的東西呢？」

「說說看，清末有什麼好東西在海上交流？」

「我又不是歷史學家，也不是經濟學者，不過是一些普通常識而已，以正式管道通關進來的，最要命的當然是清末英國進口鴉片到中國，在台灣這一塊雖也有鴉片進口，但最大宗當然就是茶葉、樟腦、木材的交易。私通的就五花八門了，十九世紀末的貨物種類已經很熱鬧了。」

「器物呢？」華生追問。

「器物大宗不在台灣，應該你也知道在那時代淡水港有許多國外商船，這些商船有的是歐洲國家繞過東南亞來到亞洲，往北到了日本，沿著碼頭做買賣，各地的物品互相交流，在更早的十七世紀就是這樣了，沒太大稀奇。瓷器、銀器、錫器、皮件、布料，沒有不交流的。怎麼？你打什麼主意？你的業主需要復古的屏風嗎？日式的還是中式，或者明清家具？這些在如今的亞洲市場都找得到，不但有新的仿製品，也有古董。」

彼得望向吧檯牆面的一座復古掛鐘，說：「你看那鐘，就是歐洲古董鐘的仿製品，鐘面的圓盤外圍雕鏤樂器的形狀，仿的是音樂鐘。我曾去荷蘭參觀過自動樂器博物館，那裡有大大小小各種和音樂相關的造型樂器，在那裡看到和牆上這掛鐘造型類似的音樂鐘，鐘旁那個船舵，八支轉柄形成一個四通八達的概念，橢圓型的柄端刻得很美，是小型輪船的方向盤，造型很復古，都是回復十九世紀感的東西。這酒吧營造的就是復古風，難怪你的業主也要在家裡弄個復古角落，懷舊是人性的本質吧，雖然我們並沒參與那時代。」

「就是因為沒有參與，才會想著那已成歷史的時代。我們正在參與的這個時代，應該我們還看不清它的面目吧？」

「也許局部。我們坐在這時代的酒吧，這裝潢、這氣氛，這酒色，感覺還不錯。而這種復古風也正是這時代的一部分。要不然，我和你也不會擁有那些追求復古感的客戶。」

華生盯著牆上掛鐘旁木頭色澤深沉、有幾處不規則木紋的船舵，說：「說得也是，那麼如果是你，當客戶要布置個與清末器物相關的空間，你會裝上那樣的船舵嗎？這船舵不就象徵航海交流？」

「哈哈，現學現賣，好主意，如果業主喜歡的話，把那空間設計成一個輪船的艙房也不錯，裡面有大戶人家旅行時蒐購的各式物品，那就可以洋洋大觀擺上許多瓷器、茶葉罐、鐵件、木製行李箱、南洋的籐具、西洋的樂器、維多利亞風的坐椅、或中式的茶几。」

「那不雜七雜八沒個風格?」華生不以為然,喝掉一杯血腥瑪麗,又叫了一杯。

彼得瞪了他一眼:「現代的術語叫混搭。」

調酒師在吧檯前調酒,使用多種不同的量杯注入各式酒款,再放到調酒器搖晃,那舉手晃動的姿勢熟練而優雅,這也是這時代的剪影,他和他背後牆上的船舵好像分離,是兩種不同時代的氣氛融合在一起,牆上代表的是物質文明剛要起飛、工業革命可能帶來更大量貨物交流的時代,而前面酒吧的調酒器、霓虹燈管映照在各式酒款瓶身的炫亮色彩、檯面上大理石的嶄新色澤和金屬為骨幹的高腳椅,都閃現了現代元素的氣氛。從舊時代累積堆疊融合,又加以改變的就叫新時代吧,但人們會知道有一個空間放著舊時代的物件,那空間到底存在於哪裡呢?除了靠一幅畫穿越進去,還有別的管道嗎?華生不禁抬頭仔細的看向吧檯後面那片牆,尋找牆上任何一個可能穿越空間的密道,那個船舵,或掛鐘,或掛鐘旁的那幅畫著酒瓶與酒杯的複製畫嗎?

「你還有什麼困惑?」彼得已經喝了三杯調酒,盤裡的炸物也快吃光了。

「我有個想法,不如就把那空間設計成一片多寶格牆,牆上格子就放十九世紀末東南亞海上貿易常見的貨品,但以器物為主。比如東南亞的錫器、中國的瓷器、日本的漆器和玻璃工藝。不要太雜,幾件主要器物就可以了。」

「多寶格設計成不規則,現代感就會出來,復古中有新意。」彼得接口說。

「那麼，像錫器，應該如何選？」

彼得哈哈笑說：「你不可能拿個泰式餐廳就看得到的錫杯擺在精心設計的多寶格裡吧？要上等的話，得選馬來西亞或歐洲的錫製品，錫有很好的延展性和防潮性，塗在金屬外層成為保護層，它需與金屬結合才能有好的硬度，形成我們稱的錫製品，像鋼材塗上錫，也算錫製品，更有少數金屬混合錫，東南亞這一帶就有很多錫製品是混合少數金屬製成，錫成分高，馬來西亞那邊的錫器拿來裝茶葉或一切需保持乾燥的物品，也有燭台，各式容器。多寶格裡擺個錫製的燭台、聖杯用途的酒杯，或造型特殊的錫罐都滿有貨品交流的意義，畢竟那時，東南亞的貨物也往北送了，英國的商船到日本，到中國，東方西方已有很頻繁的交流。在日本，錫器也可以打造成非常高級的飲器，只要錫成分高，它是只亞於金銀的貴金屬。」

「我想擺錫製品，就因為它有很常民的，也有很高貴的成品，運用性很廣，在歐洲商船將東南亞的物品帶往東北亞又帶回母國的時代，很有貨物流通的象徵性。」

「那是器物，若以食物論，有象徵性的就不少了。」彼得繼續補充，「像我們眼前這洋酒，如果不是透過商船的貨物交流，水手把西方酒帶入東方，我們怎麼能享受這種將幾種酒混合在一起飲用的樂趣呢！」彼得看看飲盡的杯底，說起酒與錫杯的關係，「用錫杯喝酒，在歐洲和東方都有傳統，好的錫杯可以保留酒的美味，飲用起來更香醇。如今錫成分高的錫杯是高級酒器，所以，一個器物普遍被拿來使用，常是跟飲食有相當的關係。」

經彼得這麼解釋，華生可以想像在十九世紀末的商船上，不但貿易商人把靠岸各地的常民器物運輸回去當異地情調的特有物販賣，旅行的人們，厚重的行李裡也裝滿了各地獵奇而來的商品，在飛機還沒發明，運輸速度有限的時空裡，所有從不同海岸碼頭帶上船的貨物都十分珍貴、飄散著異國情調與想像。難怪L旅館的主人翻蓋茶棧時，把旅客留下的東西都珍藏收入木箱，那是越過海洋的信物，是記憶，甚至可能是個故事。

那麼那些早期從台灣運送出去的物品也會有故事吧？坐船漂洋過海到另一個陸地的人也許帶了台灣的香爐，或母親與妻子編織的衣服，或者一頂草笠，或許也遺忘在哪個碼頭的旅棧裡也說不定！

隔幾張桌子的一個白皮膚洋人起身要付帳離開，他身旁是名台灣女子，兩頰紅冬冬，露出衣服外的皮膚霞紅，像剛在海灘曝曬了一下午。女子偎在洋人身邊走過來，近看原來是酒後的透紅。那依偎的身影相當嬌小迷人，顯得那白皮膚的洋人男子肩膀特別厚實。男人在櫃檯結完帳，兩人推門出去，消失在一室迷幻暗沉的燈光中。門推開的縫隙，感覺外頭夜色深沉，沉黑中有車燈流逝而過。

「那是那男人的女人了，你一直盯著她瞧幹嘛？」彼得問。

「不，我在看外頭流過的車光，這麼晚了，車子還多啊。」

「我明明看你是盯著那女人瞧。怎麼？露西回來了，這段時間也陪著你，有沒有跟她定下來的打算？」

「你什麼時候變得這麼婆婆媽媽？我不和她定下來也輪不到你。」

彼得差點把酒從嘴裡噴出來，跟他說：「這倒是個不錯的主意！」

他們乾掉杯裡的酒，又點了另一種調酒，兩人酒性都來了，彼得說：「如果你現在要把阿丁那些人叫來喝酒，保證他們也會奉陪。」

但他並沒注意到彼得到底說了什麼，他腦裡的酒精已帶他到另一個國度，他在漫飛，隨著航海時代以來物流的大範圍交流，那幅藍屋子畫中的門環一定是東方流到歐洲去，被哪個人買走裝在家裡的門板上，否則畫家怎會畫出有門環又有把手的門板，那可能只是要做具中國風的裝飾，他得去問出那幅畫出於哪個國家，為何具有可以進入另一個時空的魔力。如此想著，他恍恍惚惚了起來，對所處的現實感到迷惑。他問彼得：「我們在台北嗎？」

「當然是台北。你是否喝太多了？」

15 尋找異空間的入口

週日清晨，天空一片蔚藍，陽光斜射，落得到處閃亮亮，天空遠方浮停幾縷白雲，像散掉的棉花糖，好像等下也會讓陽光給曬融。

華生手上拿著一部裝上長鏡頭的單眼相機，他上樓來拍照。能看到這麼大片的天空是因為他站在大樓的樓頂陽台，十四層樓的高度已經足夠他的視線跳過許多樓頂直視大片天空，爬上這幢樓的頂樓還得特別跟大樓管理員報備，管理員替他開門後，等在梯口待他把事辦完。

他將鏡頭瞄向觸眼所及的各個街口，及遠方，在鏡頭中形構出樓宇與天際的比例，密集的群樓或大片的天空都以不同的焦距留下畫面。陽光暐暐，投射處，光亮得像誰在那裡剛把物體擦拭得很乾淨，背光處幽幽如隱藏著一則陰暗的故事。他不斷對群樓頂與天際間拍照，還留下大片的畫面比例給天空，在這晴朗的日子，他想透過鏡頭看能否拍到意想不到的空間。

或許這想法有點瘋狂，但他內心像灑上了點點黑墨，需要想像光不只是光，光或許帶來驚奇的掃蕩效果，掃去心中黑漬。在明亮的地方，黑色會消失無形，他透過鏡頭，尋找光的同時，也盼望那光帶來空間的答案。

守在梯口的管理員，順道抽了根菸，邊按開打火機，邊說他不知道雜七雜八參差不齊的各式樓頂有什麼好拍的，那些樓頂陽台上不是水塔就是冷氣空調機座，或者加了棚頂的違建，矮公寓的樓頂陽台則是曬著衣服、棉被、一些雜物橫陳，堆放幾把破椅子、破櫃子，所有樓頂景觀無植物又無美麗造景，拍那天空，難不成是在等待飛鳥。管理員最怕住戶跳樓，華生知道他守在那裡應是為了看緊他不要往下跳，樓頂的鑰匙在他身上，本就要負責住戶安全的上樓又安全的下樓。管理員的背倚在門邊，腳抵在門擋，好似他也出了一份力防止風把門扣上。他已抽到第三根菸了，華生的鏡頭對著天空，那裡並沒有任何一隻飛鳥飛過。

日影往正天空偏斜了一個時鐘刻度，華生蓋上鏡頭蓋，跟坐在門前的管理員說：「好了，我下樓去，不好意思，麻煩你了。」

管理員往地上捻熄菸頭，將所有的菸蒂用面紙包起來，放入隨身帶來的小垃圾袋。他們下了幾個階梯來到頂層電梯，管理員先是關上陽台的門，再關上連接電梯間的門，這兩道門關上時，鐵門碰觸的聲音迴響在有限的頂層空間。華生以為住戶若常上樓頂陽台，電梯兩旁的頂層住戶大概會不勝其擾吧。

「平時常有住戶上來嗎？」華生問。

「幾乎沒有。」管理員答，「大樓的人很忙啊，沒事不會上樓頂的公共空間，你今天興致好啊，看你拍了很多照片。」

「就心血來潮，隨便取景。」華生不打算對管理員透露太多。住到這棟樓以來，第一次上樓頂陽台，沒想到是管理員全程陪伴。

回到自己所屬的樓層，一進家裡便迫不及待將照片傳進電腦放大觀看。

樓頂水塔、冷氣主機風扇、遮棚下的躺椅、鐵皮焦褐的鏽蝕、失去椅腳的椅面、不鏽鋼儲水槽、爬往水槽的鋁梯、造景檯的雜草，都成為大片天空的陪伴物。照片裡的空間並沒有出現可疑的疊影，華生從物體的前後位置，找尋任何可能出現的空間入口破綻。他放大兩條街間的中間地帶，盡頭處只是路面繞彎後的另一群樓宇；放大雲朵，散開的水霧或許能進入另一空間，但遙不可及。倒是凝視照片中的各個空間，自己彷彿也進入那空間中，在群樓間行走，似乎看到每一戶人家的生活景況：客廳的電視聲、餐桌間的爭吵、孩子們在臥室裡的嬉鬧，或辦公室裡每一個無精打采的面容；自己也像融入雲裡飄飛，俯視城市的一切。那麼，只要想像去到了那個空間，另一個空間是存在的。

此刻看不出那天空裡是否還重疊著另一空間，也許哪天再打開照片時能看到呢。

自從進入過藍屋子後，他就相信事物並不像表面所見的那樣，而是有一個重疊的時間或空間存在著，只要找到那個入口，就有可能置身其間。那入口或許無所不在，或許難以企求，卻讓他曾經遇上了。

他將螢幕切換到自己的工作行程，下週末就是展覽空間的開幕，從佈展期間到展期，他都該去關切場地的使用是否順暢。那是下週的既定行程。那麼就只有這個週末可以利用了。

他打開另一個新接的設計案，那是一家畫廊，空間要求並不複雜，但需講究燈光與隔間動線。他還沒動手畫，眼睛停在原來格局，想像打掉原有格局後，空間重組的可能。他心裡盤算：想像一個新空間，和想像一個異次元存在的空間，其間差距到底有多少？

畫了一個基本草圖後，他走上街。往當初買藍屋子畫作的藝品店去。

繁華的區域，瀰漫匆忙的氣息，來來往往的人群好像只有逛街或購物的目的，在假日仍然充滿各種衣著色彩的流動。他拐入藝品店所在的巷區，幾家並列的咖啡店和服飾店，都已開門營業。藝品店的門廊擺置了新的原木休閒椅，旁邊圍繞半人像木雕，花草鳥籠懸空垂吊。店裡無人，老闆老胡坐在櫃檯。

店裡的天花板垂吊多盞水晶燈，有的亮著，金燦輝煌；水晶燈的造型有繁複有簡約，將整個店裡的空間點綴得相當華麗富有歐洲皇宮的氣息；堆滿店裡的貨品有各式各樣模仿皇家物品的豪奢感，那是整貨櫃從歐洲運送過來的家具和飾品。有面牆上掛滿畫作。在這個家飾雜貨店般的藝品店裡，可以為了挖寶消磨不少時間，也可以為了某一個迷人的物件，而挑起購物衝動。

「嗨，好久不見！」老胡還記得他。

華生走到櫃檯和他招呼：「是啊，好一段時間沒來了，生意都好？好像品項越來越多了。」他環顧四周。

「客人需要啊！常跟我問有沒有這個，有沒有那個，我跟進口商詢問，進口商就會告訴我有哪種貨櫃進港，我就是下訂，整櫃的訂，和同道分貨，慢慢消化總消化得掉。今天有特別要找什麼樣的物件嗎？」

「沒有特定，就是隨意看看有什麼新鮮有趣的物品。」華生看向牆面，說，「也許再挑一幅畫。」

「牆上不滿意的話，倉庫裡還有。你上回買回去那幅應該很耐看吧？」

華生不自覺傾身向前，很靠近老胡以便聽清楚回答，他問：「你記得我買回去的那幅畫？」

「當然記得，一幅畫了藍屋子的畫，藍色的門滿搶眼。」

「有類似那樣的畫嗎？或同一個畫家的畫？你那批貨是哪裡進口的？」這是他來這裡的目的，和老胡的自然對談裡，他逐步進入目的。趁店裡無人，他可以和老胡仔細的談話。

「那一批貨是從荷蘭來的，我記得那一整櫃貨物有大部分荷蘭的東西，包括畫作、音樂盒、木屐、蕾絲窗簾、各式各樣的家徽，還有古典衣飾，那些衣飾後來是一個劇團買走了，不然我還不知誰會有興趣！你買的那幅畫，我不記得是哪個畫家，通常這種一貨櫃來的貨品很多都是跳蚤市場蒐集來的，有些畫年代久遠了，不太可能蒐到同一畫家的作品。若是新一點的藝品，倒是有可能去當地市場多買幾幅同畫家的作品，那就有可能一貨櫃裡有幾幅，但多是不成氣候的畫家，畫作比較匠氣，一時的裝飾可以，增值性是沒有的，市價難抬高。」老胡一邊望向牆上的畫作，又說，「只有你買的那批是荷蘭來的畫，其他多是英國、德國、西班牙來的。現在你看到的這些，是西班牙來的……」

「荷蘭的哪裡？你說的那批貨。」

「阿姆斯特丹港口出來的，至於供應商去哪個城市蒐來的，並沒有詳細的資料。」

怎麼了？還想要荷蘭畫嗎？」

「如果有的話，當然要看看。」

「可惜現在沒有了。」

「未來呢？」

「未來誰也說不定，但目前是不會進有荷蘭畫的貨櫃了，供應商提供的進貨清單並沒有荷蘭的物品。」

管它有沒有，既然現在店裡沒有，他並不能等待到未來。他來的目的是希望可以找到同個畫家的作品，但牆上沒有。藍屋子不是出於現代畫家的畫作，它應是流落到跳蚤市場的不知哪個年代的作品，畫作上只有畫家的簽名，沒有年代。而那簽名，名不見經傳。

走出店家，往來人潮的形影和衣服顏色都十分鮮明，他卻感到暈眩，好像店內與店外的時空跳接在不同的層面。適應陽光和流動的人影後，他發現自己靠在一根廊柱下。廊柱由馬賽克磁磚拼貼而成，頭部的高度正好貼出一張人臉，細碎磁磚貼出的眼眸處，有一種窺視的神秘感，那是個擁有波浪長髮的女郎。他往擁有這個廊柱的店家看去，是一家美髮店，裡面坐了七成的女士顧客，有的燙髮，頸子以下圍著護兜，髮上捲著電捲，導熱線連接到一旁的電燙器，有的正有美髮師為其剪髮，地上的髮絲一綹綹，散開的糾結。他不好意思，也無意盯著店裡細看，只對這家有著馬賽克品味的髮廊感到品味不同一般，本以為會是一家賣磁磚的商店以廊柱展示他們的商品，沒想到是一個講究髮藝的髮廊，那廊柱的大波浪女人，眼神傳遞神秘感，好像在窺視他，令他心跳加速。他快步走離這根廊柱，這條商業街，每家店家的廊柱裝飾都不同，他快步走，輕易脫離那眼神，卻心裡甩不掉那眼神的印象。是否那眼瞳處的黑色馬賽克，隱藏著異空間的入口？不，不太可能，如果那裡有個入口，人們一推就進入，那麼來來往往於騎樓下的人群就會看到有個人憑空消失。除非那個知道如何從瞳眼進出的人，利用夜深人靜時刻進入，又在無人時刻出來，否則行踪的秘密很快被識破。也或許，根本沒人發現那是個異空間的入口。這念頭使他想回頭去觸摸那瞳眼，但那畢竟只是念頭，而且是個壞念頭，此刻人來人往，此地非他所屬。

他維持快步，走了半小時，感到全身燥熱，這快步正考驗了自己的腳力恢復正常，只要敢快步，就克服了畏懼的心態，這半小時快走，證明自己不再是個腳傷的人。來到自己的藝品店，站在店前，克服走路的畏懼後，他反而看到受傷前自己對店務投入的身影，那時滿腔熱情，對生意買賣感到新鮮和期待，不同的買主帶來的個性磨練他的應對能力，每次都期待今天店裡會走入什麼樣的客人。當然也包含，想知道什麼樣的客人對藍屋子拿出來的物件有興趣。

店招上的鑄鐵菊花在下午的光線下閃現溫潤的迷人色澤，這朵菊花和L旅館沿革室裡的菊花有類似的造型，不得不讓他感覺到歷經日治時期受日本文化影響的L旅館，既在沿革室繪上菊花，似受日本菊花王朝文化影響，而店招上這朵菊花造型也與那牆上菊花類似，或許這鑄鐵片是日本的某個人家對皇室的禮敬而雕鏤，或單純是對菊花的喜愛，不管是哪種情況，怎麼會蒐集在藍屋子裡？

帶著這閃過腦海的念頭，走入店裡。店內有三組客人，各自在櫃前尋寶，阿忠正在回答其中一組客人的詢問。阿忠看見他進來，舉手和他招呼後繼續陪著客人。他坐到櫃檯後的高腳椅上，三個多月前他就是從這椅子跌下去的，現在看到這把椅子就想起跌落的情形，記憶真是惱人，如果記憶可以像電腦上的刪除鍵隨意刪除，他便不必為過去發生的事尋找答案。他瀏覽電腦裡的進銷貨檔案。發現有些物件聞所未聞，是阿忠新增進來的藝品。他往展示櫃看去，確實有些物件，譬如變型過的造型陶壺、男女交歡的造型茶杯、百鬼造型的面具，這些當造型藝術擺飾的物件，他是不會進項的，交給阿忠決定進項後，阿忠就進了這些物件。這真的像阿忠做主的店了。

有兩組客人沒選什麼物品，空手走出店門，另一組客人挑中那個男女交歡的造型茶杯，那杯子以男女親吻的側面頭像為耳，杯身以簡略線條繪有半抽象的示意體位，四足為杯座，看來滿有諧趣。阿忠來到櫃檯結帳和包裝。他協助拿提袋。待客人走後，他笑說：「那東西我以為賣不出去。」

「不，才進來兩週，就賣掉三個了。」

「那我們算哪種藝品店？」

「就是藝術，有不對嗎？鐘表界的寶鉑春宮表價格很昂貴，每推出必搶購。」

「或許吧，你要賣，還是要有藝術眼光啊，不然……」

阿忠馬上打岔，說：「客人願再上門，就沒有不妥的。」

他無意辯論藝術與情色間的分界，反而欣賞阿忠的自信。

「還有什麼有趣的物件嗎？」

「沒什麼。但有客人想來看點老東西，就說，以前櫃子裡擺的東西可以賣的，怎現在不賣了？」

「你怎麼說？」

「就說沒貨源了嘛！」阿忠一邊指給他看牆上展示架上的新貨，說，「現在沒有太貴的商品，有些買家不進來了，這也是很奇怪的，他們非貴不買。」

「不，是裝飾性和收藏性的差別，收藏性可增值，裝飾性比較商品化。」

「所以我們不會走收藏路線了？你可以考慮再去找收藏性的物件，也許那些買家會再回來。」

「你的建議很好，我該考慮考慮。」

華生眼神瞄向掛在店門口的鑄鐵菊花，目前為止，還沒有一個識貨的人對那鑄鐵菊花產生好奇。

那菊花的中心點，會是異空間的進入點嗎？華生不禁站了起來，腳下再次感到虛飄飄，身體彷彿可以飄浮起來。他得像按下一個開關按鈕那樣，關閉內心的躁動，才能安靜坐回椅子。

16 聲音

為期五天的文化創意展覽如期舉行，第一天即招來眾多人潮，入口處有不少攤位在發傳單和折價券，華生和同事一早走入會場，是為了了解整個動線設計在實際使用時是否符合理想。越來越多的人潮進場，分布到各攤位間，人潮四處走動，駐足不同攤位，足夠的攤位隔距，並沒造成行走者動線上的困難。

講座舞台，安排有各種不同主題的場次，講談人在台上熱情開講，台下的觀眾專注聆聽，有的路過湊進來尋求奇遇，也許遇到一個好主題，或一個心儀的講者。最大的舞台是表演用的，每天下午和晚上各有一場短劇表演，由年輕的劇團輪流演出不同劇碼，這也是展期很大的焦點，以舞動的肢體語言與展覽目的相呼應，台下的觀眾席位置較多，舞台以黑色紅色為色彩印象，燈光多層次的分布在舞台區，以讓燈控人員有發揮的空間。下午要表演的團隊正在調整燈光，為表演做準備。華生站在舞台前方，對自己設計黑色為主調，紅色為輔的色調，在燈光投射下呈現的效果感到滿意。一起來的同事包括彼得和阿丁都說展場的規畫看起來沒什麼問題，他們像驗收成品，確認無誤就交差了事，急著離開，以便趕上公司下午的會議。華生隨他們走出會場，他也得回公司開會。會場上的文化氣息像座森林，在一個封閉的空間自我迴盪，進出的人潮將那氣息帶出，但他不覺得自己身上有任何那座森林裡的氣息，好像設計完成交付使用後，就切斷關係。他不要那種切斷的感覺，展場存在就是他的作品存在，他設計的空間是為了容納這座森林的氣息，或許他可以試著融入這個氣息。

他們回公司隨便用了簡便的午餐，趕上兩點的會議。是一個新商場大樓空間整體規畫的案子，需要設計師通力合作分工，總監大談整體概念，由於是大案子，公司要提出初步規畫案，以便商談合理預算，未來數週都會密集開會集合大家的意見，時間都在下午兩點。

這是個必須和建築師密切合作的案子，先有空間使用功能和規畫的定案，才確定工程藍圖，施工兩年後，才進行實地的細節工程。是個人人有賞金有飯吃的案子，也是公司生存最需要的案子。總監和總經理相繼說明十二層樓的功能。

華生聽到後來心就像窗外那顆即將沉落的夕陽渲染的雲霞那般散落，展場此刻已臨近結束，今日不再有機會回到展場去。明天吧，或許明天有機會。他得回到展場感染那座森林的氣息。

但他等到第四天下午，因是週六，公司沒上班，他才又有機會回到展場。週六人潮比開幕時多，離閉幕也只剩一天，時間的緊迫催促觀眾來到會場。

人潮使會場熱氣喧騰，買氣或許也很熱，有些攤位有催買的廣播，幾場舞台區前圍繞聽眾。華生跟著人潮最多的催促力，來到最大的舞台區，暗調燈光投映舞台區，台上已有戲劇在進行，觀眾座無虛席，站立者圍在座位區後面。華生找到一個容身的縫隙，舞台區只有低沉的音樂，正在演出的是一場默劇，完全靠演員的肢體表情傳達劇情。

有三名年輕的演員在台上，兩名男性演員演出街頭毒打，高大的那位出拳往蹲在地上穿著中學制服的男子出猛拳，搶過地上的書包，提著正要走，舞台邊跑出一名女警，一手擒拿了高大男子拿書包的那隻手，一手拿手銬，甩了一個拋物線往那手上銬，另一個男警走上舞台支援，女警很得意摘下警帽，甩出烏亮的及肩長髮。女警抱著警帽面向台下觀眾，婀娜曼妙的身材舞出一個左右搖擺的波浪姿勢，表示擒犯成功的得意。不會錯，這位漂亮美麗扮演女警的女子就是來店裡買走門環的女子，三個多月來的唯一不同是她頭髮長長了。她有姣好白皙的臉龐和一副形狀美麗的耳朵，她正把那及肩長髮的一側塞進耳後，撩起一個動人的姿態。華生緊盯著她，不再注意到台上的演出，他只盯著她，到她下台，他往她下台的地方去。

演員休息區就在舞台背板後面圍起來的一個小小空間。華生走進去，一眼看見那女警已坐在一把椅子上，一邊照著梳妝台的鏡子，一隻手往台上的手提袋裡掏，她很快掏出化妝粉盒。

「還要上場？」華生問。旁邊一名男性工作人員趨近來，女警示意他別趕人。

「還有一場。」女警打開粉盒，拿粉撲補妝，「先生，我好像見過你。」她說。

為了讓同在這休息區的其他工作人員卸下防衛心，華生馬上說：「是的，在我的藝品店，妳來買過東西。」他轉頭跟其他人說，「你們這團表演得真好。」天知道他只看到剛才那一段。

「哦，是喔，是那家藝品店，好像是吔，老闆，你怎麼有空大駕光臨來看表演。」

「妳表演完可以留下嗎？我有些事想請教妳。」

女警也補了眉線了，轉頭看他。好像他身上有光源似的，她站起來靠近他，臉幾乎湊近他的臉，說：「我得去外面準備下一場了。我結束時，你就來休息區。」她快步走出，到舞台邊等待上場。他聞到她身上有淡淡的花香，由她風一般帶走。

華生站在休息區，往舞台看，雖不能看到全景，但能守著舞台演員的進出線。他怕她演完就不見了。他必須牢牢盯緊她。

他的眼神隨著她在舞台上的移動而飄移，心裡仍不能相信在展場可以遇見她，所謂踏破鐵鞋無覓處，得來全不費功夫正是如此。他一直期待她可以再來到店裡，卻是在舞台上看到她，原來她是個舞台劇演員，她有財力拿黑卡刷下那筆買門環的金額？心裡的納悶令他恍神，除了盯牢她，等她演完下台，他無法集中精神了解此時演員的肢體語言所代表的意思。彷彿是一場邀功，引起警察局的混亂。女警又脫下帽子，扯下制服上的徽章，擲向桌面。她脫去警服，露出一襲桃紅色的連身褲裝，像隻可愛的小兔子，蹦蹦跳跳躍下舞台。

她三步兩步就走入休息室，華生緊跟在後，心裡很慶幸沒把她跟丟，趁現在休息室沒人，他邀她：「方便出去談嗎？我可以請妳喝咖啡，如果妳有時間的話。我只是想請教妳一些事。」

「我還要等所有人表演完呢！我們還要收拾道具。可以讓我知道是什麼樣的問題嗎？」她請他坐。

現在他們並坐在一起，面對化妝鏡，她一邊拿面紙輕拭掉臉上過重的粉，他從鏡中看她，有點嬌豔，有點嫵媚，又有點世故，可是其實應該很年輕，他猜大約介於二十五歲到三十歲之間，他不知道精心的保養可以掩飾多少真實年齡。

「妳買走那對價值不菲的門環，我心中有很重的失落感，那畢竟原是我的珍藏，看妳正在找，就割愛賣給妳，但之後一直想念起這對珍藏品，不知怎麼被使用？我只是想知道妳怎麼使用它？」

鏡中的她笑了，「原來只是這件事！」她說，也透過鏡子看他，一副恥笑他的模樣，有點輕蔑的說，「哪有開店的人想念賣出去的東西？那你賣掉那麼多東西，要一一想念的話，為何還要開店，不如放在自己家裡欣賞。」

他覺得自己像個糟老頭被年輕女孩數落，對著鏡中的她露出無奈的笑容。

「是啊，也許不適合做生意。會為了想念賣掉的東西而睡不好！」這樣說，他又覺得自己像個無賴大叔。

「不過是拿來當家裡的裝潢物件。」

「裝潢在哪裡？那麼貴重的東西，我想看看買去的顧客把它當裝潢物件後的模樣。」

舞台區傳來掌聲，似是落幕了。桃紅色兔子站起來，說：「他們演完了，我要出去謝幕和幫忙收拾。謝謝你來。你想看我會帶你去看。也許哪天我再去你店裡，我們再看怎麼去看。」

「歡迎再來店裡，但請給我一個聯繫妳的方式，我怕妳忘了來。」

桃紅色的兔子笑得很開心，說：「找劇團就找得到我。我叫小桃。」她走出去時，給了他一串手機號碼，他急忙拿出手機，將那串號碼輸入聯絡人資料。

那是齣怎麼樣的戲？他在休息區的桌子上看到他們的宣傳單，上面寫著劇團名稱，演員角色裡有個叫劉小桃的名字，應該就是她吧。劇幕內容是講警員的貪汙吃案內幕，識破內幕的女警為求自保，棄職求生⋯⋯。是個正義的角色嗎？華生走出休息室，外面的喧譁如雨水穿透空間，反射出不同聲響，雨滴急了，聲響急躁。演員有的收拾道具，有的和觀眾聊天。有幾個人圍著小桃發問。他走出這各式的聲響，不遠處的講座還沒結束，講者的聲音也在空間裡傳播。他想，他設計空間動線時，除了隔開不同的舞台，以疏散講座聲音的彼此干擾，也疏散聽眾外，並沒有特別考慮每個講座和攤位的聲音不干擾到走道空間。這本是個展場，熱鬧的喧譁是必要的，聲音顯示了人氣，但在這麼多聲音交集的空間，他越往出口走，內心越空洞。他此刻心裡浮現的唯一聲音是打電話到遺失在藍屋子的手機號碼時，那接起電話的女聲，那聲音清脆明亮。

小桃說話的聲音也有著同樣的清亮，但小桃的聲音亢奮多了，她或許習於舞台，有舞台的聲效，或者能配合扮演的角色發出不同效果的聲音。無論多少聲音跑馬燈般進出他的心裡，今天最重要的是，遇見了小桃。他可能會再看到那對門環，然後呢？他問自己，再見門環後，想如何做？他站在出口，沒有聽到內在的回音。

17 露西的旅館筆記

老董事長坐在輪椅上，推輪椅的是家族長期雇用的照護李奇先生，李奇約五十開外，中等身材，虎背熊腰。老董事長吩咐李奇打開儲藏室的其中一隻木箱。

樟木箱厚實，李奇蹲下來解開箱前的金屬扣環，用力掀開箱蓋。躺在箱裡的是一支三味線，一件粉色和服，布料上櫻花片片，箱底一支髮簪，一條手帕，淡藍的底色有點泛黃，上面繡有一隻鶴鳥和幾枝水草。

這隻沉重的樟木箱，只放著這幾樣物件，露西探身去看，隱隱一股似從久遠的時光飄散過來的陳腐氣息，微香中亦含腐味。

和服已失去光采，三味線的木質在日光燈中反射淡淡光澤。露西在筆記本上很快記下這幾個物件。她完全沒想到老董事長今天會帶她來儲藏室，打開這隻箱子。裡頭的物件如此單純而少。

儲藏室四面無窗，濕度溫度靠空調，只有日光燈照明。一座木質書架，架上擺著日文、漢文、英文，甚至不知何國文字的書籍。書架的最頂端有幾個小木盒，一座低矮的靠牆檯面，上面置放三隻大木箱，牆上掛有早期農家的簑衣，一旁還有個鐵架，架上置放磚塊、牆土等各時期旅館改建留下來的紀念物。

日光燈略顯慘白的光照下，坐在輪椅上的老董事長望著那箱子裡的衣飾，對坐在一旁的露西陳述這一套衣飾樂器的來源。露西坐在他身旁，攤開筆記速記，一邊按下手機的錄音鍵。為了替旅館的發展做口述記錄，她皮包裡隨時放著筆記本，以便口述者、旅館第三代傳人老董事長隨時出現臨時加演，像今天，她不期然的就來到儲藏室，在這封閉了某種記憶的空間裡，她掏出筆記本，盡可能組織口述重點，以便結束這段口述錄音後，可以在那重點之下，詳記老董事長的口述內容。

她的內在有一座文字塔樓，在那塔樓裡，開列不同方向的窗口，從任一窗口眺望出去，各有不同景觀。在記錄的過程，她有時迷失，不知究竟站在哪個窗口望見了什麼。老董事長低沉的聲音，卻在心裡不斷迴盪，那聲音，在塔樓裡一步步往上登，她也一步步往上走，那裡或有一個最高的窗口，視野更遠，她捕捉那個登高的聲音，一度竟也以為，那聲音是由自己喃喃說出的。

* * *

如果要為旅館留下紀錄，這石塊，這磚頭，是旅館嬗變中的外在紀念，但有一些內在的，也應包含在旅館歷史的陳述中，因為那和人有關，是人使物體的存在產生意義。這隻箱子裡的衣飾是我特地為阿公留存下來的，也只有我能替阿公做這件事。

基隆港取代淡水港後，我阿公經營的二十間房的旅館旅客漸少，阿公常有時間帶我遊逛淡水，講述昔日淡水港的繁華，那時我還小，他有時說得過頭，以為不過是個小孩子，不會記在心上，可我偏偏記得了。

某日，我們走到渡船頭，彼時黃昏，海風潮濕，對面的觀音山上有薄薄的霧嵐，水上也有一層薄霧，幾艘漁船正要回到岸邊，它們好像浮在薄霧中，一直划過來，後面的觀音山看起來好像一直往後退。阿公帶我坐到岸邊人家庭院前的大石上，樹影幽靜，阿公望著河水，及漸近的漁船，突然說：「二十幾年前，很多貨船還在這裡進出，晚上海中一片黑暗，船家的燈火一盞一盞亮，船上燃的是煤球，他們在等駛入內河，往大稻埕去，也有的在等大輪船，好把船上的貨運上大輪船。船燈亮起時，好像海上一顆星一顆星，浮浮晃晃的，像火金姑一樣亮著。那船上的人若上了岸，也會住到我們的旅館來喔。」

我感到好光榮，海上往來的人以阿公的旅館當停留點，用店裡的膳食，好像我們家是個過渡海上與陸地的門戶，走在時代的熱鬧點，那時我雖還只是孩童，但我對各式長相的旅客都相當好奇和興奮，如今還能記得當時進出旅館的一些旅客模樣，這暫且不說，我要說的是，這個傍晚，阿公看到漸暗的黃昏和漸起的薄霧，心裡整個醉了。他繼續說：「有段時間，我常特地來看船上的燈火，想像或許有艘載著那幾個藝妓的船會再靠岸。」我問他什麼是藝妓，他為了打發我，簡略說，就是打扮得很漂亮，會彈琴會唱歌的女子。也許我興奮的反應，促使他翻箱倒櫃般把陳年舊事翻出來。他講了一個很長的故事：

在我三十歲交關時陣，彼時淡水河上許多船隻往來，我那已營業八年的六間房旅館生意很好，住客大都是剛下船，先在旅館歇腳，或在淡水逗留，等待出海的船班。那時日本商人、政府人員來來返返，旅館常有這一類的客人。有天在台北做生活用品生意的老闆田中先生，帶了三名藝妓住進來，那也是我第一次看到藝妓，很好奇。她們打扮起來，臉面塗白粉，黑眉朱唇，穿上和服，身形嬈嬌。住宿的第一晚，田中邀請兩名同船來的官員一起用餐，吩咐我做出最好的菜色，他們自備了酒，要求我將其中一間尚未有旅客入住的榻榻米房間改設成飯間，他們就在那裡用餐，我和伙計一邊擺上矮餐桌，安排碗筷，這三個看來未滿二十歲的藝妓也已打扮妥當，等待在一旁，彈玩著她們手上的三味線。

宴席進行期間，三名藝妓取代我們伺候田中先生和兩名官員茶水，其間還彈曲跳舞。兩名彈曲者跪坐在榻榻米上，琴架在腿間，拿撥片彈奏，低著頭，神色很專注，那寧靜的態度很動人，另外一名較年輕的藝妓時而隨著曲子跳著步調緩慢柔軟的舞蹈。第一次聽到三味線，就是在這場宴會，音色很淒切，那天的曲調沉沉的，有一點悲傷的樣子，我就想，這三個女子和商人從遙遠的日本搭船來到台灣，似乎就是要以演奏陪伴商人和官員，但我不敢多嘴。那三個女子是住一室的，彼此有伴應該不至於太寂寞。那彈三味線的女子中，坐在右側那人，彈到某個曲子時，左手突然停了下來，她臉色很驚慌的望著田中先生，田中先生抬頭看她，我在一旁隨時等著收拾餐碗，看到她按弦的左手流血，琴板上染著血跡。田中先生臉色僵硬，先是向兩位官員陪不是，再厲聲要她去包紮傷口，現場就留下另兩位藝妓繼續彈奏和跳舞。

是我將藝妓帶出表演的房間，她堅持提著自己的三味線，我們來到櫃檯，我太太替這位藝妓消毒傷口和包紮，我拿棉布替她擦去琴上的血跡。血液是從指甲與指肉間的縫隙流下來，她說在船上時，為了推開房裡一個很厚重的木箱，手指位置沒擺好，以致指縫裂開。我以簡單的日語安慰她，說不要緊的，不過是個傷口，養幾天傷就會好。她很緊張，低著頭輕聲跟正在替她包紮傷口的我太太說，不該發生的，這耽誤她的表演，這在她的職業是不該發生的。她隨後接過三味線，擁在懷裡，自己再拿布擦拭了一遍，確認木身與弦都乾淨明亮，她眼裡閃著盈盈淚珠，仍舊輕聲細語，說要先退回房裡。她叫櫻子。鵝蛋臉，後頸沒塗上白粉的皮膚白皙透亮得像敷了一層牛奶。她眼神落寞，走回房裡的背影像片孤獨的秋葉，搖搖擺擺，周身淒涼。我喜歡上那身影，我轉身背對太太，不讓她看見我的表情。我想，我臉上必然像失神掉了魂。

隔天早晨，藝妓們都穿著素雅的和服，相異於表演時的華麗服飾，臉上也是素雅的妝容，但髮髻梳得很好，一絲不亂。她們來到餐廳用餐，我們提供的是清粥和青菜、醬菜、醃魚之類的，櫻子和她的藝妓姐妹們圍坐一桌。櫻子長相很清秀，沒上藝妓彩妝的容貌看起來很年輕，大約十七八歲，她旁邊負責跳舞那位看來更年輕，叫百合子，十五六歲的模樣。另一位的年紀則和櫻子差不多。她們起先對早餐的菜色讚不絕口，似乎很專注在用餐，但吃著吃著，櫻子便流下淚來，兩名女生在她耳邊低聲說話，聲音太低，不了解說了什麼。沒多久，田中先生和兩名官員也來用餐，三位藝妓便以用餐畢為由離開座位。

我擔心櫻子的手傷是否會惹田中不高興，畢竟人是他遠從日本帶來，我故意走去和田中先生攀談，跟田中說昨晚的表演真是令我開了眼界，藝妓藝術真是名不虛傳哪，不知還會去哪裡表演呢？或許我在大稻埕的同業友人也有機會欣賞。田中先生不太理會我，聽來好像是敷衍我的說要在私人的宴會場所才有機會啊。

那天中午前，田中先生和兩名官員帶著三名藝妓搭上往大稻埕的船，大約一個月後，田中先生和三名藝妓回到旅館等待回日本的大船。那時仔細算來是一九〇〇年，那年我三十歲，櫻子小姐的落寞眼神深深迷惑了我，她離去的那個月，我時時想起她受傷的情形，和走路的身影。像從夢中走來的一個女子。也消失在夢中。所以，一個月後他們從大稻埕回來時，我很興奮，眼裡看到的每一件事物好像有一層光。櫻子比剛來時更動人，她笑容迎人，神情活潑。第一晚用餐時，她從走道走向餐廳，我以店主之便，故意在走道跟她招呼，問說，櫻子小姐手傷都好了？她說都好了，謝謝。我又追問，是一直在演奏嗎？她說，剛受傷那時，有十天只伺侯茶水，直到手都沒問題了，才參與演奏。

其他人陸續都來了，這晚沒有表演，只有她們三位藝妓住宿等待上船，有兩位隨從替她們打點行李。他們邊用餐邊聊天，神態很自然，好像終於完成任務要返家了，有放鬆的喜悅。但櫻子的眉頭一直像有一片雲擋在那裡，擋住了她眼裡的神采。做為旅館老闆，我不應該對住客東問西問的，但櫻子那抹陰鬱的神色令我很想親近她。伙計端上菜色時，我會在旁解說菜色，招呼他們，完全是為了親近櫻子。我建議他們飯後，如果有時間的話，可以去河邊走走，夜晚雖然幽靜，但當晚有月，有月的河邊很美。

飯後沒多久，他們真的到河邊散步，沿著河岸行走，那裡有幾棵老樹，右岸是人家，河的對面是觀音山，山腳邊有幾點星星燈火。河邊幽暗，月光下，仍可見人影，我望著他們的身影，腳好像已隨他們走向河邊。我在旅館內繼續接待了幾個客人，確定餐廳都收拾完善，可以讓廚房工作的人回家休息了，便走到旅館外，望著越升越高的月亮，想像剛才他們沿河散步，心思或許迫不及待回到了日本。卻見遠遠的河岸，有一個穿和服的孤獨人影，凝望著觀音山的方向。那是櫻子。我心跳加速，不知為何剩下櫻子獨自一人，我走向她的方向。靠近她時，櫻子回過頭來。她似乎有些驚嚇，見到是我，向我鞠了躬。我說，為何這麼晚了，妳獨自一人在河邊？她說，她請同伴先回房，她還想在河邊走走。這很危險，我說。她問我，這地區很不安全嗎？我說，不是的，一個女子夜裡還在河邊，總是令人擔憂的。她謝謝我為了安全的理由來到她身邊。

望著觀音山的櫻子卻是哭泣了，久久不語。我陪她坐在石墩邊，任她把淚哭乾。可能是因為我不干擾她，反而取得她的信任。她像靠在一艘異地的小船上似的，試著坐上這艘小船讓情緒穩定下來。她說，李桑，謝謝你關心我手指的傷勢，雖是我開箱子不小心受傷，但那是因為田中來到我的房間讓我緊張，我慌張打開箱子，是想掩飾緊張，但我手指受傷大叫了一聲，他即離開，大概怕別人發現。從來到淡水，及去到大稻埕，這一個月來，我都擔心著田中先生任何接近我的時刻。

但妳就要離開了，田中不會是威脅了。我說。

不，我的藝團和田中有交易，兩個月後，我得再回來做一個月的表演，我不能違背藝團的安排。

她呼吸急促，雙手搗在胸前，對一個異國的男子吐露心事，好似讓她懊悔。她不再看我，低頭往旅館的方向走。我在她身旁說，下次妳來，可以一直住在我旅館裡，不要跟著田中去表演。

不，那不行，我們是有契約的，我不履行，就會沒有工作。櫻子說。

這趟他傷到妳了嗎？我問。櫻子低頭不語。月光照在她美麗的後頸，一層溫潤的月色如蜜，觸動我心。我是已婚的男人，也長她好幾歲，我只能控制自己的欲望，可是她是多美啊，我希望那個月光永恆存在，我們河邊漫步的這刻也永恆存在。

走到旅館門前，她仍低著頭，輕聲跟我說，你是個好人，謝謝照顧。她走向房間，留下一縷香氣，我望著剛才她站的地方，整個心都空掉了。太太從裡間叫喚我時，我才意識到自己不過是個無法控制貪念的人罷了。

隔天櫻子一行人搭船離開，大約兩個月後，櫻子又再回來了。

這兩個月來，我無心無緒，無法記住住客的面容，櫻子一行人再次來到旅館時，我好像從一場夢中醒來，也好像又走入了一場夢。他們來投宿，仍然由田中先生領隊，我不知他何時去日本，淡水的旅館不只我一家，他也許住到別家去等船，反正這回帶她們來的仍是他，而且選住在我的旅館。他們一住就兩晚，原因是櫻子小姐有嚴重的嘔吐，不適合馬上接船到大稻埕去。第三天，櫻子小姐發燒，他們決定將櫻子留在旅館，並請我找來醫生為她看病，等她燒退，身體復元，再去大稻埕和他們會合。

街上請來的中醫師，說櫻子得到的是一種熱病，皮膚發紅疹，他配了五天藥，我交代廚房的小師傅為櫻子煎藥，在那五天裡，我天天去看櫻子，櫻子在她的房裡，安安靜靜的，看來有點心神不寧。我每天去講一些淡水鎮上的趣聞。第三天她退燒，第六天願意去走動時，我帶她去福佑宮，說供奉的媽祖是保平安的。她沒有忌諱台灣廟宇供奉神的形象，很虔誠敬拜。一直到第十天，她精神恢復，迫不及待想去大稻埕，她的團員在一個叫「藝歌樓」的餐廳駐演。那裡往來許多布商茶商，無論是買進布匹，或出口藍染布匹到海外，都常聚到大稻埕，茶商更是雲集，聚到「藝歌樓」的就有不少這類的商人。

那天我護送她到大稻埕，對我來說，也是一次進城觀看熱鬧的機會。我們搭小船往內河，來到大稻埕，市街繁榮，連排的商號前，不少街頭表演，為的是賣掉經營的貨物。商號各式各樣，南北貨、雜貨、茶行、布行、藥材、日用品，其中幾棟洋式建築，兩層樓高，雕花砌磚，很美觀。

按她給的地址，找到藝歌樓，中式門面，兩扇門推開，是狹長的建築，中間隔著天井，前後有飲食空間和藝妓彈唱的舞台，天井上的閣樓空間傳來三味線的琴聲，想必那裡也是歌臺舞榭，杯觥交錯。

聽說櫻子來了，閣樓走下田中先生，他跟我說謝謝，留我晚飯，我不便留下，將櫻子交給田中。櫻子跟我深深一鞠躬，手裡抱著她的樂器，腳邊是我替她帶來的行李箱，這兩個龐大的物件，凸顯她的嬌瘦。她久久才抬起頭來，看我仍站在那裡，便又深深一鞠躬。我轉身離開，向前廳走去，前廳那裡也擺開了演唱的陣仗，兩名藝妓在演奏台試彈三味線，她們以台語交談，十六七歲的模樣，臉上的妝容清麗，眉線彎細，可感受到那是台灣籍的藝妓。在這酒樓裡，台日藝妓以不同的場次演出，可見來客的複雜身分了。做為一名旅館的經營者，大稻埕的繁榮和我似有關係又似無關係，有關係的是這些洋行商販，進出口的貨物都過渡到淡水，越多商人往來，旅客便不虞匱乏，無關係的是，他們的貨物買賣，我是一竅不通，我經營的是人的居住，並非物的買賣，旅館餐廳的食材也只就近取用淡水的農產及街上商行販賣的南北貨，還不需要直接進來大稻埕購買。但一知櫻子在這裡表演，也許一個酒樓輪過一個酒樓，我就感到大稻埕也是我的一部分，走在街上，血液裡好像也流動了這裡的熱鬧氣息，鼻腔裡無時不感受到這裡乾魚貨的絲絲羶腥，及茶葉行飄散的縷縷茶香、布行新染色料的草液馨香。

離開藝歌樓，我已無心無緒，不知將在這裡表演的櫻子會受到怎樣的對待。這趟來台，田中先生待她如何？我心裡牽牽掛掛都是她的事，雙腳卻是漫遊大半個大稻埕。商家買賣的人多，酒樓也多，有些酒樓專是日本人進出，裡頭有藝妓表演，台式酒樓多有台灣藝妓唱歌陪酒，流蕩而出的歌聲、樂曲，真是收買人心。我想走入一窺究竟當座上賓，但早聽說，沒熟人帶是進不去的，若有宴客，也應早做安排。

街坊的店家就告訴我，近日總督兒玉源太郎在西門舉辦「揚文會」，招待全台的舉人、貢生、廩生，做為籠絡台灣書生的感情，表演的節目則是日本藝妓和台灣藝妓同台演出。這和櫻子剛才進去的藝歌樓滿像，日本藝妓和台灣藝妓同場表演。但我又有點失望，總督兒玉源太郎的藝妓名單裡沒有櫻子，櫻子那團人還無法服務到總督。那家藝歌樓來往的客人都是哪些人呢？我懷著這樣的疑問，又繞回頭，來到藝歌樓附近的一家小吃店，坐在靠近店口的位置，抬眼可看到斜對面講究裝飾的樓宇，即是藝歌樓。這樣做，也只是因為櫻子是酒樓的表演者之一，看到酒樓就好像看到她。

也有氣氛曖昧的幽巷，酒客的喧譁聲侵巷而入，消聲於樓坊，轉為淫豔的聲息。那令我心神蕩漾，卻又惶惑不安，我低頭疾步走過那曖昧氣息，在浮躁不安的幽巷裡，心裡閃過的人影，仍是櫻子。

回到淡水的我，好像只剩一個軀殼，感到自己的內在是空的。我努力對住客們表達熱心和善意，讓生活忙碌，以為這樣可以讓櫻子的身影不再占據心頭。我拿起宣傳紙牌，到碼頭招攬住客，像我少年剛到茶棧工作時，為茶棧主人到碼頭招客做的一樣，唯一不同的是，碼頭上的日本人比過去多，做為日本殖民地，我們沒有選擇的得去習慣日本人將台灣視為他們的土地之一。日本人毫不客氣的把這塊土地上的資源挖掘來做買賣，碼頭上的貨船將台灣的糖、茶、水果、以及木材運往日本，而其他國家也來分食台灣的物產資源。與貨船俱增的是運客船，往來於日本台灣間的客船頻繁，那是我站在碼頭的理由，只要我舉起寫著我旅館名字的商牌，就有可能吸引住客。我在這時萌發將旅館擴充的念頭，六間房已不足以應付大量旅客，何況淡水正在蓋鐵路，從港口通向大稻埕的交通多了選擇，碼頭往來的人勢必增多，擴充旅館才能壯大經濟實力。

我將心念轉移到旅館的擴充，包括買地和資金的積累，依資金排夢想實現的時程，這念頭像那正在興建的鐵路，在我心裡沸沸揚揚，彷彿已大興土木了。這使我又充滿幹勁，感到十七歲接手茶棧以來的人生又有了新的轉機。

不知不覺過了幾個月，那團藝妓回到了我的旅館等待船班。但沒有櫻子。我問櫻子呢？她們說，櫻子留下來了，田中先生要櫻子留下來。獨留大稻埕？不，成為田中先生的妻子。她們的回答像場大地震讓我頓時暈眩。櫻子根本不喜歡田中先生，她在船上時害怕田中進她的房間。她是否被迫嫁給田中？我逼問。藝妓們沒回答。只說，她是留下來了，成了田中夫人。

這個訊息讓我決心去尋找田中，想了解櫻子嫁給他是否幸福。我根據過去和田中接觸的經驗，了解到他表面上雖是做生活用品生意，私底下卻還為住在台灣的日本人引進表演團體，從事娛樂相關的工作。服務的日本人包括政府官員和商界人士，大稻埕的日本餐廳和商社都在他涉獵的範圍。

我到大稻埕去打聽田中的落腳處，首先回到藝歌樓，但日本老闆拒絕透露田中的行蹤，他所經紀的藝團已回日本，下一檔期，據員工的耳語，還要隔三個月。那這三個月是田中在過他的新婚生活嗎？還是提早搭船回日本了？我不放棄，繼續向大稻埕旅館同業打聽有否聽過田中先生這個商人。巧合的是那同業說，田中投宿過，印象很深刻，因為他帶著不同的藝妓團。這位同業說，田中帶的不只藝妓團，也有藝娼。藝娼是除了賣藝，也賣身的女子。這消息令我很驚惶，擔心櫻子是中了田中的計謀，陷入一個無法拔離的困境。但同業不知道田中真正的台灣居所。

打聽了一個月都沒有消息。我漸漸也從那失落的情緒裡回到現實生活。六間房的旅館時常客滿，每天都要處理客人的飲食管理和房間清潔，我和廚師以變換菜單吸引回頭客，讓客人下次再來時，仍願意居住在我的旅館。一方面我也積極和旅館周圍的地主交涉，希望買下空置的土地，以便擴大旅館。旅館旁有戶人家，願意接受我的出價，我買下他的房子和土地，預計拆掉那房子，擴大建地蓋二十間房的旅館，並規畫前庭後院的景觀。但資金還不足夠，只夠先買下房子和土地，再繼續積累改建的資金。

我一邊苦惱地規畫未來擴建的藍圖，一邊日子也不知不覺又往前滾動。已到了次年，淡水到大稻埕的鐵路完工通車，富有的人可以選擇搭鐵路往來兩地，但因票價昂貴，這條鐵路的用途主要還是貨運。無論如何，淡水人還是對於鐵路的通車感到很稀罕，即使到火車站去看火車進出都有一種興奮感。某天我到車站附近的商行揀選新食材，那天天氣晴朗，秋天略涼的風微微吹來，感到天空無限高闊，心情也隨著開朗了起來。車站剛來了班次，有些人提著行李從車站走出來。他們都衣著光鮮，大多是來淡水搭船班。我眼前一閃，站在馬路上等著過街的女子，提了一隻大行李和樂器盒，神情有點嚴肅，不就是櫻子嗎？她梳了一個低垂的髮髻，使她看來成熟不少，也許是因為嫁做人婦的關係吧。我迫不及待迎上去，接過她手中的大行李箱。

她說她要回日本，問我旅館還有空房嗎？

當然有。就算沒有，我爬上天都會為她騰出一間來。我問她為何匆匆來呢？原打算住別的旅館嗎？不，她說，就是臨時買到一張明天的船票，就即刻來到淡水，想說就算露宿街頭，也可以熬過一夜。

我們走向河的方向，往我的旅館走。為何急著回日本呢？我問。

她沒有回答。

聽說妳和田中先生結婚了?我又問。我以為沒有時間讓我透過別的管道去解開答案。路上有不少來來往往的人,我壓低聲音談話,深怕我們的談話被他人聽見。一個台灣男人和一個穿和服的日本女人走在一起,別人會投來異樣眼光,我壓低聲音也是為了避免別人聽出我的口音,和用詞簡略的日語,那是一聽就暴露了台灣人的身分。雖然這麼做是為了避免不必要的眼光,但在我心裡,我從不認為在面對日本人時有任何卑躬屈膝的必要,即使他們可能打從心裡鄙視我們。我從年輕時在淡水河邊的茶棧接待多種國籍的外國人,根本已沒有身分國籍的界限,何況做旅館生意的,還會在乎本國人外國人,或本地人外地人嗎?在我眼中,所有人就是尋找一個可以安身的地方,無論是長期如一生,或短暫如一日。

櫻子這渡海來異地演奏的藝妓,平時見識過各種客人,也似乎沒有很在乎身分國籍,她對我一向溫和有禮,也曾跟我訴說對田中的防衛,所以我直截了當問她是否已和田中先生結婚,也是為了了解她記不記得曾跟我說過田中在船上時進她房,造成她的緊張。

櫻子說,我希望這件事沒有發生過。

妳不愛他?妳並不想嫁給他?

櫻子將樂器盒抱在胸前，用極輕的聲音說，李桑，謝謝你的關心，我知道你很關心我、照顧我，所以我離開前來投宿你這裡，有些話語言也難以盡意，我是衷心感謝你，也會記得你的照顧。明天一早我去搭船，有些東西就先留在旅館裡，麻煩你幫我收起來，我再回來時，會取回。

那晚她住進房裡，就沒有再出來，我也不方便去找她講話，何況太太坐在櫃檯，我無論走到哪裡，總會感到太太的眼光隨時跟著我。

櫻子的交代，我感到幸福。她一定是信任我，才會將東西留在旅館裡由我保管。隔天一早我先去碼頭等她，家人只會以為我清晨出去散步。櫻子隻身來到碼頭，手提的是那隻大行李，沒有樂器。她看到我，略顯錯愕，卻又流露出很甜美的笑意。挨近我身邊，說，李桑，萬事拜託了。她跟我鞠躬。那時我去牽她的手，她沒有拒絕。我說，妳再回來時，可以一直住我的旅館，我會擴充旅館，留一個房間給妳專用，隨妳任何時候都可來住。她看著我，沒有失去笑意，我盯著那笑意，竟有幾分淒美，像海上遠方的迷霧，那眼神淒迷。她又彎身鞠躬，踏入船板後回身看我。

我就像海岸邊的岩石，無法動彈。看船遠去，向北方遙遠的不可見的陸地駛去。那船將開往九州，她說她是九州大分縣人，她十三歲就被送到大阪學習成為一名藝妓。船駛向九州，那是她家鄉的方向。

她留在旅館房間裡的，是她的三味線，一套表演用的和服，和手帕、髮簪。時間一個月又一個月、一年又一年過去，她不再回來，淡水港不再有載客船駛入，她也未曾從別的港口回到台灣。時間越消逝我越懷疑她是故意將物件留給我。因此我保留她的這些物件，無論旅館怎麼改建，她的物品就是我的思念。

阿公無數次的講述這個故事，每次都會添加一些細節，我拼湊起來，就是故事的始末。我不認為他真的想講給我聽，而是藉由講述，再一次回憶櫻子。他不以為我一個小孩子會記得他講的內容，可偏偏我把故事拼湊得很完整。但也許他隱晦了什麼沒有講出來，那我就不得知了。總之，箱子裡這套服飾和樂器，是我阿公做為第一代旅館創始人的珍貴紀念，是他一輩子隱藏於心的情感，我留存下來，不算是留存阿公對櫻子的思念，畢竟都是過去的人的往事了，彼此若有思念，也已埋入土中，後人無從了解兩人真正的內心了。正確來講，是留存了我對阿公的思念。

＊＊＊

露西有時把做了詳細紀錄的筆記攤在桌上，一方陽光照在那文字上，所有字跡都可以看見下筆時的手勁力道。在她把文字轉記到電腦之前，她試圖從筆跡感受自己書寫時的心神狀態如何反應在一筆一畫的著力上。她從來沒為人做傳，也不相信自己有這個能力。所以當口述化為文字，她還不相信故事是那樣具實存在，可是明明文字在眼前，即使她闔上筆記，故事都不會消失。

在這當下，陽光照亮的不只是文字，還包含她，那個把故事寫出來，而發現自己成了老董事長，成了阿公，成了櫻子，在文字塔樓裡建構視窗最後看見的是自己，她凝視筆跡，懷疑到底這些文字是老董事長的口述能力，還是自己的整理能力使故事成形。

為了讓自己成為一個更稱職的記錄者，她還需要一些補充。她闔上筆記，決定走上淡水河邊，除了陽光，她還需要風，河上拂來的風或許能告訴她更多阿公當初站在這裡期盼船隻駛來的心情。

18 漩渦

精品店的裝潢，因有房租的壓力，設計圖一經確認，工程便像火車一路行駛。華生一方面勤跑裝潢現場，確認木工師傅按圖施工的比例大小符合理想、手法有足夠的細膩，一方面到各式材料供應商，確認後期工程需要的材料都有充足的備料。他幾乎天天到裝潢工地，即便只待十分鐘，也要確認進度符合預期、沒有任何施作上的錯誤。

通常離開精品店後，他去自己的藝品店。小桃或許今天會來。懷著這樣的想法，他坐在店裡的時間多了，在櫃檯前，他翻閱與新設計案相關的資料，這些資料放在背包裡，方便隨時取閱，主要用來尋找設計靈感。

自從他的腳越來越靈活後，他發現一個人一天可去的地方很多，早上去公司開會，之後去工地，再來到藝品店，這其間他除了去材料供應商處，也可能去書店，或去一家餐廳，去某個店裡買件需要的日用品；離開藝品店後，也可以去赴約吃飯，或陪露西逛街。腳隨意行，意之所向，腳可落實。如今他更珍惜腳為他帶來的行動力。

小桃或許今天會來。小桃或許今天會來。小桃或許今天會來。

他注視每個推門而入的顧客，卻都不是小桃。他坐在電腦前，上網搜尋小桃劇團的演出訊息，看有沒有小桃的劇照。阿忠注意到他的瀏覽頁面，還調侃他，最近熱衷起戲劇了？

他決定自己得主動找小桃，不能無限期的等待下去，無限期的等待，只會讓心懸著，無所適從。

這天晚上，他在店裡等到八點，來的顧客都不是小桃，他感到內在燥熱得令他無法再在店裡待上片刻。他得到一個獨處的空間，給小桃打電話。

他回到家裡，只有這裡講電話不受干擾。他拿出手機翻找聯絡人，找到小桃的電話，終於按鍵打過去，他想聽聽電話裡小桃的聲音。

聲音好像從很遠的地方飄過來，接起電話的小桃，好像是在一種忙碌過後的疲憊狀態，聲音有氣無力。她說了一聲，喂。他努力回憶使他從椅子上跌下來的，從舊手機傳來的那聲喂。那女聲的聲調如今回想起來，也似隔了久遠的時空，遠得模糊不清了。

他問可以和她見面嗎？小桃說她有戲要排練，時間說不準。如果他不介意的話，可以等她有空，她會打過來。

那意味他得繼續等待。她在磨他的耐心嗎？排練是一種什麼樣的狀況？會比一個得時時去裝潢現場監督師傅施工品質，並跑材料行確認工料的設計師更難掌控時間嗎？

他說，我可以去妳的排練場外等妳，排練後請妳吃點東西。那邊有點停頓，似乎猶豫了一下，然後說：「可以，但也許晚上十一點以後。」

「可以讓我等妳，那是我的榮幸。」

小桃給了他一個地址，要他在那裡等她，那是個開到凌晨三點的小酒館。等待的過程總是漫長，牆上時鐘的分針似乎移動得特別慢。他播放貝多芬第九號交響曲，這可幫助他度過一小時，這首交響曲的漫漫長度，宛如一個跌宕起伏的人生，陰鬱狂暴、舒緩平穩、亢奮激昂兼具，最後以歡樂鼓舞作收，那起碼是個豐富的人生，繁複多變，情感曲折。在安靜的夜裡聆聽，會深深的被吸入音律的漩渦裡，那麼，他就可以忘了時間是那麼緩慢的前進著。

他躺在沙發上，一邊聽著音樂，一邊盤算應如何跟小桃開口要回那對獅頭門環，而門環在哪裡？是否要得回來？在音樂緩慢的旋律中，他一下深陷音樂中，一下又想像與小桃見面的場面。隱約中聽到干擾的聲音，回過神來，發現是手機響。伸手到沙發前的茶几摸到手機，螢幕顯示是露西來電。

露西問他今晚有沒有空看電影午夜場，因明天休假，今晚可以無顧忌的晚睡。聽著露西甜美的聲音，他想奉陪到底，嘴上卻說，今晚不行，我白天累壞了，得早點睡。這時音樂轉入快板，他聽到自己的心跳聲像那快板一樣急促。

露西說：「好可惜，本來想看看電影，然後跟你說最近寫傳的進展。」

「是很複雜的傳嗎？」

「不複雜，只是旅館老董事長的一些片斷的記憶。他們家說，不是要立傳給社會看，只是記下家族經營旅館的一些回憶，所以算不上壓力。」

「那好，有空再聽妳說。」

「那你就好好休息，祝你有好夢喔。」

露西的叮嚀，像一個母親為她心愛的兒子留下床邊的安慰。他覺得額頭上好像有露西熄燈前的親吻。不覺身體有些燥熱。只好把注意力又回到音樂，音樂裡面有情緒，不管已逝者或未逝者，生前死後，凡是人必有情緒起伏，音樂家生前以樂符記錄人性的情緒過程，後世聆聽藉以共鳴。他在音樂中若感受到自己的悲哀或安慰，也是因為重複著人性之惡與善。他這樣想著，不覺打了一個小盹，醒來時，音樂已停。抬頭看看時鐘，正是可以準備出門的時候。幸得那小盹，補回一些白天流失的精力。心想，如此，也不算對露西說謊吧，他確實睡著了。

十點多的城市，夜色逐漸沉靜，騎樓下有些商家關了，商業大樓的樓層只剩少數的燈光，公車班次變少，自用車也減少，街道顯得寬大，視線也乾淨多了。反而是尚未熄燈的商店招牌因街道的趨靜而相當醒目。他一眼看到小桃說的那家小酒館，暈黃的燈光相當有情調，他推門，側面一大座櫥櫃擺滿各式調酒的酒款和酒器，還有各式不同品種的茶罐，吧檯前坐了一些人，內裡有十來張桌子。他坐到最底靠牆的角落，兩人座的方桌旁有一株植栽盆景，隔開旁邊的座位，從這靠牆的角度看過去，正好是全酒館的景觀，輕易可看到走入的人，他不想錯失小桃走進來的身影。吧檯那邊的幾個人有點喧譁，他們談興正濃，在這個位置聽起來，那些嘈雜的談話聲如蜂鳴，不清晰，只剩聲波，那正符合他的需要。他從附近的雜誌櫃抽來一本建築雜誌，隨意翻閱。倒是很訝異這個小酒館的雜誌櫃有建築雜誌，但也很悲傷隨手就拿到了與建築相關的雜誌，好像一天都擺脫不了與工作相關的空間。

過十一點，小桃走進來，夜晚略有寒意，她穿牛仔褲，白棉杉外搭配一件寬鬆落肩的黃色毛衣外套，棉衫上有紅色的圖案，印了一隻紅色口紅。那完全是年輕的打扮，他懷疑她只是個大學生，和第一次在店裡看到她的時髦感多了點親切隨和。

「常常要排練到這麼晚？」小桃坐下來時，他這樣問她。

「有時，看大家的時間，如果臨時要改內容，或對戲的幾個人想聚在一起再練一下，時間排得上就排。我們這種劇團，有人身兼數職，並不是全職的演員。」小桃說。

小桃跟服務生要了一杯鮮榨柳橙汁。

「有表演檔期時，勉強湊數當全職演員，所以常得排練。」

「那妳也是身兼數職嗎？」

「不，我玩票過過乾癮的。」小桃說著時，半瞇起眼睛釋出笑意，那是一張略有稚氣的臉，卻混雜著做作的世故，好像有純真少女與心事重重的少婦兩種心靈浮現在臉上。

小桃有財力可以刷黑卡，他完全相信她只是個千金小姐，把演戲當個遊戲般的玩耍著。

「那是個不錯的玩耍。謝謝妳忙碌中願意和我見面。」他說。

「為了什麼事呢？」

「當然是那對門環，自從妳買走它後，我十分後悔，才發現原來心裡是這麼喜歡這對門環，我想知道有沒有機會買回來？」

「你覺得你要花多少代價買回來？」

「我更希望它有瑕疵，讓妳願意退貨。」他開玩笑的口氣，但也不無心裡打著如意算盤。他看她臉色的變化，希望看出一點同情心。

她卻是笑出來了，說：「正好相反，我很喜歡呢！」

「妳說過要帶我去看那對門環。」

「你那麼在乎的話，可以帶你去看，但看一眼門環對你有用嗎？已裝在別人的門上了，又不能天天看！」

「起碼知道它如何被善用，也可以聊表安慰吧！」

她又笑起來了，以一種睥睨又像是恥笑的表情看著他，說：「一個販賣物件的人，對賣出去的物件那麼戀棧，那你覺得你適合當一名販賣商嗎？」

「嗯，如果妳用古董商來稱呼我，我會比較感激。」

客人陸續進來，他們附近的位置坐了一些客人，小酒館比他進來時熱鬧了些，客人好像專挑夜晚十一點以後進來，這裡的氛圍比較像是談事的地方，和夜店講究歡樂的氛圍相當不同。他眼光偏離往旁桌看，小桃很細心的發現了，特意提醒他：「不需盯著別人一直看，這是個純粹朋友相聚喝兩杯的地方，大都熟客，也有附近的住戶習慣經過的時候來喝點東西，不是個複雜的地方，我和劇團的人常來。」他並不是盯著附近的人看，而是眼光穿過那人的頭頂，落在牆上一幅畫著漩渦的畫作，畫作由多色的圓組構，一圈圈由外圍的明亮收束到中心色彩漸沉的漩渦，他想像那漩渦沉到底或許是另一個空間。他的手指在腿上滑動，好像手指已觸撫到那漩渦，探觸進入另一空間的可能。

在那瞬間，他感到實際上他已進入另一空間，完全聽不到酒館裡客人的交談聲音，以及服務生走動及端杯收盤碰觸出的聲響。彷彿很久以後，他才從另一個空間甦醒過來，聽到小桃問他：「所以你今天約我，是想跟我約去看那門環的時間嗎？」他感到眼前一道光閃過，才看清小桃在他面前，垂在肩上的黑髮襯托出她白皙的巴掌小臉，臉上有點倦意，她剛排練完，想必體力耗盡了。他接口說：「是的，想讓妳了解我的誠意，不是一個無聊的人，我只是想看看那對我心愛的門環裝在什麼樣的門上？什麼樣的人使用了它？妳這麼年輕，花了鉅資買下它，據妳說是裝在門板上，而不是收藏在一個古董收藏家的密室裡，這更讓我好奇，真正擁有它的是誰？」

他一連串的問題，就是他心裡的疑問，只不過從漩渦回來後，毫無顧忌的問出口，也可說從坐下來那刻連喝的兩杯馬丁尼催化他有口直言，不怕她誤會他在探測她的財力。

小桃似乎有備而來，直截了當說：「是我爸爸要我去找一對理想的門環，他把門環鑲在一扇木質講究的門上，爸爸的房子在山上。不要問我那扇門的價值，那不歸我買，我無可奉告，倒是決定買門環時，我爸爸說，妳看對眼的，就買吧，我都可以找到匹配的方式。」

「那麼，妳住在那家裡，每天看到那門環？」

「不，我不天天上山，我在城裡有間公寓。」

這毫無疑問，她父親的財力足以散布房產，這名年輕的小姐看來不到三十歲，他不得不懷疑，或許她的年輕美貌是金錢的偽裝，或許她不止三十歲了。

這刻，他懷疑自己到底是在漩渦裡，還是漩渦外。

19 簑衣與油紙傘

自從幫老董事長的口述整理為文字後，老董事長似乎回溯到時光的幽長甬道，對甬道間的變化興起無限的懷念。他會突然請助理來電，問露西是否得空可以再聽聽他說些什麼。露西沒有拒絕，在這個家族做事，不可能對大家長的請求拒絕，她在日本旅館的工作訓練即是永遠服從上級的要求。

老董事長一定約在沿革室的儲藏室，那裡安靜而隱密，空調舒適。服務人員在儲藏室加置了咖啡桌椅，方便長時間的口述記錄。幾次利用這個空間聆聽老董事長的回憶，露西逐漸愛上這裡的氛圍。日光燈的照明充足，書架上的老書提醒時間並不只是眼前的存在，它是從很老遠的時代走到這當口，寄居在書上的那些作者魂魄曾具體存在，而今以文字存在，那麼這個空間其實很熱鬧，有眾多人的思想與情緒的運作，只是時間點不同罷了。露西想到這點，不覺對這空間感到親切。

老董事長坐在她對面，這次談起牆上一件簑衣，那是早期台灣農村社會使用的雨衣，簑衣的歷史非常久遠，分布的區域也很廣，由棕櫚樹纖維編成，雨水沿著纖維滑落，不致侵入衣服。古人的詩詞裡都提過簑衣，常常帶著一種隱居田園，遠離塵世的情調。農業社會走了大部分的人類歷史，簑衣也就不褪流行，但工業革命後，大量的科學技術使傳統手藝品嬗變為機器量產的物件，簑衣勉強撐到二十世紀中，已算是很長壽的雨具。

老董事長說了和這件簑衣有關的故事。

* * *

不要小看這件簑衣，它可是我阿公在雨季出門必備的雨具，他說從當茶棧伙計開始，老闆給他這件雨具，他就沒換過。那時站在雨中等待船隻靠岸，等待迎接剛下船的船員或旅客，這件簑衣就是他最好的伴侶。淡水冬天嚴寒，雨天站在岸邊，寒氣常凍得手腳皮膚皸裂，若不是這件連著簑帽的簑衣陪伴，他無法在雨中等待客人上岸。

他手中另有一把油紙傘替客人撐傘，穿著簑衣的他更不怕傘緣滴下的雨水沾濕衣服。油紙傘在那時，只有少數人才使用，他手上這把，是一個福州人來茶棧後，送給他的，那福州人帶了一箱油紙傘，一口咿咿噥噥的語言，不知說啥，根據比手畫腳和語氣，合理猜測，是說福州產傘啦，正在大量生產，他帶了一箱子渡海來送人，上回來台灣就有允諾朋友送來福州傘，因為福州傘耐用，特大的風雨也不破不折。福州人住進茶棧的第一天，扭傷腳，一星期出不了茶棧。他去街上給他請藥師，藥師推拿福州人的腳踝，早晚兩回貼藥膏，一週後，福州人很心急，不願續留茶棧了，他得去大稻埕收染布。福州人跛著腳擔他的提箱和那箱油紙傘。他看不過去，說，那傘特重，你又腳傷，我幫你提吧。他替福州人將傘提到小船上，期望福州人在船上遇到個好人，到岸時幫他把傘箱提到目的地去。

福州人一拐一拐上船，他把傘箱提上船，福州人彎下身子翻開傘箱，拿出一支傘留給他。由福州人的表情，他看到不盡的謝意。他推謝，說自己習慣穿簑衣，不喜歡油紙傘，但福州人堅持，你用得上，用得上。這就是往後，他站在岸邊為下船客撐的傘，從客人手中來的，也迎向客人。他自己則要穿上簑衣，才能感到與雨水隔絕。

那時登岸的日本人或唐山客有時也自備油紙傘，對他而言，再貴的油紙傘都比不上他的簑衣，穿在身上很有安全感，防雨也防風。但為了紀念友誼，他把那唯一的一把油紙傘保護得很好，每次雨後都用乾抹布擦拭晾乾。

他後來不再需要自己去岸邊等客人，油紙傘只拿來備用。很多年後，他把傘交給我，說，好好保管，這是住客的愛心。它歷經多年的使用，傘骨完好，油紙面已顯陳舊，但仍有很好的防水力。

我小時常看阿公在雨天出門，穿著這件數十年不壞的簑衣，他甚至會穿著它走到老遠人家的菜園，和老朋友拔完一畦的葉菜才回家。當然那時旅館生意很稀微，在鎮上四處走動，就是他的日常。

他三十歲時，因遇見櫻子，而人生有了婚姻以外的遐想，那時六間房的旅舍無法滿足他對人生的藍圖，對櫻子的私慕也同時激發他積極發展擴充旅館的想法。櫻子留下衣物搭船離去後，他想像著擴充旅館的夢，一如想像著櫻子會再回來，他以為櫻子再回來時，會看到他擴大後的嶄新旅館，他會為她安排在最豪華最舒適的房間。到了他四十歲時，好不容易把旅館擴充為二十間，花盡了積蓄，但才三年好光景，淡水卻趨向沒落的命運。日本人把基隆港建設成具有規模的軍商港，商船都往那裡靠了，淡水的船隻越來越少，最後只有漁船營生，那頓時的没落，使小鎮彷彿走入暮色，剩下一息殘喘的氣息。

靠著那三年把投入的資金回收後，阿公的旅館勉強在日治時期做到保本的經營，當然是我爸將旅館轉型到富有特色的餐廳，才能保有家業。可我阿公清閒的時候多了，他常去找老朋友，那些種菜、賣農具、賣手工藝、賣茶葉農物的鄉民都成為好友，他有時到他們的店裡聊天，我放學經過某家店時，阿公從那店裡把我叫住，要我陪他走一回河岸。他看著那河水，有時沉默，有時談興很濃，不斷講故事。有一回我們在河岸看漁船回來，正在數哪艘船的魚簍子收獲多，暮靄沉沉，一下雲層濃厚，下起斗大雨粒，我要阿公跟我快步跑回旅館。我跑得很快，阿公在後面說，這沒什麼，就淋濕而已啊，何必跑那麼快。我跑到旅館時，回頭看阿公站在遠遠的一株楊桃樹下，仍然望著河上忙著靠岸的漁船，我即刻撐傘把簑衣送去給他，他披了那簑衣，要我先回家。他往河岸走，跳到其中一艘靠了岸的漁船，那是他認得的漁夫，他們在船上不下來，雨絲成線，隨風飛落，他們兩人都穿著簑衣，阿公雙手抓魚簍，漁夫將魚網中的魚倒入偌大的魚簍，幾條魚跳出魚網，阿公伸手協助拉緊魚網。我獨自往旅館走，但心裡真是喜歡阿公在那船上的靈活身手，無法忘記那穿著簑衣的身影躍上船的那刻，好像是想親自去當一回漁夫似的，我終於知道為什麼他喜歡穿簑衣，那讓他行動自由，兩手可以運用。以後我想起阿公，總會想起這個穿著簑衣的身影。

那把油紙傘終禁不起歲月留駐的痕跡，畢竟是棉紙製品，傘面有一定的壽命，它傘面破裂，不再能使用。幾次物件的搬移，也就不知將那把代表著友誼的傘丟到哪裡去了，只有這件簑衣因為一直掛在牆上，保存了下來。我也特意將它做為一個紀念，看到它就好像看到阿公年輕時在岸邊勤勞攬客，在菜園、在漁船上自由自在的與朋友交陪。

＊＊＊

老董事長的精力相當有限，談不到半小時就會聲調變得非常緩慢，也重複敘述之前所講的。整理文字並非露西的本行，她唯一具有的是耐性，將老董事長所講的話聽完，去掉重複的部分，將事件連接起來，再追問老董事長她為了連接事件所做的補充就是他要講的意思嗎？老董事長點頭稱是。因此，在老董事長的兒子和孫子看到她的文字紀錄時，都滿意父親、祖父的記性。並提醒她：「妳可以問得更多，如果他還記得而且願意講。」「要不要講就看妳的功力，請多跟他聊天。」

對這樣的提醒，露西漸感脫離她的本願，她原只是到這旅館當公關接待人員，主要工作是設計行銷案推動住客率和餐飲業績，建立對外部的關係，留住長期客人。現在得同時兼任當老董事長記憶的記錄人，其中還加上自己串連的細節，老董事長總說，對對，妳寫的沒錯。這使她有不負所託的成就感，但也不敢稍有懈怠。她彷如走入老董事長的記憶，和他一起參與他的過往。這是為人做傳容易陷入的時空誤置吧？她也是誤闖入老董事長家族的過往時空吧？追想起原因，可能全是為了替華生了解旅館的沿革，可是華生從沒說為什麼想了解這旅館的沿革，他也只來過沿革室一次。等她興匆匆整理了一點文字要和他分享，他卻老是沒空。

兩個禮拜沒見面，露西想給華生一點驚喜。

她特地去一家藝品店，賣的都是客家民俗藝品，陶杯陶碗、花布袋、紙扇、掛飾、水器等等，一位中年婦女看顧店鋪，她在店裡找到很明確的目標，在一堆油紙傘裡挑了一隻紅底繪著幾朵白色油桐花的大傘。婦女以同款油紙包裹的長筒裝上那把傘。拎著那把傘走出藝品店，夜色來襲，她的皮包裡還有文字紀錄稿，這是隨身攜帶的稿件，無論走到哪裡都帶著，隨時可以修改。

給華生打了電話。

「晚上有空嗎？」

「妳下班了？」

「這週的班都排得比較早。八點就可以下班了。」

「妳現在過來會不會太晚？明早起得來嗎？」

「你不希望我過來嗎？」

「不，」那邊急忙說，「我來捷運站接妳。」

「不，你在家等著，我直接到家裡。若有吃的更好。」

「冰箱剛好都空了。我去外面買回來。」

她真懷疑華生到底都吃什麼，每天都在外面解決嗎？她說：「不如我順路帶過來，你就不必出來了。」

因此一下車，她到華生家附近的超市買了一些乾糧、起司、水果。來按電鈴，有一種奇異的生疏感，才兩週沒來，就好像一個多月沒見，也許是因為幾天前想約看電影沒約成，而她又聆聽老董事長追溯時光，感覺是從很遠的時間點回來，無形中使時間變長吧。

華生看來似乎深陷在他的設計稿中，電腦桌上那盞燈就像從沒熄過，好像白天也亮著，看起來非常熱。餐桌一片空淨。她像每次來那樣，取出餐盤，放上一部分剛買來的食物，從他的酒櫃拿出一瓶紅酒，用來搭配乾糧和起司。

「妳吃這些就夠了嗎？」華生隨她坐入餐桌前，手裡撫著她剛為他斟的酒，莓紅的酒液隨他搖晃杯身而在杯體內上下滑動。

「熱量足夠，吃得不能再好了！」

「妳是個很好侍候的女人。」

「哦，是嗎？不算是，是你沒怎麼在意我，不以為我需要特別侍候。我進來時，手上拿了什麼，你也沒注意。」

華生環顧四周，眼光投向客廳沙發，一支很細長的長筒，筒身包裹彩繪的油紙，看來似乎是裡頭裝著細長的東西。露西搶先一步去沙發處拿起油紙傘，遞到華生面前，說：「你終於看見它了，這是送你的禮物。」

「為何送我禮物？」華生抽出油紙傘，「一把傘？為何送傘？還這麼復古！」他以懷疑的神色看向她，好像她故意對他使什麼壞。

「不要以為送傘就是送散，我不迷信送傘會分手的說法。女人出嫁時，頭上遮傘可避邪，客家女人以傘為嫁妝，取『紙』『子』同音，就是為了討個早生貴子的吉利，傘內多人，又有多子多孫的意思，傘是圓形，也是家庭圓滿的意思。客家人對傘情有獨鍾，意義非凡啊！這把油紙傘是客家人的手藝，送給你當然也是討吉利，希望你都平安，做什麼事都圓圓滿滿。」

華生呆坐桌前，望著那展開的傘型，似在研究傘骨，過一會才說：「突然送我傘，似乎有含意……」

「不要誤會，我沒有暗示你應該跟我求婚，但如果你覺得這是種暗示，就自己想想囉。不過，這把傘就是要祝福你工作圓滿。最近我聽到關於油紙傘的老故事，就想把這祝福送給你。」

「讓我聽聽那故事。」

「我工作那旅館的第一代經營者，曾幫助腳傷的福州人請醫生醫腳，又幫忙搬一箱油紙傘上船，那福州人為了表示感謝，臨別前抽出一隻傘送給他，他一直留著，做為雨天為他的住客遮雨用，但自己卻習慣穿簑衣。你不也腳傷才好沒多久嗎？我就想到你腳傷時接納了我重回你身邊，傘如果代表恩情的遞送，我也想藉傘表示一點感情！」

「原來有這麼浪漫的理由！」華生把傘拉合又撐開，裡裡外外觀察那把傘，最後合上那把傘，將它置放在入門玄關的一面裝飾牆的角落，說，「我會加裝一個置物架，讓這把傘成為家裡的一個裝飾。」

「希望是有功能性的。」露西跟在他後面。

「裝飾本身就是一種功能！」華生反身抱住她，親她的頰，嘴唇滑過她的下顎，回到嘴上。露西燥熱的半瞇著眼睛，望到那傘柄滑到牆角。她無法出聲，感到有什麼該說，卻不知說什麼好。她想起皮包裡的紀錄稿，一絲念頭閃過——等會兒要拿給他看。

20 古物觀

華生不禁懷疑起小桃的誠信，她說要帶他去看門環，卻始終沒給確切的日期，他天天等著，門環沒看成，倒是精品店的裝潢已經完成。這天他來到上漆完成的精品店現場，打掃人員在做最後的清潔。空間飄散實木材質的木香味，混雜漆料的刺鼻味，所有的門窗都打開，以讓漆料的味道快速飄散，清潔婦人吸塵後，又以濕抹布擦拭所有可能沾有粉塵的地方，抹布帶走灰黃的粉塵，也像帶走了一段等待完工的時日。天花板上三盞水晶吊燈成列，成為奢華的造景之一。一旁鑲嵌透亮玻璃的櫃體，即將成為高級珠寶的豪華溫床，絲絨布面會在這裡承載寶石的光芒。

工班的負責人和他一起做最後的檢查，他們一一檢驗所有燈具開關都功能正常，水龍頭出水流暢，每個抽屜的拉合滑順，地板平整沒有聲響，與牆壁的接縫收邊完整，驗收這精品店的完成，就像完成了一件心事。終於可以把這華麗，出於他之手，卻不屬於他的消費傾向的案子完結。在製造華麗的空間想像時，通常也是一種生活態度的想像，做為空間設計師，為不同的需求設計空間，也可以說是想像了不同業主所要的生活態度，不論是居家或展演、銷售空間，消費行為也是生活態度的一環，所以是參與了許多人的生活態度，這和一名演員或導演有何不同？他得設身處地去設想設計出的空間符合使用者的需要，在某種程度上，也研究了使用者的價值觀和生活態度。那麼完成一個案子，就是脫離一種生活態度，這個案子與自己的消費行為並不相合，但他極盡研究和想像，為需要高級珠寶的消費者構築了一個可以滿足華麗感的空間。

現場負責人將監督最後的清潔工作完成，然後將驗收單交給公司，再由公司與業主做最後的驗交。他的工作只到這裡了。從店裡出來，跟那店就像切斷關係，如果有天他要買一枚訂婚戒，可能不必走入這麼高級的珠寶店。正午的陽光蓋頭而來，那耀眼的亮度似乎也將強光注入他腦子，令他突然警覺為何腦子裡出現訂婚的念頭？是因為露西送來那把傘時說的那些話嗎？露西透露的訊息令他不得不思考結婚的可能嗎？老實說，從交女友以來，他並沒有往結婚的方向想，歷任女友來來去去，他並不介意她們的選擇。但他在乎露西，露西再回來時，他心裡很高興，但還不至於要往結婚的方向走。他一直是個可以獨自生活的人，做設計也很需要獨處時間，結婚似不是目前迫切的需要。

因此，他很快拋開這個似困擾非困擾的問題。他回到公司準備下午的新案會議。

彼得在會客室與一個業主會談。他從會客室的透明窗前走過，來到自己的座位，不過就是一張桌面一部電腦，旁邊有一座擺了各式設計書和材料書的書架，及一座抽屜櫃。這麼簡單的工具空間形成他的職場生涯，當然電腦可以通向世界和知識，一部電腦就可以取代整座的書櫃和萬里旅程的見聞，這可能是現代人的悲哀，把原該走向戶外去視聽觀察的體驗，一下子濃縮為眼前螢幕就可進行的事，或許使人的六識鈍化也可能。

會議仍然是新商場大樓的空間規畫簡報，分層分區的規畫圖一步步形構，大家有不同的意見就再修正，總監負責最後的整合，今天這場簡報，確立他得負責第十一層電影區的規畫，售票、飲食、放映空間的分配比例由他來做初步規畫。又是一個新的挑戰，過去沒做過電影區規畫，但他喜歡這種每次都拿不同空間功能的案子，這正是還年輕的設計師需要的工作挑戰，不同類型會促使個人多深入一個空間主題，從中了解人生的另一個切面，另一種價值。是的，他的下一部挑戰是切入娛樂空間的需求，了解娛樂影視的設備生態和消費心理需求。他的腦子裡已翻過空間動線和基本的空間切塊，這都和動線有關，只要以動線來思考，基本的規模都可以成形。他陷在自己的動線與空間切塊的想像中，會議中的其他人還講了什麼，已不是很清楚。會後彼得來問他：「你看怎樣？對餐廳區有沒有想法？」

「什麼？我負責電影區呀！」

「我在你下層，餐廳區呀，你開會沒在聽嗎？」

「我選擇性，聽到自己的責屬就可以了。」

彼得敲了他的頭：「別逃避了，來吧，說說你對餐廳區的看法。」

「還不簡單，就看是做哪種客層，一般消費還是高級消費，那影響每個單位的大小和走道的寬敞度。」華生脫口而出。

「所以我說你很適合這行，腦袋很清楚。」

「不，我常糊里糊塗。」

「是指感情嗎？」

「感情的事由得外人說嘴？」華生回敬彼得。

他們走向公司的咖啡吧檯，那裡有個面向窗外的長餐檯，幾把高腳椅，他們坐在高腳椅上，看著室外的空間，公司位於六樓，室外的視覺空間是隔著馬路的對面大樓，一排灰白的磁磚大樓，密集的窗戶，實無可觀，但有幾戶的窗台有綠色盆栽，有戶人家的陽台上種了一株雞蛋花，葉子不多，花倒開了幾朵，伸出陽台欄杆外。華生掃過那些雜亂的景觀，說：「最需換個空間的大概是我們公司吧！」

「這個商業大樓的案子應可賺到不少，賺了錢可建議股東換個好地方。」

「我們不也可以自己找個好地方！」華生投來試探性的眼神。

彼得饒富興味看著華生：「兄弟，我們現在這個團隊很強，才能標到好案子，我們才有發揮的空間，也累積自己的資歷，時機不成熟時，自己出來搞，只是吃點餅乾屑而已，你希望在還沒成氣候時就把自己定位在那堆餅乾屑中嗎？」

華生感到自己又過度輕率的脫口而出了。

「我總是犯嘴賤，是嗎？」華生撫著溫熱的咖啡杯緣，眼光又投在對面大樓那株葉子稀落的雞蛋花，那看來移植了南洋的熱情。

「也許在某個年紀都會想，如果自己來呢？那很正常，但總要時機成熟。現在還不是。」彼得像個老大哥給警語。

華生只好放棄自組公司的念頭，換個方向問：「我們還有時間好好規畫這個大案子。在大案子執行前，我們也會接些小案子，是嗎？」

「當然。接我們擅長的。最近我有一個案子進來，有位企業主，從海外買進了不少仿古物件，要我把這些物件設計到他的新房子裡。不，應說是他的度假房裡。」

「所以是根據物件規畫空間？」

彼得突然大笑，說：「對，就是這個概念，哈哈，設計個博物館好了，哈哈。」

「你業主不反對的話，為何不？」

彼得轉而嚴肅：「那些物件我已看過，他雖說是仿古的，我看來有些是真的，不知從哪裡挖來的銅鏡、牌樓的長柱、木質堅硬色澤很深還鑲著白玉的櫥櫃，我想仿古只是個掩飾，那是真的古董。對，古董你怎會看不出來，你不就是貨真價實的古董商？要不要哪天跟我去看那些物件？」

這挑動了華生的神經，他整個警醒了似，說：「若是真件，也是偷渡過來的吧？」

「所以就說是仿古嘛，打通關隨便報，或一貨櫃裡隨便夾帶，商人技法很多，這就不必管他了，我們與進口無關，只負責設計出一個空間安置。你有興趣鑑定，下次就跟我去看看。」

「有門環嗎？」

「你走火入魔啊？門環有什麼稀奇，比門環珍奇的古物多得很。他那裡沒門環，倒有不少銅佛雕像。」

「有隋唐鎏金銅佛，或明代製作的精美鎏金佛像嗎？有，我才去看。」

「有還得了。你果然很內行。一般古物已經不入眼了。」

「不，對古物我有新的認知。」

「說來聽聽。」

他們的眼光各自投在對面大樓不同的目標物，也好像並沒有在看哪個目標，眼神裡是沉思與聆聽。

華生說：「古物要和生活情感發生連結，才是一個有溫度的東西，佛像有信仰，對帝王將相和常民都發生作用，所以很有情感和信仰象徵，銅製再鎏金，是加重了貴族氣和物質的價值感，但那是貴族系統的信仰情感。現在我可能會愛上一尊泥塑或木雕菩薩，因為祂們代表常民的信仰寄託，和我們的身分和生活親近一點。皇族的器皿雖貴重，但有距離感，血統不符，蒐藏起來有點冷，可能一些市集裡賣的碗盤看來都可愛多了。這就是我現在的古物觀。說要看鎏金佛像，純粹出於好奇，當珍品看，要論情感，則說不上。最近我讀了露西為一位老先生寫的幾篇回憶性的紀錄，回溯十九世紀末二十世紀初的一些物件，看了有些觸動，覺得那些記憶離現在不遠，溫度還在。東西說不上珍奇，倒是有常民的情感。」

「你的意思是你店裡賣的那些古董，在你看來一點價值都沒了，如果我去收購，可以賤價賣給我？」

「那你太資訊不足了。我早不賣古董了，只賣正宗的仿製和新創藝品。就是變成一家普普通通的藝品店啦！」

「你這人就壞，是自己珍藏起來，待價而沽了吧？」

「要那樣說也可以，反正是不賣，不賣就沒價值，我讓它們沒價值。那你懂嗎？」

樓下有警車鳴著警響呼嘯而過，警響由近而遠，把一下午熱鬧的車陣打散了似的，突然感到暮色將近。

他們沉默的聽著那警響漸遠漸無聲，車陣偶爾的喇叭聲取而代之。彼得去吧檯的咖啡機又磨來兩杯咖啡。

彼得說：「你不賣古董總有原因，但古董確實是賣一件少一件，經濟沒匱乏就暫時自己留著。一二十年後，說不定價值翻了幾倍。」

華生的神情像個病後虛弱的老頭，精神耗盡，他撫著額頭，手肘靠在檯面上，往樓下的方向看，說：「也許。價值會高不可攀。但我不在意，我只覺手上的任何一件古董，都不如女友記錄的那旅館裡的一塊老磚牆有意義。」

「什麼？你說什麼？嗨，像個男子漢，講話大聲一點。」彼得的聲音此刻聽來洪亮如鐘。

21 尋訪藝歌樓

他們走在大稻埕區域，這昔日繁華的港口和市街，如今已成城市的舊日黃花，推算來也不過是百年前後的事，在他們前一二代人的幼年歲月，這裡還是主要的市集地，商賈往來頻繁，餐廳旅舍林立，現在只見舊建築舊行業徘徊不去的末日光景，做為城市遺老似的留著絢爛的斑跡。

老式的樓房，還見得到牌樓上的花紋雕刻，昔日由外國洋商建立的屋舍，成為捨不得拆除的繁華遺跡。有些商人重新修砌樓房內外，開茶樓及經營餐廳，重新為大稻埕注入新文化。露西約華生來這裡尋查，想找出昔日藝歌樓的遺址。走過中藥行仍密集的迪化街，走過布商和緞帶布飾館林立的大街小巷，一個迪化街區域走過四五趟，仍很難確定藝歌樓的原址。華生說：「可能拆除改建了，街道有些變化，不會和原來的一樣。連當日最負盛名的餐廳都已煙消雲散不見蹤影，就不要找了，我們找個地方歇腳。」

繼續到巷子探尋店家，找到一家新改裝的茶樓，舊式房舍，房中留有天井，前後屋分割為喝茶區與書店區，狹窄的樓梯通向二樓，也是幽長的格局，原木復古裝潢闢為喝茶區。光這棟樓，露西就把它附加想像為藝歌樓的建築形式了。

「說不定是這裡呢！」露西說。

「妳把它想像是這裡就是這裡了，建築格局應不會差太遠，當時有很多樓房是類似這樣的格局。」

「那我們坐在這裡可以想像昔日的歌聲嗎？」

「妳是否太投入妳的文字紀錄了，那不過是一個過去的回憶。過去一定是回不來的。」

「那麼無論大稻埕的老樓房怎麼整修、利用，都不可能恢復昔日盛景？」

「妳說呢？一個地方的繁榮需要許多條件，光是建築的修復不可能就恢復繁榮的原貌，但如果加上其他條件的配合，就可以超越原來。凡是有縝密計畫的發展，都必須有超越的目的，否則頂多是為了彌補一種懷古的欲望。」

「你好像太理智了。」

「妳又好像太浪漫了，不過是替旅館的老董事長做了紀錄，就想找到藝歌樓，那已是歷史的陳煙。就算有也物是人非。」

華生這段話讓露西感到自己像個沒事幹的閒人，假日不去看場電影或在家好好休息，卻來到這裡走了幾趟大街小巷，為了找一個老人家回憶中不確定的地址，而且還是一百年前的舊街舊樓。

「自己缺乏故事時，是否就容易找別人的故事來度日呢？」露西望著窗外同樣老式的建築，不禁脫口而出。

「妳怎麼會這麼想？」

「我並非老董事長的家人，只不過記錄了他對阿公的追憶，我就來到了這裡，這不是參與了他人的故事嗎？」

「這沒什麼不好，人總是好奇嘛，趁機來這裡走走不也很好。」

「謝謝你，那今天該給你好人卡，難得你抽空陪我來，最近的設計案不忙了嗎？」

「有些已經結案，新的還在醞釀中。這算不算故事暫時中斷？」

「工作會那麼有趣有故事嗎？我的工作為何沒故事？」

「故事每天都在發生，妳突然幫人寫紀錄就是故事啊！」

來書店買書、喝茶聊天的人以年輕人居多，相較之下，他們兩個有點老文青之感，露西雖然才二十六歲，卻覺自己有點老派了，她上班的制服是窄裙套裝，那衣服一穿，就顯成熟。去日本工作又回來，心理的時間像加乘了距離。她坐在這裡，腦子裡飛過的是往日繁華，這又加深她與周圍年輕人的距離感。

「有些特別遭遇的才是故事吧，我只是個普通的人，過著普通的日子，這些都說不上故事。」露西內心真的如此感到自己的平凡，隨著同時代人一起在升學的機制下，一步步完成學業，大學讀的也是普通談不上什麼一流的學校，一個意外的機會去了日本，說來只是換個地方做服務工作，轉了一個彎又回到台灣來。到目前來講說不上有什麼特別的事件，她覺得自己的人生到目前為止是缺乏故事的。但她也不同意華生說替人寫紀錄是突然的。

「我替老董事長寫紀錄是因你而起，若這算是我的人生故事，也是因你而起的，如果不是你要我去查那沿革室的密室裡到底有什麼，我也不會和老董事長有交集。」她心想的是，那時就不會和陳主任設計接近老董事長的機會。

「現在看來，好像你對沿革室和密室裡的物件已經失去興趣了，我卻被文字困在別人的故事裡。」露西無奈盯著華生，「是嗎？你對那些陳年舊物已經沒興趣知道了？」

時間好像一下子跳了一大段，露西聽到華生接了一通電話，華生的眼裡放出光采，和對方說了一個時間，對方似乎約了一個碰面地點，華生一邊點頭一邊說好的，就那邊見。接完電話的華生像從不同的時空回來，神情有點恍惚，像鏡頭慢慢對焦，好一會才對到焦，眼光回到她臉上。

「怎麼了？什麼電話？」

這句話把華生喚回魂，華生像舌頭打結般的，嘟噥著：「喔，沒什麼，就一個業主，約好去看他的空間。」

「喔，一個案子就樂成這樣！」

「是嗎？我表現得很快樂嗎？」

「是啊，看起來是。」

華生把背靠到椅背，望著窗台上刺眼的陽光，說：「一種心理反應吧，賺錢沒有不重要的。」

茶送上來後，他們默默喝掉半杯，露西在等他回到她剛才的問題，但華生頻頻注意手機上顯示的時間。

「我很確定你不再對沿革室的物件有興趣，從你接了手機後，你沒有回答我這個疑問。」

「啊，真抱歉。我還是有興趣的，否則當初不會請妳去看看沿革室裡有什麼。現在妳幫旅館的老董事長記錄點回憶也是很有趣很有意義的，我很支持妳，否則今天怎麼會和妳來這裡走了四五趟去找那已經不可能存在的舊跡呢？妳寫的紀錄我不都看了嗎？現在新的進展如何？還有寫到什麼物件嗎？」

「不知道，老董事長身體狀況不穩定，我也不知道需要寫多久。你想，有必要寫下去嗎？若不是你想多了解那些文物，我並不需要去當一名記錄者。」

「謝謝妳。如果老董事長願意講，妳還是記下來好了。妳在那裡工作，和他們維持一個友善的關係，對妳並不壞。」

他們走出茶樓，陽光仍強烈，一月的驕陽格外珍貴。他們閒散的走出巷弄，露西便往永樂市場的方向走，華生問：「還不離開嗎？」

「可以陪我看幾家布店嗎？」

「但我和朋友約三點。」華生又低頭看手機，「可以改天再來看嗎？」剛才華生講電話時，她聽到是三點，但沒想到是今天的三點，露西打算放人。

「既然是個業務，那你先走吧，我可以在附近逛逛買點布料，沒買夠的，下次你陪我來買。」

走到街口，華生攔了計程車離開。露西站在街口目送計程車引擎聲轟轟然將華生載走。突然一個很巨大的寂寞襲來，過去三個小時還並肩穿街走巷的，一轉身就剩下自己。一時覺得隨處灑落的陽光都太刺眼。她繼續走。這天就算因華生的提早離開而變得短暫，她也想把來這裡的另一個目的完成。

永樂市場大樓在眼前，大樓附近的布料行和裁縫材料行、蕾絲店相當多，她先走入其中一家蕾絲店，店裡的左右兩片牆都塞滿蕾絲成品，有的成片，有的成捲，成片的有各式花樣，成捲的有各種不同寬窄度的尺寸，越寬的尺寸織法越多樣，也有整匹布都是蕾絲，勾勒繁複花樣，有些適合做為內衣，有些是高級的禮服用料。她不過是來找柔軟的蕾絲花邊，只為了做幾塊布墊的裝飾花邊，先選中意的花邊，再根據花邊的顏色到布店選布料，較易搭色，畢竟布料色多，而蕾絲的色系有限。選了幾款喜愛的花樣，有些也許用得上，有些也許用不上，但想著囤點喜歡的蕾絲，也許哪天就用得上了。走出店家，相隔不遠，有家布料行，從櫥窗望進去，一排排垂掛的布料，色澤與花樣看來很有質感，平台上放了花樣縟麗、料身紮實的布匹，有的布料鑲金燙銀很奪目，一眼即知那是和服布料。她不得不推門進入。

呈現在眼前的和服布料絢麗多姿，圖案和布料的厚實感很難不令觀看者讚嘆。櫻花粉、晴空藍、豔紅、桃嫩、百合白，各種主色調加上花葉圖案，炫人眼目。美麗的老闆女士任由她看布，她問價格，確實是驚人的價碼。「什麼樣的人會買和服布料呢？」

「我們有日本客人，她們會來買，她們認為台灣設計製造的布料質感好又比日本便宜，也有舞蹈者，做跳舞需要的服裝時，會需要採購，不過大都是設計師來買，一件舞衣做下來可能幾十萬，一定是好師傅才會來挑選。」

那麼一件上得了檯面的和服一定也是相當昂貴的。站在整批新穎亮麗的和服布料前，她腦中浮起的是櫻子素雅櫻花圖案的和服，靜躺在木箱裡，整件和服已超越布料，成為帶著記憶的象徵物。那麼，眼前這些布料一旦成服，也可能成為故事而附著了記憶。具有故事有時難免悲壯了點。她寧可是沒有故事的。一片櫻花落了就是落了，化為泥中物便了無痕跡，與萬物生靈具為塵，化為無。但一旦成為象徵，綿長成人間的一點情，便是「有」的存在。存在是好或壞呢？在她有生之年，對「有」還能感悟，一旦身後，一切便「無」了。因而心念一轉，今日為老董事長記著一段記憶，極可能是成為「有」的長存狀態，是強作留存的功夫。

她選了一塊櫻花圖案的布料，請老闆女士為她裁下最小單位的一碼，她沒有精湛的裁縫功夫，也不需要和服，或許只是與櫻子留下的和服做一個相映照，紀念自己參與了一個過去的記憶，雖然那時代發生於旅館的情感與她無關。擁有這塊布，似乎，她也參與故事。啊，別人的故事。有故事，或許人生的鑿痕深一些，存在感強一些。那時此刻，串成一張縱橫交錯的生活畫面，有時她去那裡，有時她回到這裡。不過如此。

22 花園茶室

華生趕在三點前到達那晚和小桃相約見面的餐廳，小桃在電話中要他到餐廳門口等她，她會開車過來接他一起上山。

下午三點的餐廳，平面招牌寫著醒目的灰字店名，搭配黑到發光的門牆，看似低調，卻又顯得低調得高調了，任誰從這裡走過，不會忽視那反光的黑。黑門旁大片玻璃牆穿透入室，視線望進去，客人約有六七成，散坐各處喝茶、聊天，好像愜意的午后，除了喝茶聊天，沒有重大的事需要憂慮。而此時此刻，華生心裡全無輕鬆感，反而感到緊繃，等待多日的機會終於到來，那對久未謀面的獅頭門環正裝在山上人家裡等待他的再次碰觸，他會有機會取回門環，將它帶回藍屋子嗎？他不禁咬緊牙根，頻頻望向來車的方向。

一部紅色跑車駛近。車窗緩緩降下。小桃清秀的五官像水中芙蓉，浮於水上，浮於妖惑之林，她神色清爽，塗亮紅的口紅，對他投來一個燦然的笑容，對他而言，那笑使四周燦亮，彷彿在都市叢林看到一個精靈出現。她邀請他打開車門進入副駕駛座。

他吞吞口水，放鬆下顎，才能擠出一句「謝謝」。

跑車座位低矮，一入座，他就覺得矮她一截，她拉動排檔桿，車子轟然衝過前方剛轉綠的燈號。這是部需踩離合器的手控駕駛跑車。一個刷黑卡又住陽明山的女生，開跑車應在預測中，他只是沒想到一個小劇團的表演者有這等身價。

小桃彷彿猜中他的心思，說：「別懷疑，我是個異數，平日無所事事又嬌生慣養，演舞台劇是為了過戲癮，也算有個事做。」

「妳就千金小姐，不必做什麼嗎？」

「要這樣說也可以，都是老爸寵壞的。我沒有正職。」

「演戲也算正職。」

「那當然是，但收入不穩定，我也不是演藝人員有經紀約，真的是玩票性質。所以我也登不了大場子，就是演演小戲過癮。」

車子往山區方向走，假日時段，只有像她這種擋風玻璃貼著住民通行證的車子可以駛進山區。

車子往上坡走，在半山腰岔到支路，沿路的房子景觀參差不齊，有門扉厚重的豪門大戶，也有像釘子戶般老死不搬離也無力翻新的老舊房舍。越往上，山景視線越開朗，山下盆地群樓漸遠，而山路兩旁的房子風貌漸豐，樓宇公寓或別墅，各有造型。

磚牆圍起的別墅大都有庭園，高過圍牆的樹木枝椏整齊，都經過修剪照顧，綠悠悠的成為房子的屏障。轉入的這條支路，有新的建案，社區外牆剛砌成，廣告招牌還插在建案旁。再深入路徑，她開進一幢獨門獨院的別墅。紅色雙扇大門，由鑄鐵門框框住，門框左右延伸的圍牆上方，高大的松樹枝越牆凌空。她按下遙控器，兩扇門向左右緩緩拉開。門底的輪子沿著軌道轉動發出叩叩聲響，在山的寂靜中，聲音顯得特別大，她的引擎聲同樣驚擾了庭院的寧靜，幾隻雀鳥群起飛離枝椏。

停車道起碼可以停三部車。房子是線條簡練的現代建築，兩層樓，二樓玻璃窗前有鑄鐵花欄，屋頂有個傾斜的幾何設計，斜頂的下端延伸為一座玻璃屋。屋前留有門廊，廊下一把雙人座的雕花鑄鐵椅，面向屋前花園。花園種植多種樹木，花壇也有多種開花草本植物，想必有園丁定期更換盆栽，使花園維持多彩絢爛。

車道沒有其他的車，除了小桃這部跑車。

小桃在大門邊的感應器按下指紋，木質大門即鬆開，透出細縫，她推開厚實的把手。偌大的玄關，大理石地板反射客廳大片玻璃窗投射進來的斜陽光澤。她帶他走進客廳，木質地板平整，深色光澤透出寧靜感。那寧靜也許是因為沒有聽到其他人的聲響。在客廳側邊，小桃推開一扇通往後院的格柵門。換過戶外拖鞋，他們站在後院繁複的造景中。

那是仿中式庭園，與主屋分離的另一個天地，眼前有一座小池，池裡漂浮荷葉，池上一座木橋，橋前幾棵桃樹，幾步路過橋，兩株矮松，過幾塊石板，是座有玻璃採光的木造小屋，前簷下有廊，過廊即玻璃拉門，那拉門推開著。他們穿過前廊進入屋中，有採光罩的前半屋植滿花草，花園造景延伸到左側，一座紅色木門橫立，門的左右皆有半堵假牆，牆邊空立，沒有圈圍沒有遮蔽，那牆與門只像個屏風隔間，門前左側植有盆栽，連著屋子前半部玻璃採光罩下的植物區。紅色的門扉上，鑲掛的，正是他心心念念的獅頭門環。他站在紅門前注視那門環，似乎生怕它又從眼前飛了。

「就是這裡，在這門上。」小桃說。

「這門是鎖的嗎？」他問。

「哪需要鎖？牆旁就是室內了，不過拿來造景裝飾，表示紅門上有個門環就是了。」

「為何這樣做呢？既不需要推開門，為何需要門環？」華生站到門環前，注視著這對價值不菲，由他手中賣出，卻來自一個異世界，確實價值難以估計的門環。事實上，它已超越金錢價值，它和他家裡的那些從藍屋子拿出來的物件一樣，代表的是兩個空間的存在，可以透過物質連接，而這對門環從那屋子拿出來，他就無法進入那個異空間了，門環為何有這個特殊性？他站在門環之前，感到懼怕。如果物質可以從一個異空間來到這個空間，那麼活的生命，可能到另一個異空間繼續活存，得到永生或巡迴於不同空間嗎？他去碰觸門環，和小桃去碰觸門環會有什麼不同的效果？畢竟他曾進入藍屋子的空間，而小桃是這個空間裡的人，沒有異空間的經驗。不，他又怎知小桃沒有異空間經驗？

「小桃，」他仍然盯著門環，心裡充滿疑問，問她，「是誰決定將門環鑲在這裡當裝飾用？又是誰將它鑲上去？」

「我爸爸，他就說要一對門環裝在門上，我到處去找。找到這對，感覺是爸爸要的。這個造景做起來時，當然是木工師傅裝上去的，不然還我們自己裝嗎？那些電鑽螺絲，不熟練怎能隨便操作，不傷手也傷門板。怎麼？不就是一對門環，你這麼重視做什麼？」

「不，我想你們也重視的，不然不會花這麼多錢買下它。要裝飾的話，五金街也有很多復古仿製的，一餐飯的錢就夠買了。」

「你不覺得價格的付出代表一種品味嗎？這對門環的做工和質感，就是古董，什麼價出得起都是可以入手的。」小桃站在他的身邊，很斬釘截鐵站在父親的品味那端，他們出得起價錢買下質感。他心念一轉，或者他們認為這件古董有其特殊價值？他不由心中一陣寒顫，好像要搗入一個漩渦裡，漩渦到底似是一群類似目的的人在黑黝黝的密林裡尋找什麼路徑。

「你摸過它們嗎？」

「買回來時，就交給爸爸了，當時我們有一起拿起那對門環，頗有重量，質感很硬實，爸爸一看就滿意了。說，對，就是要這種分量才配得上那副門。之後沒多久，門環就鑲在門上，純粹當裝飾用。沒再碰過。」他們來到門前。

站在門前，華生伸出手，側過頭來問小桃：「我可以摸摸看嗎？」

「當然，為什麼不可以？你不可能取走，不是嗎？就算你要偷，也沒工具。」小桃看穿他心事似的，露出一個很詭異的笑，似恥笑他沒有本事偷走眼前的東西。

他想把門環偷走嗎？是的，如果可以，他想把門環再拿回來。但來過這裡後，萬一門環丟了，小桃一定知道是他拿走了。他還不想用這種拙劣的方式拿回門環。

手指觸到門環，冷涼的金屬，漆色金黃閃亮，想必師傅有用特殊的方式擦拭過。循著銅雕鎏金的獅頭紋路撫摸，感受在鑄模上一刀一斧打磨的功夫，必然是個精巧的師父才能打造得出來，再加上鎏金的功夫，一層一層塗上金汞混合的液體，再烘烤到汞蒸發，留下的金經過打磨即成金身，這鎏上的金年代久了，色澤會暗淡，重新打磨擦拭，又光澤照人了。華生仔細看那光澤，比他剛從藍屋子拿出來時還閃亮，但銅環與門面的接合處色澤不同，略為偏紅，金色似是補漆，而非鎏金，那是他從藍屋子取下來時，就注意到，但不及細想，只感到那個略紅的部分，質感也很沉，這銅環可能是兩種金屬成分的組成，為了美觀也為了什麼目的吧，因這推測，他更確定這對門環是某個工藝精湛的師傅匠心獨具的藝術作品。這具實的作品為何存在於那個藍屋子空間，那裡又是什麼空間？他不禁像飄浮在空中，難以確定此時此刻此地又代表什麼意義。

「噯，怎麼了，出了什麼神？這對門環有這麼讓你捨不得嗎？賣都賣了，也鑲在這扇門上了，我爸爸特別安置上去的東西，是不可能拿下來了。你就打消念頭，別再拿回去了。一個門環就這麼捨不得，難道你賣出去的東西都要這樣一件件去追回來嗎？」小桃拉他右移了幾步，指向門內的空間，說，「你不看看這造景嗎？只要你覺得這造景和那門環是相配的，你大可放心門環留得其所，不是嗎？」

好個留得其所，華生心想，什麼條件才算留得其所呢？門環應該只在藍屋子裡，他強取出來，來到這個不屬於它的空間，鑲在最高級的門上也不算是留得其所。他冷笑了一聲，鼻息讓身邊的空氣都冷了，小桃側過頭來問他：「怎麼了？對這造景不以為然？」

華生往這扇門對向的空間望去，是片開放的茶藝空間，牆邊有置物櫃，牆上掛著幾幅抽象油畫，空間中央擺一深色桌面，看似紫檀材質，桌面反光，桌側連腳雕鏤花紋，椅背扶手亦雕鏤同款花紋，頗有明清家具特色。靠牆的立櫃、矮櫃並立，櫃面亦是紫檀材質，不但雕花，還鑲銀貝。這說來像茶棚，卻又像書院氣息。家具材質與厚實的門廊造型很搭配，又不拘泥於復古。華生眼光回到內室左側，落在紅門牆邊一隻矮櫃上的座鐘，是銅色金屬材質，上有花鳥圖繪，很像西方產物，但上面的指針沒有移動，停在三點的位置。他不覺又感一陣寒顫，心裡陰風陣陣，轉頭望向花園外那片空曠的視野，樹叢外，越過遠處另一戶人家的樓頂即是天空，往外延伸是台北盆地，他要確認這是個具實熟悉的城市，他具實存在的空間。

「這是個花園茶室？」他問小桃。

「可以這麼說。但其實很少使用，就是後院的一個造景。雖是這麼說，有時我們家人還是會來這裡用茶。爸爸可能比較常來喝茶、閱讀。」

「那座鐘沒有功能？」他眼睛回到座鐘，指針仍然是停在三點。時針分針呈九十度。

「什麼意思？」小桃問。

「時鐘沒有走，它是一座壞掉的鐘嗎？」華生希望自己的聲音沒有顫抖。

「哦，不，那是從荷蘭特地買來的，也算得上珍貴的古董，買來時可以走的。要上發條。但擺在這裡後，就不走了。上發條也沒用。」

「它停在三點。」

「是我爸爸將鐘轉到三點，他說，反正不能動了，就調成三點吧，兩針呈九十度好看。」

鐘先是不能走，才被調成三點。那麼只是巧合，華生心想，也太巧合了。藍屋子裡的鐘也是停在三點。而門環竟然來到這戶人家，這裡和藍屋子同樣有著花園，只是屋舍造型不同，難道只是巧合嗎？他望向小桃，小桃臉上青春洋溢，神情有著天真的清純，還有點嬌氣，雖然是個演員，那天他看她演的戲，有點強做世故感，像她這樣一個出身富豪之家的小姐，對人生的苦難能體會多少？但她並不需要了解苦難，並不是人人都需要知道什麼是苦難，也不需要悲憫，富有的人有更多自由選擇他們要過的人生。在這座花園茶室裡，他們可以極盡奢華的以昂貴的價錢買來他們喜歡的東西，放置在任何角落，滿足視覺的享受。但僅僅是這樣嗎？為什麼是這對門環？而不是其他藝品店古董店的別的門環？為什麼茶室裡有一座鐘？華生恍惚間感到自己來到了一個複製的空間，但時間點錯置，兩個停擺的時鐘之間是否存在時間距離？

「妳的爸爸通常在家嗎？」

「為何這麼問？」

他在心裡尋索理由，不得不說出自己的欲望：「希望也有機會見見妳的爸爸，當面讚美他的眼光。」

「哼哈，你還是在乎這對門環。」

「花園設計也很美。我想他是個有品味的人。」

小桃轉了身，走到茶桌，坐入紫檀木椅，在深色的桌椅間，她亮黃色的上衣像瑩黃的皎月，特別清亮。她舉手招呼他坐過來，她正按開熱水壺上的加熱按鈕。

但他反而走到座鐘前，俯身近看座鐘。座身是上好的金屬抛光，加上琺瑯瓷片做為裝飾，玻璃保護的鐘面上描有淡淡的蒔花彩繪，似是朵朵排列的鬱金香。

「這鐘看起來很有年代，一開始就是荷蘭製造的嗎？大概哪個年代？」

「怎麼你對這個鐘也有興趣，來過這裡的爸爸的朋友，幾乎都要問起這座鐘，有的還介紹爸爸，哪裡可以修復這座鐘，讓發條和指針可以運作，但爸爸說，不必了，老東西，中看不必中用。他完全不想修復。」

「他們問的問題也和我一樣嗎？」

「嗯，大都問這是哪時代的老古董。爸爸說，估計是十八世紀的鐘，在同時代還有很多音樂鐘，大都進了博物館，但這個沒有音樂，是從一個古貨店買來的，拿起來比別的鐘重些，爸說就喜歡這座。」

「妳陪他一起買的嗎？」

「嗯，那時我也在場。」

「多久的事？妳記得這家店在哪裡嗎？」

「三年前買的。在阿姆斯特丹王子運河附近，我記得的。為何問到這麼詳細？」

小桃坐在椅上，亮黃的衣色也是室內最大的亮點，她充滿疑惑的臉望向華生，華生一時以為自己像個賊般的向她偷取資訊，但他不打算停止，他編了一個合理的理由。

「別忘了我是個古董商，當然想為店裡增添獨一無二的貨品。王子運河附近那古貨店裡賣的都什麼時代什麼樣的貨品？」

「一時說不上來，也不太記得了，店裡的東西多到有點凌亂，像個小型跳蚤市場。家具、服飾、文具、瓷盤杯器、吊燈、畫作、繡毯，大大小小的東西很多。老闆說有些時代很老了，不可考，牆上的畫作畫面也暗沉了。有些行家會到這店裡挑貨。爸爸也是透過朋友介紹才去那裡看看的。」

「還看上什麼好東西嗎？」

「一些小東西，沒什麼，蒐藏在爸爸那裡。」

「哦，妳不蒐藏？」

「我跟著爸爸學習鑑賞，但我不愛老東西。我喜歡新的。我逛的是百貨公司或賣新潮物件的店。」小桃笑開了，瀏海垂蓋了半隻眼，她低下頭，好像很抱歉自己是個不愛古董的人，笑著將自己頸邊的髮絲拉到臉龐遮去半張臉，掩飾那笑。華生不由也笑起來，說：「像妳這年紀的小姐，當然是喜歡新潮的物品，誰會去買那些不知歷經了幾代，又不知什麼樣的人使用過它的東西呢？說不定還是個陪葬品。」

「這你說中了我的懷疑。爸在買那些古董時，我就想，買那些死人用過的東西做什麼？雖然那些東西看來還真不壞。就說這鐘好了，應該是技藝純熟的工匠打造的，座鐘上彎曲的金屬和立體雕花，以及鐘裡蝕刻的鬱金香花瓣與花莖這麼分明生動，不知傷害了多少製鐘師的眼睛。」小桃起身走到座鐘前，手摸上那座鐘的玻璃面，指針下的鬱金香蝕刻，有一點一點的針點陰刻，以針點的疏密標誌出花形的明暗度，表現出花的立體感，「為了點描這些針點，蝕工師必然集中了他們的眼力，目不轉睛的將針扎在準確的位置。」

華生站她身旁，俯看她彎身撫摸著座鐘的姿態，小心翼翼，好像那是易碎的水晶杯，他確定她是愛古物的，也懂得鑑賞，只是她因年輕而有意的去抵抗對古物的過度專注。

他也伸手去摸撫座鐘，感受金屬的質感。他摸到座鐘後與發條連接的核心到底座，是沉重的金屬，鍍金後的色澤更沉，也因那沉重的金屬，使整個座鐘非常穩固。小桃不但放任他撫摸座鐘，還問他：「如何？這是個好貨嗎？若放在你店裡，可以標價多少？」

「哈哈，考倒我了，這得求售的賣主開出釋出價，我才能評估要以多少錢收購，多少錢賣出。」華生以為自己的臉上一定露出了可鄙的神色。果然小桃接著說：「果真是生意人，城府很深，沒透個價。」小桃拉開櫃子抽屜，拿出一塊紅色絨布，輕輕擦拭座鐘，將撫摸的手跡擦掉。那玻璃面立即光可鑑人，他猜想那玻璃應該換過，或者是後來加裝上去的，這個座鐘可以被保留下來，流到古董店，應是座鐘本身的金屬工藝具有說服力，任何人擁有，都不會輕易當破銅爛鐵扔掉，起碼會拿去二手店估個好價。

「要喝杯茶嗎？」小桃回到桌前，正要動手拿桌上的茶器，他坐到小桃對面，她細緻的臉上有種雲淡風清。是種無憂無慮嗎？開跑車的年輕小姐，對人生的追求是什麼？舞台會是她最執著的嗎？她說她只是玩票。興頭過了之後，她有最終的追求嗎？他何必為她想著這些？

他說：「不，不要麻煩了。不好打擾太久。我應該回去了。」

「看夠了那對門環？」

「妳說不能偷也不能光明正大的買回去，那我能做什麼呢？是不是妳就說服爸爸再找一對和這門相襯的，把這對賣回給我。」

小桃沒說話，給了他一個眼色，好像他講的是天方夜譚裡的故事，很遙遠又虛幻。

「你既然這麼捨不得自己賣出的東西，你如何能當個好的古董商呢？好的古董商是替顧客尋找可靠而珍貴的貨源，從中謀利。你總不能謀了利，又出更高的價格買回，那不是白忙一場又賠本？」

「也可買回繼續待價而沽啊！」

「那何不乾脆一開始就當收藏家？」

「賣相好的東西，當然可以買回。妳看藝術拍賣會裡的那些買家，不也出了一個高價囤貨，過幾年翻了倍再脫手。」

「賣相好怎麼估？」

「有人喜歡，願意出手，就是賣相好。」

小桃噴笑了，「你的狀況好像不是這樣的，明明是自己想拿回去，不再換手了。」

華生像被毆了一拳，「當然妳說得對，我是個不合格的古董商。一旦戀物，就不能是商人了。」

桌上的壺水滾沸，冒出蒸氣，一旁的茶罐上寫的是碧螺春。

「真的不麻煩了。我怎麼下山？」

小桃拔掉茶壺電座插頭，將茶具推回原位。

兩人走出茶室，華生再仔細看一眼整個茶室的造景。前段有玻璃採光罩的空間很西洋，後段設有紅門扉和紫檀桌椅的空間又很中式，物件則是中西合璧，說不上的一種古怪氛圍。小桃拉闔玻璃門，讓那些採光罩下的植物兀自在玻璃內呼吸著。

主屋內仍無人聲，他們回到客廳，日又沉降了些，暮色幽微的籠覆於山間。牆上的壁燈亮起來了，他不知道誰打開了壁燈，明明屋內沒人，也許是一盞自動感應光線的燈，已探測到了暮色降臨。

紅色跑車很鮮亮。小桃踩離合器時說：「如果還有再來看門環的必要，可以再跟我說。但哪天如果我們發現門環不見了，絕對會報警找你！」

樹枝上的群雀又飛起，也有高亢的鳥鳴聲從稍遠的地方傳來，雖然幾乎淹沒在引擎聲浪下，華生仍然聽見了。

23 鐵櫃的物件

看到門環在那山上人家的茶室裡，當成造景的一部分，華生始終納悶為何這家人將這對昂貴的門環嵌在一個不講究實用的門板上，難怪人家說「有錢就是任性」，花個一百萬買塊石頭當墊腳板大概也不令人奇怪。

做為空間設計師，他接過預算高昂的案子，業主只講究品質不在乎預算；也接過預算有限的業主，在用料材質上斤斤計較，又要便宜又要具質感，以控制有限的成本。他比較尊敬的是後者，將錢花在刀口上的業主，那是善用平價物質製造高質感的空間感，是活化平凡之物，需要更獨到的眼光從平凡中找到特點，將物質發揮到高效益。就他一個以接案為生的設計師而言，相當能認同合理控制預算，才是最基本的生存之道。對多數人而言，生活不是一擲千金，無限締造夢想。因此對於小桃家的闊綽，他頗不以為然，或說那個經濟能力是個高塔，他只能仰望。

如果他內在沒有高塔的夢想，何必開藝品店賣古董？將那對門環標出一個高價測試市場？何必無厭止的將藍屋子裡的物件拿出來？想到這裡，他心裡又有些發毛了。他明知自己是到不了高塔，所以才想弄到一些小財富縮短與高塔的距離嗎？

當他注視牆上掛著的那幅藍屋子，格外感到全身的毛孔都張開，好像有一頭巨獸會透過每個毛細孔鑽入他體內將他撐大撐破。他寧可自己從來沒有進入畫中。這是個不能講的秘密，誰也不可能相信他。他盯著畫面，如何能再進入畫中，將所有物件歸回呢？若歸回時碰見了人，又會是什麼人？

為了找出自己心裡老是牽掛著的那個空間到底存在哪裡，他仍然決心想要有機會找出這個存在之謎。他給彼得打了電話：「你那個依物件做設計空間的案子進行得如何？」

彼得在電話中說：「給業主看過設計圖，也解釋過每個放置物件的空間營造，根據業主的意見，有少部分的修改。基本上已經完成，已安排工班施工了。」

「完工後，我有機會去看那些物件嗎？」

「完工後就結案了，空間就是主人的了，怎麼擺放物件那是住入後的事，我們當然不能進去。怎麼，你有空看物件？」

「嗯。」

「那有辦法，先去他的倉庫看。我來情商主人。」

接著一週，他專注於商場的電影空間規畫。他參考了幾個西方影城的案例，為空間找出主要色調，不斷調整放映空間、餐飲空間、活動空間的比例，估計最多人數容納量，估算空間動線夠不夠等等，以及牆面、天花板顏色和造型對空間感的影響。顏色、幾何、空間，這三者之間充滿想像力，關乎人們置身其間的感受。他埋頭在空間比例、立體造型的想像，感覺自己彷彿在炙人的沙漠中暫時的居留在一片綠洲中，那裡水澤映光、花果豐郁、氣候宜人。

在公司例行的進度會議中，他報告設計稿，說明其中的細節，及設計原則——一種迎向未來感的空間分隔與視覺感受。未來感在於科技的運用，每個空間轉角處都有數座觸控螢幕，一進入電影院空間，就完全自助，點觸螢幕可購票、選位、訂餐、查詢餐點、列印餐券票券、查詢餐點等待時間、看到所有空間的人群分布；這套系統將省掉許多人力，加快訂票訂餐速度，還可了解人潮多寡，萬一發生緊急事故，可找到最快的逃生路徑。而整個空間的天花板以黑底布滿大大小小燈球，象徵宇宙感，每個電影放映廳是一個星球入口，以太空船艦或星球象徵物設計門面，星球的想像則來自科幻小說的塑造，材質以鋼材為主，萬不得已才以其他便宜材質取代。每個門把是顆圓形的地球形象，意味由地球通向其他星球。

他還沒講完，與會的張經理臉色凝重了，彷彿離世界末日不遠。大螢幕觸控是發展中的科技，要率先運用得有電腦廠配合，加上觸控內容的程式設計，足可抵掉好幾個攤位的施工加材料費，這套系統若成功，足可申請專利賣到其他電影院。華生心知他所給予的是超越一個空間設計師的空間想像，而迫在眼前的是，他們經費只夠請裝潢工論日計酬加上材料費，在有限的工期完成空間裝潢。就目前的預算，電影放映廳入口處的星球特色造型，只能以保麗龍板雕塑噴漆取代鋼材。除非他們的業主願意認同這套設計，加錢加工時，才能締造這個星際劇院。但是，為何不可呢？經費的世界末日也就是經費大戰的開端，有好的設計案，或許可趁機說服業主增加預算。張經理舉起手來，打斷華生的簡報。問華生：「請問你的設計考慮到經費問題嗎？」

華生說：「你交代我設計這個空間時，並沒說這個空間的預算，所以我專注在概念的提出。」

其他設計師加入討論，「這像迪士尼樂園的一個未來電影館規畫，鐵定砸錢。」「它更適合當一個獨立的電影園區，不適合放在賣場大樓裡。」「觀眾的目的是看電影，太多花稍的設計，萬一他們看完電影都不走，不是擠爆了？」「人不走，絕對不安全！」「你們就沒想到賺錢嗎？有人潮就有消費，能夠賺錢，業主怎可能放掉這個設計。」

大家七嘴八舌討論，華生心想，這是個任性的設計，如果一生只有一次設計電影區的機會，他就要這種電影場所，為何來電影院不能像是來到另一個星球，未來空間的想像正符合追求娛樂的刺激體驗。雖然有些設施技術以現在的條件還無法辦到，但做為一個設計師，可以提出無數個空間版本，他必須先提出這個理想中的版本，心理上已做好被退件被修改的準備，一旦被修改，就不是他的版本了，就會是一個集體企畫，即是向業主妥協。一切說來就是商業，商業的裝潢發想不同於一般居家裝潢，商業應該有更高的投資企圖，提昇人們的美學體驗。他只能自嘲他還不夠壯大到有業主買他的企畫案，以他的設計為標誌。

這個案子最後是被擱置了。張經理說會找業主報告。然後他會得到一個答案。從今天的討論他似已可看到那個答案。他得重來。重來不是罪惡，是磨練。但對主觀極強的設計師來講，是妥協，商業的妥協。他靠案子生活。

磨練有時不是讓自己更強，而是更學會一種保護自己免於被社會淘汰的姿態。他樂意暫時讓自己當公司的邊緣人，在等待案子得修改的命運時，他可以放縱自己把那個電影空間放掉，回身到自己的空間，沉浸在那空間的恍惚中。

他要找到回藍屋子的方法。

彼得那間神秘的藏寶室正在裝潢階段，據說業主每天到現場看施工進度。這天彼得約華生到施工現場，幾位木工師傅在現場施作。地上平疊木板板材、角料、大大小小的裁鋸工具，天花板簡單平整的造型已完成，燈道管線也留孔，隔間已立柱，可以看出櫥櫃的位置。師傅正在裁隔間的板材，進行長寬面的核計，櫃位留出後，還有櫃面造型和收邊等細節，木工的部分還有一段工時要走。所有的長寬高都與結構及視覺有關，這些打底完成，才有細部，才有完工。

他們站在一屋子的木屑中，觀看具有深度的房子裡隔出三個展示空間，展示室外有寬敞的走廊，通向一個具有開闊城市景觀的會客室。

彼得說：「這三個主要展示室是收藏業主所說的仿製品，但裡面都有一道占半面牆的隱密儲藏櫃，置放藏品，每個櫃格與抽屜，都有防震設計，將來都會鋪上防震海綿，以防地震。你說以這樣的規格設計儲藏櫃，放的會是仿製品嗎？」

華生會心一笑，觀看彼得給他看的櫃位設計圖，大大小小的櫃格層層交錯，像個層疊的建築物，這是彼得的空間藝術呈現。

「你的業主接受你用繁複層疊的方式做展示格，相當有品味，一般人會嫌這樣取放物件增加困難度。」

「他就希望物件放在那裡不要挪動了吧？哈哈，這傢伙眼光好，可以接受我的設計。不過櫃面板材還沒決定呢！等下他來，你就少廢話，我會讓你有機會去看他的藏品，你可以暗中判斷真假。」

他們等了一會兒，看木工師傅將木材放上裁切台，推送入鋸齒，裁出筆直的線條，裁鋸機發出巨大的聲響，好像割鋸耳膜，嗡嗡轟轟的把腦漿打混了，待那鋸切聲停止，腦袋裡又是湖水般安靜。

準四點，業主劉先生進來了，他穿一件灰色外套，內搭白色圓領衫，卡其式長褲，身高適中，肌肉壯實，眼光銳利，大約六十歲上下，髮色粗黑間雜銀灰。他穿平底皮質休閒鞋，像個老愛東奔西跑的企業家，而不是坐在會議室聽簡報、在辦公桌前討論事情的老闆。

彼得迎向前，舉手招呼，說：「劉董，我帶我團隊裡的另一個設計師華生先生來看看，他對物件與空間的搭配有很好的品味，設計也大受客戶歡迎，我需要他對展示格的材質做建議。」

華生滿意彼得編的理由，他也趨前和劉先生打招呼，跟他握手，劉先生的手掌寬大有力，好像全身的力量就在這手掌上。劉先生腳下踩著的木屑已經揚上來覆蓋了鞋面，使他原已鬆軟的鞋面看來像剛經歷了一陣風塵僕僕，宛如剛從一個又一個的工地驗完貨後來到這裡。

「幸會，」劉先生眼光注視華生，眼裡好像有股會灼人的熱力，華生有點驚訝於劉先生人雖看來平實，在街上擦肩而過的話，外型並沒有特別顯眼，氣勢卻很雄渾，「有什麼高見嗎？我跟彼得說展示櫃都直接用紅檜實木當櫃面，他覺得不適合！」

華生以平穩的語調回覆：「並非名貴的木材就是最好，何況紅檜現在也拿不到，一般都由南洋檜木取代，那等級差很多。要達到視覺和氣氛的協調，又能保護物件，應該還是就物件來判斷展示櫃的材質和顏色。如果我能看到物件，就能做出適當的建議。」

「華生先生很有信心！」劉先生盯著他，眼裡的亮光就像個燈光投射過來。

「我根據在設計這行的經驗做判斷嘛，要說是最後養成了個人口味也可，主要就是提供看法給業主。」

「購買回收的紅檜再裁切利用，應該可以吧？」劉先生仍然固執，華生可以了解彼得為何帶他來，不只希望他有機會看物件，說服劉先生應該才是最後目的。因此華生對彼得投來一個笑意，彼得跟他輕點了個頭，似乎不嫌他多嘴，鼓勵他把話講下去。

華生也就不客氣，心裡也盤算著給劉先生留面子。華生說：「可見劉董對紅檜有獨特的喜好，但就算是故宮，也是依文物的性質來設計展櫃，不全然用最好的木質材質。也有些廠商提供防潮等級的板材，甚至用碳鋼板當櫃體，還氣密防止氧化。當然你的物件放在自己家中，要用什麼材質當展示櫃襯托這些物件的價值，是你喜歡就好，我們只是以設計師的眼光提供一些視覺美學上的建議而已，目的在避免材質和色彩喧賓奪主，搶掉展示物的風采，也要達到保護展示品的效果。」

彼得補上一句：「如果要有獨特感，華生看了物件後或許會有些建議是超越我們過去討論的，也可能是你可以接受的。」

「這樣說來，我還期盼華生給我一些驚喜。但我一開始和彼得的討論就排除了像碳鋼板、氣密防撞防氧化等規格的材質，又不是要開博物館，我的物件也不是博物館等級，只是一些仿製品，我想用實木，全室控濕控溫即可。」劉先生看看手錶，掃視了現場木工師傅的工作，他們才發現，木工都停止機器操作，彎腰在板子上丈量，拿鉛筆做記號。也許是為了方便他們講話吧。劉先生仍走過去看看他們，也看看目前的進度，轉身回到他們這裡，說，「有空一起去看物件吧！」

「現在？」彼得問。

「對，現在。」

半小時後，他們已置身劉先生公司，劉先生帶他們走入他辦公室後方的另一個房間，那裡放了六隻鐵櫃、三張桌面，在純白的牆壁下，空間顯得簡單乾淨。他打開鐵櫃，裡面都是紙盒，他搬出一部分紙盒，小心翼翼打開，取出裡面的物件，物件都用泡棉包裹，掀開泡棉後，陸續取出的物件有：青瓷花瓶五隻、白玉雕馬兩隻、白玉雕兔一隻、玉器書鎮兩副、彩釉瓷碗六隻一組、鎏金小佛像三座、銅製酒器一隻，西方的銀盤一隻、銅雕燭台一座。劉先生搬出這些後，不再往櫃子搬了，而這些物件只不過占用了其中的一隻鐵櫃。他說：「都是些仿製，仿製水準很高就是了。」

這些物件放在桌面上一字排開，華生眼光掃過，見那青瓷花瓶和瓷碗的底部邊緣有泛黃痕跡，瓶身碗身的光澤不似新品的亮度，一般仿製品，即使能仿得裂痕，新材質的亮澤倒是無法取代時間流轉後，物品本身顯透出來的光澤褪化感，那褪化能夠透顯難以言說的溫潤感，可能是物件歷經多次撫摸與空氣接觸等產生的特有澤感，仿製的物件與空氣接觸的時間不夠長，光澤不夠潤。那鎏金小佛像也有歲月的澤度，光度不夠新澀，銅器就更不用說了，酒器表面已有與氧長時接觸產生的銅綠。眼前的物件顯然難以估計價值，劉先生以什麼管道進貨難知，也許是在國外賤價蒐集而來也未知。華生不打算點破，只聽劉先生講：「我擁有的東西大概是像這一類的，有的高度高一些，體積大一點，但不會太多。」顯然劉先生並不打算搬出那些高些大些的珍品示客。

華生立即給予建議：「如果堅持用木作，有一種產於東南亞國家的柚木，黃色偏深，它的乾燥性很好，耐久性高，也能對抗冷縮熱脹，或許你會有興趣，它的深色有一種沉穩的感覺，無論放暗色或亮色物件，都能凸顯物件，用在襯托白玉、鎏金佛像、瓷器等，都是很恰當的。當然價格也不便宜，還需找得到貨。」

「如果找得到貨，看得到實品，適合的話，價格不會是問題。」劉先生望著他，聽聞那不見得有貨的特殊柚木，眼裡流露的光芒好像又看到了一件心儀的收藏物件。

華生順勢問他：「這是哪裡的仿製呢？手法這麼好。」

劉先生一邊小心翼翼將物件收回紙盒，一邊說：「想也知道最好的仿製技術在哪裡？這些東西運回來，在當地都是以仿製藝品出口，不值幾個錢的。」

不值幾個錢的藝品用上等的展示櫃材質，不合常理，華生和彼得在空中交會了一個短暫的眼神，雜揉著哂笑與懷疑。而華生以為劉先生也許隱藏了這些物件的真正來源，它們不見得是從最大的仿製國以仿製名義進口到台灣來，他也許只是編造了一個大家想當然耳的理由。就像他跟彼得等朋友說家裡的古董物件是親戚跑船從各國帶回來的一樣，理由出於嘴巴，卻可昧於良心。

那些物件收拾回鐵櫃，劉先生將櫃面上鎖，他們回到劉先生辦公室，那裡有位女秘書似等著下班，待他們與劉先生走出辦公室，華生回頭望見那女秘書正走向置放著鐵櫃的房間，關上房門，並上鎖。

華生不禁笑了，這樣一層一層上鎖，說明那些寶物確實價值不菲，但到底物件從哪裡來呢？不會是像他一樣，從別個時空搬過來的吧。他跟隨在劉先生身後，那平實的外型，走路帶著一股氣勢，好像前面沒有什麼阻礙物，算準了每一步跨出去的方向都是對的。他相信劉先生最終會採用他的意見使用柚木，這樣，劉先生帶他來看寶物才有意思，他相信劉先生不做無意義的事。

24 儲藏室的會談

來了一陣雨，細細的散落四處，像針線在密合小鎮。露西提著一個櫻花和服布做成的包袋，走過車站人潮，往旅館的方向徐徐行去。

她不喜歡匆忙，通常會提早出門，出淡水車站後，緩緩走向旅館，她會繞經一部分河段再往上坡路走到旅館上班。過度商業化使河段邊的商家喧譁而顯雜亂，那些店裡的商品也太過制式化缺乏人文性，但河光粼粼，是唯一不變的淡水風情。不管水濁水清，風來時水波盪漾，光來時，如有魚鱗閃爍，雨襲時，漣漪暈染，舊時如此，今時亦然。她走過，心裡就有櫻子搭的船隻靠岸的影子，有阿公望著河面期待船隻駛來的等待心情。

如果她不往這段河岸走，她可以省下時間，晚半小時出門，多留一點體溫在被窩裡，或緩慢的吃早餐，但心裡總是有一股想早點出門的念頭，想悠閒的走一段河岸再上班。即使碰到下雨天也不嫌麻煩，那細雨濛濛的河岸，有種蒼涼的時光流逝感，雨中輕霧正像一層隔開時間的紗帳，穿透過去就是昔時。雨絲密合的小鎮，彷彿就封在小鎮自己的故事裡。

到她走入旅館，現實感才具體存在，行政辦公室每張桌子上的電腦都提醒著，上班的一天有某部分是像機器人般的在電腦前敲打鍵盤，進入一種制式的辦公程式，比如得看業務數據、統計圖表、內部公告、收信，在處理公事的空檔關心當天新聞，從新聞頁面特別關注經濟相關的事件，因為經濟景氣通常影響旅館生意，了解經濟景氣，才能對旅館業的前景有所預測；進入住房和餐廳系統了解空房數和空桌數，也得連結相關旅館系統，確認支援通路運作正常。

電腦裡有她個人隱密的空間，她將筆記本上的簡略紀錄轉寫到電腦裡，成為一個更具細節、事件動線明確的故事，將老董事長的敍述碎片拼圖般接合出一個具體的輪廓。她通常在家裡的電腦上整理，拷貝檔案，隨身帶到辦公室的電腦裡做備份，或者透過郵件寄給自己，以收件的方式打開檔案，存入那個隱密代號的資料夾裡，有空時調出來確認沒有記錯。但拼圖仍不完整，有些碎片缺乏線索拼接，有些是她自己補上的，當她沉浸在櫻子提著行李從新火車站走入淡水街道時，她那走路姿勢應是自己想像出來的。她不記得老董事長轉述阿公說法時有提到走路的姿勢，筆記上並沒記載，那麼一定是自己補上去的，每次經過河岸，她更確定櫻子形象應該就如檔案中的文字所敍。

她需要更多碎片，把故事拼得更完整。她每天都等待老董事長可能隨時來到旅館，邀她進入沿革室的密室做記錄。

她把手提櫻花包放入桌面底下的格櫃裡，打開電腦打算進入辦公程序。陳主任一眼看見她的提包，聲音隔了幾張桌子傳過來，「嗨，走復古路線，提起日式花樣的提包了！」

「才第一天提，就被你發現。」她說。

陳主任邊向她走來邊說，「才不是，是那花色太顯眼了。」聲音有點大，像是怕辦公室的其他人誤以為他天天注意她的提包。

陳主任遞給她一份通知，說：「這看一下，上午十點老董事長會過來。」放下通知，他往辦公室外走去。

通知上寫著，「致露西小姐，請十點於沿革室見。李長流」

九十二歲的老人，筆尖震顫，筆跡如蚯蚓扭動，看來握筆的力道很勉強，但還是留下字條給她，讓她格外感動。老董事長，員工們對第三代掌門人的稱呼即是歷史的溯源。

還要等到十點似乎是一個折騰，已經數日未見老董事長，他這次又要帶來什麼樣的內容嗎？她內心裡似乎期待故事持續下去，櫻子回來了嗎？阿公生前還有機會見到櫻子嗎？

時間宛如在石臼中陳滯緩慢的磨著，但其實在電腦前讀點資料，時間很快就到了。

準時十點到沿革室，地下室的咖啡廳有零星的客人坐在那裡聊天，沒有人光顧沿革室，她敲敲有菊花圖案的門板，那門自動開了。她走入老董事長時光回溯甬道。

老董事長坐在燈下，額頭顯得特別光亮，照亮他的精神。他的旁邊是樟木箱。陪伴他的仍是李奇。他們似乎在那裡等一會兒了，身上都有一股安靜的氣息。老董事長正望著手上一本翻開的書。她走進來後，坐入櫃前的圓桌，老董事長緩緩抬起頭來。

「這次，我們應該記些什麼呢？」她問，攤開筆記本。

「抱歉，今天一早就請妳過來。昨夜我睡不好，一直惦記一件事，我怕忘了，所以一早就決定趕快來找妳記錄。」

「是櫻子嗎？櫻子回來了？」

「在我腦子裡浮現的是另一件事。日本統治時代結束時，那年阿公七十五歲，我二十五歲，第一個寶寶正要出生。宣布光復後，我們鎮上剩下的少數日本人好像突然不見了，連日本老師也不見踪影。他們足不出戶，或利用人少的時段偷偷摸摸出門，某些日本家庭搭上火車轉往基隆港，舉家返回日本，但也有人不那麼幸運，可他們不知怎麼就不見了。有天，我的阿公帶了一個男人來住宿，他帶他到一個房間，沒有辦入住登記，我隨後端水進房，才放下茶水，阿公就把我支使開，要我下樓。但在那進房的瞬間，我看到那男人將一個小布袋交到茶几上，要阿公留著那東西，日本口音純正。我匆匆下樓，繼續待在櫃檯，樓下的餐廳到了用餐時刻，客人進來，很忙了，阿公下樓來，親自進廚房拿了些食物去給他的客人。他的刻意安靜，反而讓我特別注意。那晚深夜，我打算將櫃檯交給值班員工，回家休息，按例進廚房巡視一下。才進去，就看到阿公帶那男人走出廚房的後門，兩條黑幽幽的人影，很令我驚惶。我悄悄跟出去，離他們有段距離，夜深了，月色黯淡，兩條人影往淡水河岸行走，幾乎沒入樹影中。岸邊有艘漁船，那男人提了一個小包，走入船中，阿公站在岸邊，轉頭看看岸的兩邊，便向船上的男人揮手。船划過水面，划向水的一方，離岸愈遠，月光像沉下去了，溶在水中，船也溶入，終至成為水霧裡的一點黑影。阿公望著河面，目送那黑影，他轉身又看了看河岸，空無一人。他不知道我站在遠遠的一戶人家的樹影下望著他那已顯佝僂的身影。

阿公沒跟大家提起那個人。以後我問起阿公，你接待的那個人，為何沒登記呢？阿公說，旅館我開的，我要誰來住誰就可以入住，你不要問。我知道他的意思是要我別跟任何人提起，所以我以後絕口不提。但如今這個離去的身影卻困擾我，為何阿公不願提起？

住客的遺留物裡多了一件菊花圖案的鑄鐵片，上頭做了防鏽處理的鍍鋅再上金漆，是那男人留給阿公的，它就放在男人放在茶几上的布袋裡。阿公珍藏這片金漆菊花，直到他過世。家人在他房裡上鎖的鐵櫃裡發現，想必這鑄鐵片對阿公有相當的意義。是那位陌生人帶來的嗎？他與阿公又是什麼關係？年代遠隔，我們無從知道，但既是阿公珍藏的東西，我們也把它放進沿革室的儲藏空間裡了，並且用它的紋路做為牆上的暗碼。」

「就是展示廳往儲藏室的那個暗門上的圖案嗎？」

「是的。它看起來那麼討喜，做為一個通道暗號，也有紀念阿公的意思。」

他手伸向身旁的一個側櫃，彈開一個鈕，櫃門即打開，他從櫃裡拿出一個木盒。木盒的光澤溫潤，一掀開，裡面正躺著那枚菊花鑄鐵片，約一個手掌大，具厚度，看起來很氣派。暗門的圖案正是照這朵鑄鐵菊花描繪的。

「雖然我努力保存這片鑄鐵菊花，但初見它時，我心裡也有隱隱不安。阿公如此珍視它，一定有原因，而菊花是日本國族的象徵，那天他帶進旅館又搭上漁船不知去向的人到底是誰？他將鑄鐵菊花交給阿公又是什麼意思？他是罪犯嗎？他回不了日本或偷渡去哪裡嗎？他身上為何帶著國族的象徵？阿公和他又是什麼關係？為何如此神秘的不提起這個人？這個不安到了現在令我心神不寧，我心底竟然很想知道，在日治時代阿公可以順利將旅館擴充並經營下去，是否與日本勢力有關？這個日本人與他一心期盼等了大輩子的櫻子有關係嗎？這些疑問很隱晦，希望妳不要記載下來，阿公選擇將鑄鐵菊花收藏起來，應該也有想隱藏的意思吧！像他那樣歷經了清朝、日治及國民政府時代的人，一定有一個生活法則，其中有不為外人道的地方吧？雖然我很想探究，但成仙的阿公已無法回答我。而到了晚年的我，腦中不斷出現過去與阿公相處的點點滴滴，包括那些只是生活中匆匆一瞥的人影。人們說，人老了，近的記不住，遠的卻在眼前。找不到答案的，變成疑問，一直掛在心上，妳說，是不是受罪？」

露西將攤開的筆記本挪到老董事長面前，上頭因快速記錄而筆跡凌亂，不易辨識，她指著頁面，說：「看，剛才你說不要記的事情，我都沒記。」可是她的腦子也彷如一部錄音機，已牢牢記住老董事長剛才的陳述。

老花眼鏡在老董事長手中，他沒有將眼鏡戴上，眼神只掃過頁面一眼，「我相信妳，妳很聰明，聽得懂我的意思，這是我為什麼可以一再的找妳來記錄。不過，如果我囉唆不停，一再重複，就得由妳來判斷什麼值得寫，什麼不值得寫。」

老董事長動了動身體，臉上有點脹紅，他把臉轉向日光燈投來的方向，眼光落在角落的書架。他咳了兩聲，李奇趨向前來幫他拍背。老董事長手上拿的眼鏡掉了下來，鏡框掉地的輕微細響，在這安靜的儲藏室裡聽起來像重錘落地。老董事長的頭垂下來，臉部腫脹，李奇喚他「老董，老董」，拉起他下垂的頭頸，將手指放在他鼻前探聲息。李奇發出驚懼的聲音不斷喚老董事長，露西完全驚嚇的看著那老人瞬間垂軟的頭顱及毫無表情的臉。

旅館的數名工作人員聽到李奇的驚呼，來到儲藏室，匆忙的腳步聲彷如一陣急促的催魂令。露西聽到救護車的聲響逐漸迫近。然而日光燈照在老董事長的臉上，此刻看來，慘白的光影，正是一道正在飄離的幽靈。

25 劉董來到藝品店

再次和彼得來到劉董的裝潢工地，適好劉董在那裡確認木工師傅的工路。一見到他，劉董就說他打算接受他的建議，以東南亞的柚木當展示層格的用料，但需取得木樣才能做最後確認。

彼得要留在工地比對藍圖，檢查施作有沒有問題。華生跟劉董發出邀請：「既然劉董這麼喜歡藝品，是否有空來賞光我開的藝品店？」

知道他是個擁有財力的企業家後，他改口稱劉先生為劉董，一如社會習俗。劉董表現出興趣，語帶興味的問：「是怎樣性質的藝品店？」

「你來看看就知道了。以你的收藏眼光，一定可以給我一些指導。」華生這樣說，劉董頷首而笑，彷彿有一個篤定的識貨自信。

得到劉董的允諾，華生便帶劉董來到店裡。在熱鬧的商店街，永遠不乏人潮，劉董似乎是個不常逛街的人，走在人潮裡有點不自在，一直懷疑別人會撞上他似的閃避著。

劉董站在店前，先是凝視那有菊花圖案的招牌許久，嘴裡輕念著店招上的文字

「三點鐘藝品」，然後滿臉慎重的問華生：「為何叫三點鐘？」

「因為下午三點才營業，來過的客人便不會忘記這營業時間。」

「呵，有意思。」

「只是一家小店啊！」

華生延請劉董進門，原來坐在櫃檯前的阿忠迎上來，店裡此時未有客人，阿忠像對待一般來客般的向劉董詢問想找什麼樣的藝品。

「由他自己看吧！」華生說，轉而向劉董說：「你是識貨的人，這些恐怕都看不入眼。你可以儘量批評我們的進貨品味，請你來就希望得到指教。」

劉董精銳的眼光掃過店裡的藝品區，像鷹在尋找標物，眼裡透露迅速的雷達。他的眼光很快落在藍色櫃子的區塊，他走向櫃子，一一觀看裡面的物件。華生心跳像突然搭上雲霄飛車，速度驟然陡升。心裡浮現念頭——他識貨，他知道那些物件與眾不同，他是什麼人呢？——華生緊盯著劉董的眼光，劉董看物件看得很專心。突然回過頭來，迎上華生的眼光。

「哦，這些藝品很特殊，哪來的呢？」劉董一問就命中要害。華生手心冒汗，但他找劉董來就是要測試劉董對古董的功力深淺，想探他的底，難道怕他揭露什麼嗎？如果劉董能揭露，那麼他們是否也能交流一些別的什麼呢？比如異空間的經驗，或得到一些藍屋子存在的線索？為了揭開藍屋子的謎，這個險他豈能逃避？

「跑船的親戚帶回的。」他編織一貫的說法。

「沒說哪個國家帶回的？」

「沒那麼詳細。依劉董的看法，這些會是哪裡的呢？」

「這親戚帶回了多少數量？」

「現在剩這些，沒再多了，所以沒再賣，只放這裡純欣賞。」

「非賣品？」

「對，非賣品。」

「如果我出高價買呢？」

「你覺得這些物件的價值在哪裡？為何要買？」華生小心翼翼講著這些話，也注意劉董表情的變化。

劉董盯著那些物件，說：「可以說我有蒐集古董的癖好，不，正確來說，是對仿製得如真的藝品有蒐集興趣，你這些物件若不是真古董，也是仿製得很傳神的藝品，所以我對它們的來源好奇。」

「我也好奇它們的來源，有的像東方的物件，有的像是西方的，這位親戚跑船到世界各港口，要他正確說出什麼物件購自哪裡，倒說不清楚了。」

「可見他不是真的古董藝品收藏者，否則一定能說出每個物件在哪裡購買，出手也會有一番調查。」劉董講出這些行話，華生更確信劉董收藏的一定是真古董，因此他打算繼續釣出他的知識。

華生說：「這位親戚大概只是對一些奇特有趣的物件看上眼就買，並不是要收藏什麼古董。說不定就像一種購物癖，對當地的藝品特別有興趣，跑船的人有這個興趣滿不錯的，上岸有事做，不會只往酒館跑。依你的看法，這些物件是真古董嗎？」

劉董終於將眼光調回到室內，快速掃過其他櫃子上光澤新穎的藝品，他點頭說：「肯定是古董，你這位親戚要嘛識貨，要嘛運氣好。他現在在哪裡？」

「又到海洋去了，不知何時才會回來。」華生不想劉董追究親戚的行蹤，又補了句，「下回回來，也許帶的又是一些其他的東西，上次他回來，帶的就不是藝品，所以我說物件斷貨了，才保留起來純欣賞。」

這回是劉董盯著他瞧了，華生感到劉董的眼裡像有一個小精靈跳動，彷彿要看穿他的胡言亂語。劉董說：「可見你是識貨的。」

「我開藝品店的，只是要賣仿製品和新創品，感覺親戚交給我的物件，看起來有點不一樣，這樣而已。對古董，我還沒足夠的知識判斷。」

「當然判斷是最難的，除了真偽外，還有價值判斷。並不是古董就值錢，若以投資性來講，有增值性的才算是成功的買賣。」

「什麼是增值性？」

「市場上有人要，價錢就會翻高。」

華生深知這種滋味，以那對門環而言，他隨便開一個高價，小桃卻願意買，至今他懷疑小桃知道那對門環的功用。

劉董繼續說：「喜愛古物，難免都有戀物傾向，到了玩物的階段必須有些條件，一個是研究，一個是財力。如果財力不足，當個欣賞者和研究者也可滿足戀物癮。像我收的那些仿製品，也滿足我的胃口。但因為是仿製，沒有增值性，純觀賞。」

「會不會市場上也有以假亂真，真假難辨的呢？我看你的那些藏品，你說它們是真古董，我也相信！」

「哈哈，我希望它們是真的，那價值就難估了！」即使劉董這樣表示，華生仍堅信劉董所收藏的根本是真品，為避稅和隱密性才跟不相干的人說是假的，私下裡說不定是國際拍賣會的常客，但拍賣會的貨源需有明確來歷，若他櫃子裡的物件拿去拍賣要怎麼說明身世呢？

他單刀直入問劉董：「我櫃子上的物件，說得出年代和產地嗎？以你的鑑賞眼光，是否看得出一點線索？」

「可以讓我握握嗎？」

他們走到櫃子前，櫃子裡的物件只是從藍屋子拿出來的物件中的一小部分，放在這裡做為吸引識貨者的眼光，或者能找出一點和藍屋子聯繫在一起的線索。華生隨手拿出一個青花瓷水瓶，高約二十公分，底部圓胖，開口做圓杯造型。劉董接過來看看底部和細看瓶身花紋，握在手裡掂掂輕重。慎重交回給華生，說：「這青花瓷水瓶瓶身與底部接縫間，有點泛黃，瓶身微細的裂縫可看出時間的痕跡，雖然青花瓷在元代就很成熟，但這隻可能是明代的作品，形狀有明代作品的特徵，青花瓷在明代很普遍，稍有經濟能力的一般人家裡即可擁有。它可能隨著商船去了外邦，被你的親戚蒐購回來。這是很值錢的，你想賣可賣給我。」

「不，我寧可相信它是假貨。」

他們相視而笑。

華生又拿出一個泛舊的錫杯，那是藍屋子裡許多錫杯錫罐中的一個。劉董仍然是杯裡杯外、杯底都仔細翻看，像要透視杯子般的注意著杯身厚度，掂掂重量。

「這是仿聖杯的酒杯，杯身有雕紋，杯腳又長，年代應該有點遠，它的杯身帶點灰紫，是歷經長久時間後，錫合金產生的色澤。也許它是馬來西亞製作供英國國內使用的，我不能明確判斷，十七八世紀以後，世界的貨物流通很頻繁，在西方出現東方產物，或在東方出現西方產物，並不是太稀奇的事。」

「能用得起船舶運送而來的他國用品，想必也是有點財富的人家。」

「當然是的，好的東西都是先由富人使用，生產普及了才會流到一般人家庭。」

他們站在櫃前互視，華生望見劉董眼裡像流動著一湖寧靜的水深，他彷彿在思考什麼。門口有顧客徘徊，正想進來，劉董雙手插入褲袋，低聲說：「這些東西也許你不該放在這裡。」

顧客推門而入，阿忠迎上去問候。他們兩人趁此時走出店外，劉董瞄了一眼店招上的鑄鐵菊花，往大馬路的方向走，華生陪上來，問：「是這個地方和那些物件格格不入嗎？」

暮色薄薄塗在城市的樓宇和街道間，人群的臉上也有日暮的倦容，劉董放緩腳步，彷如走在無人之街。他目光望向徘徊在群樓之上的即將降臨的暮色，回應華生的話：「所有珍貴的古董如何被發現，都得有來源紀錄，即使是曠野泥坑裡挖出來的，也會有地點紀錄。你的物件值得放在博物館或拍賣會上，但你那跑船的親戚若說不來它們的出處，就無法被當真正的珍品看待。除非找古董專家鑑定，一旦鑑定，也會碰上追查來源的問題。如果未有出處，市場有人願意收，就買賣雙方議價，但說不出來源，常會遇到有心人趁機殺價，以蒐購贗品的心態講價，不論是正著來或反著來，跟站上國際拍賣市場是有很大的價差。這是為什麼藏家或古董商費盡力氣四處尋找珍品，無非等著站上國際市場，翻身增值。你的物件不同於店裡的其他複製藝品，他們應該有一個更好的舞台，也就是在更專業的古董市場流通。」

這席話華生聽得很刺耳，感覺劉董在套他那些物件的來源。他直接把球丟回劉董，問：「劉董，你收藏的那些物件，不會是在市場上以贋品價蒐來的吧，看來都是好貨啊！」

「哈哈，」劉董笑不可抑，「我玩玩而已，就是假貨！」

一部黑頭車等在馬路口，那是劉董的座車，司機下車來開門。華生在車旁站定，劉董進車前說：「謝謝你帶我來看了些好貨，想賣的時候告訴我。」

「哈哈，」這回換華生哈哈大笑了，「劉董剛才一直在說，我的應該不是假貨呢！」

原想進車的劉董，探身趨近華生耳邊，低聲說：「你掛在門口那個鑄鐵菊花，要小心是否日本皇室流出來的，若是被偷出來的，總有一天會被找回去，最好不要那麼招搖的掛在門口。」

「不，那應該只是一名工匠對菊花圖紋的喜愛所做的雕鑄，皇室菊紋有十六花瓣，那個鑄鐵只有十五花瓣。」

劉董微挑眉心，深看一眼華生，即入車內。車子揚塵而去，遠方天空有淡淡的一層橘色霞影。華生返身走回藝品店，心裡浮現一個畫面——當初他將鑄鐵菊花掛上門口前，曾將它放在桌上擦拭，一瓣一瓣撫摸那工整的瓣紋，細數瓣數，確定不是象徵日本皇室的十六重瓣菊紋。那麼毫無疑慮，那是一個工藝品，可能出於日本，也可能出於任何國家的任何一位喜愛菊花的工匠。剛才劉董錯眼了，即使是行家也有錯眼的時候。但，劉董是故意的嗎？他進車前那深深的一眼，到底有何含意？故意讓他誤解他不是行家嗎？

暮色像層迷霧，華生並不喜歡今晚即將降臨的夜色。他走到店前，摸出口袋的手機，他錯失了兩通露西的來電。

26 嫌疑人

露西李奇成天在警局做筆錄。老董事長送上救護車前已斷氣，警察來到旅館，在那幽閉的儲藏室裡，只有他們三人相處，而老董事長突然送命，在場的另兩個必須接受調查。

警察將她和李奇送到警局，分開做筆錄，警察問當時發生了什麼事，老董事長倒下時他們正在做什麼。包含驗身分、建檔、盤問、確認簽名等，消耗了一下午。警察說，在老董事長的死因確認前，她和李奇的行動範圍都受到限制。

他們再回到旅館時，下午已過了大半的時間。醫院要解剖屍體確認死因。在確認之前，她和李奇都是謀殺的嫌疑人。露西坐在自己的辦公桌前，感到揪心的荒謬，老董事長在她眼前倒下，她受到的驚嚇宛如自己也失去了靈魂，而接下來卻是她必須接受調查。她的筆記放在桌上，那裡頭記錄了老董事長最後的話語，那話語如風箏斷線，戛然而止。老董事長的故事並未說完，在這人間，不會再有老董事長的聲音了，他如他故事中所敘述的先人們，成為他們中的一員，而她將帶著這殘缺的故事去哪裡？她感到一種未完成，懸宕在空中，無法降落。

她下班後得直接回家，在死因確認前她的活動範圍只能是上班地點和家裡，警方、檢察官都寧可相信老董事長的死亡與她和李奇無關，但法律程序要走完。她給華生打電話，這天的驚魂經驗需要有一個傾聽者。華生沒接。打了兩通，都沒有回應。她給他留下訊息「得空回電」。

傍晚離開旅館，回家的途中，她沿著淡水河慢慢走向捷運車站。背包裡的筆記本變得沉重如一塊岩盤，那裡頭記錄的故事將隨著河上之雲飄離吧，像多年前那飄離的雲已無蹤，或化為水，滴落塵土，水於自然的巡迴現象彷如輪迴，人間也有著輪迴的故事嗎？人生裡失去的東西會再回來嗎？這樣想著，穿過人群，人群芸芸，他們的故事又是什麼？他們漠然的神色下，心裡是否也如她背著沉重的岩盤？

她心裡背負的是老董事長未說完的故事，那故事裡的人生與她何干？故事需要說完嗎？猶如人的一生走到終點時，常常是斷掉了一個故事，成為倖存者傷心的未續。如此轉念，或許那未說完的故事也是人生自然的一部分，不該成為心裡的重負。可偏偏她是那倖存者啊，老董事長把他的記憶延伸給她，現在是她的事了。

默默走到車站，等車的人潮仍以觀光客偏多，這裡即使在平日，也總有觀光客，她所工作的旅館也靠觀光客支持，人來人往，彷如過眼雲煙，她感到自己是懸浮的雲，不是觀看這些人，就是聽聞別人的故事。自己的故事呢？

她想從閘門入站，側面來了同事陳主任，他排在她後面，跟她進入閘門。

「你何時走到我後面了，沒注意到。」她說。

「是一路跟蹤妳。妳都沒警覺。」陳主任說。

「那我一定是不能搞情報工作的了。」

他們一同進入車廂，找到一個兩人的座位。她說：「不知你也搭捷運，以為你開車呢。」

「我是開車。」

「那為何搭上來？」

「看妳心事重重。跟過來看看。老董事長今天走了，妳去警局筆錄了一下午，一定心情不好。」

露西對他的細心感到不自在。淡淡的語氣說：「多勞你了，我還好。就是死因檢查出來前，限制住居而已。」

「這是心理感受問題。」

「沒什麼，本來就沒有要去哪裡。而且結果也會很快出來，沒影響到什麼。」

「真的沒影響嗎？那為何看起來心事重重？」

捷運的車廂因行進而晃動，嘈雜的轉輪聲像一場悶浪襲進心裡，窗外的樹木與遠方的海都在暮色中越來越遠。

「是關於死亡吧，死亡的發生從來不是一件歡喜的事。」

露西望向那些飛去的樹影，心裡這時才真的哀悼起死亡。從今而後，老董事長已成記憶裡的身影，和筆記上的文字。

「是啊，老董事長過世了，妳為他寫傳的事也斷了。幾個月前，還特地安排妳和他見面呢。」

「謝謝你幫忙，讓我有機會和老董事長見面，但說寫傳太正式，其實他只是聊聊，只想有個傾聽者，沒有正式委託寫傳記。現在，也沒機會了……」

「他還有兒子啊，兒子可以談他。」陳主任注視她的臉，好似要從那臉上找到什麼答案。

但露西沒有答案。她望著窗外，列車很快經過紅樹林站，窗外的房子多了起來，河岸越來越遠。她提醒他：「你不坐回頭嗎？我沒事，你回旅館開車吧。」

陳主任陪她到達她下車的士林，在月台上向她揮別，他到對面月台搭回頭車回淡水，人到了樓梯口又回過頭來看露西。露西站在原地，一動也不動的盯著陳主任，陳主任迎向她的眼神，站定了一會，隨又再次揮手才走向對面月台。

露西站在原地，其實是一時還沒回過神，到底是回家，還是往市區去找華生？她應該待在家裡，直到警察通知她解剖結果，但她多想依偎在華生身旁，熬過今晚。她掏出皮包裡的手機，華生仍沒有回電。那表示華生一定是忙碌著。她不想在他忙碌時還得分心擔心她。那麼就回家吧。雖然家裡的父母將不會理解她今晚為何沉默，但她自己身歷的事，只想自己承擔，並不想讓父母擔心。

走過專賣平價衣服的服飾行，走過小吃店和速食餐廳，她放慢步伐，刻意將時間消耗在街上。她停在一家家具店前，看櫥窗裡的籐編桌椅，那具有南洋風格，以圓潤為設計線條的低矮桌椅，深具慵懶的度假風格，在被箝制了活動空間的此刻，度假的氣息特別有吸引力，她站在窗前，腦中呈現的，是老董事長倒下的那刻，他手中拿著的書滑落了。她撿起來，放在桌上。她瞄了一眼那書，老舊泛黃的書封上是毛筆字寫的「入住登記」。那書裡有老董事長想說的故事嗎？他為了那個揮不去的留下鑄鐵菊花的客人而去翻閱舊時的入住登記，以確認確實沒登記嗎？或者他正想翻哪頁給她看？她撿起書時，看到他臉上肌肉拉緊，而後歸於平靜。

那本書應已被家人收起來了。那滿室的物品將由下一代人承接，而故事連同物品可以完整承接嗎？不，老董事長既然沒說完，那故事就成斷簡，越來越破碎，隨著時間的消逝而逐漸淡去。這是老董事長想要用文字記下來的目的嗎？怕有一天家族故事會淡化成連第一代人的名字也記不得了。

她再看一眼家具櫥窗裡的籐桌籐椅，懶洋洋的南洋度假風，像驕陽就在眼前。而此時亞熱帶的此處，正值一月中旬，陽光稀薄，寒意逼人，氣候與那些籐桌籐椅帶來的呼求涼意的南洋感相去甚遠。擺錯季節的家具，店家只好以減價刺激購買欲。每件家具旁的立牌都標示了減價幅度。因為季節不對，而以降價妥協。她寫不成的傳記，應以什麼妥協？她已花去的時間，已經無能回收。她拉緊呢絨外套，繼續沿街走下去。騎樓的商家因性質不同，櫥窗裡的觀景各不相同，宛如人生，過了一景是一景，可能繁華與貧困交織，喜悅與哀傷並鄰。她此刻被禁縮在一定的住居範圍，看似禁錮，心裡卻又平靜無波，因為知道真正的結果是對她無害的，只是需要時間證明。等檢查報告出來，她就不會有事。那時重獲自由的感覺更能令人體悟到自由的真正滋味吧。

來到一個路口，轉入巷子，再走幾戶就是家的所在。袋子裡的手機響起。她翻開袋子，和服布料做的袋子，飄來一種時光的回溯感，此刻她到底在哪裡？

接起電話。華生的聲音。

「妳找我？抱歉，沒接到。」華生的聲音穩重親切。

「你能來嗎？」

「妳在哪裡？」

「在家附近。正要回家。你若能來，我們就找個地方吃晚餐。有事告訴你。」

「我和一名顧客約好晚餐了，不能馬上過來。可以電話中告訴我嗎？」

她走進住宅區的小公園，坐到樹旁的小木椅上。她不想回家講電話，不想內容被父母聽到，以免父母慌張。她坐在木椅上，把今天一天的經歷講了。眼前是公園裡的樹木和小朋友玩耍的木馬和溜滑梯，耳邊是駛過巷子的車聲和機車聲，把夜切割似的，劃出不同的聲音長度。路燈和公園的柱燈都亮了。寒意颳在臉上。她沒想到是在這情景對華生講訴老董事長如何在訴說故事的過程中離世，而她接受了調查，成為犯罪嫌疑人，限制住居。說起來好像是別人的事。說完了卻又像心裡給戳了一個大洞，黑黝黝的，腳一踩就會陷落。

華生說他飯局結束就過來。他聲音裡有詫異和不捨。

但那晚回家後她感到疲累不堪，像那本陳舊泛黃的書般，躺在泛舊的床上，沉到了睡眠的那側，夢是暗的，既看不清也什麼都記不得。次日醒來從手機的訊息才發現，華生來過，沒能見到她。

27 晚宴

華生送走劉董後，他匆匆回家，換上一套正式的服裝，白襯衫黑長褲，今晚小桃約他到陽明山家裡一起晚餐，她說跟父親講過賣出門環的人想認識他，父親不但爽快答應，還邀他一起晚餐。

到豪門晚餐，總得顧到禮貌，衣著得整齊得體。換過衣服，套上薄夾克，出門前給露西打電話。卻想不到露西說她今天成為了謀殺嫌疑犯，在警局耗掉幾個小時，雖相信很快就會真相大白，但仍感到沮喪。

他陷入兩難，一個念頭想去露西身邊，一個念頭是得準時赴約。他最終說出口的是晚上有約，不能即刻到她身邊，但飯局結束後希望能過來安慰她。他知道她會諒解。因為這個篤定的揣測，他以為可以以赴約為優先，即使心裡有一枚戰鼓敲著混亂的節奏，令他心神不寧。

小桃到他樓下接他，他上車，小桃迅速踩油門穿入大馬路，晚宴約在七點，他們得穿過下班的車潮往陽明山上去。

「來得及嗎?」華生問。

「遲一點沒關係,都是家人。但應該來得及。」

他們走快速道進士林再銜接仰德大道上陽明山,小桃熟門熟路一下來到半山腰。夜幕早已降臨,冬日的淡橘霞影沉入暮色,變成很濃的深橘,而後暮色全黑。車越往山上去,山下的燈火越流燦。所見的盆地範圍逐漸放大,整個城市陷在一片燈火中。

「你剛才進來時我忘了跟你說,你今天穿這白襯衫黑長褲,看起來很帥。」

「是否太正式了?我怕妳家規矩多。」

「沒什麼規矩。我爸也想見見你,穿得整齊乾淨,當然會給他好印象。」

「又不是相親,倒是不必讓他印象好,應該是說到人家家裡做客,要有一些基本禮貌。」

「哎啊,你還真是無聊,一定要這樣正經八百。我和爸爸說過了,你有意要回那對門環,他才想見見你的。」

這讓華生訝異了,這位父親會因此還回門環嗎?他倒想看看這位父親如何看待他對門環的執著。

夜間的山路沒有想像中的燈柱明亮,彎進往豪宅的路,很遠才有一支路燈,寫上編號的電線桿在山路上,比路燈更有路程的辨識度。富人居住到這幽暗的山間是為了尋到一個清靜和隱密之處嗎？在他看來，生活機能很差，住在山中一定比較快樂嗎？他看看專心開車的小桃，想必小桃住到市區是因為在山上實在很無聊吧。

他不禁問她：「是嗎？」

「是嗎什麼？我爸確實是想見你。」

「哦，我是指，妳覺得住在山上很無聊，才另外在市區有個住處嗎？」

小桃側過臉來瞄了他一眼，說：「想聽聽蟲鳴鳥叫就住到山上，想聽聽汽車聲音，就住到市區。當然啦，市區很方便，去餐廳和購物都方便。」

華生想，這關係到選擇權，小桃比一般人有選擇權。

車子來到小桃家，自動柵門開啟，柵門邊的門柱上有線型的 LED 燈飾，好讓司機在夜色中很快分辨出大門的位置。

車道底端已停了兩部車，一部黑色，一部藍色。「那是我爸和我媽的車。」小桃說。主屋的燈光明亮，花園也有小燈柱，照明通往主屋門廊的通路。夜晚看這房子和白天有很大的不同，因為那些燈，房子有了生氣和溫度。華生拉拉夾克衣領，隨小桃進入屋子。

華生無法形容自己的驚訝，好像他是倒著走的，走到此刻稍早以前的時刻。站在門廳裡迎接他的人影站得很挺直，他一隻手插在褲子口袋裡，旁邊的女士穿著過膝的棗紅色蕾絲洋裝站在他的身旁。他伸出插在口袋裡的那隻手，伸向華生。嘴裡哈哈的笑出聲來。

他是劉董。他們整個下午在一起，華生一時恍惚此時是否兩人還站在他的店裡。

「原來是你！」劉董說，「我們不是下午才見面？」他爽朗的大笑。

華生反而靦腆了，沒想到劉董就是小桃的父親。一下之間，劉董變成長輩。他伸出手和劉董交握時，有如兄如父如友之情，卻也比陌生人更陌生。

「噯，我應該想得到啊，會想拿古董當裝飾品，應是極少數的人。而你就是那少數的人，說不定是唯一。」華生說。

劉董仍是呵呵的笑著。領他來到客廳，寬敞的木質地板，除了一座沙發椅外，沒有太多的擺飾，因而顯得廳面大到有點冷清。另一端是一組八人份的長形餐桌椅，連接廚房。桌椅對著一整面落地玻璃窗，窗外即是連通茶室的花園。桌上已擺好數道菜色，廚房的幫傭正將餐具放到餐墊上。而劉太太，那穿著棗紅蕾絲洋裝的美麗中年女士，笑盈盈的站在劉董身旁聽著他們的對話。

「算我們有緣分，幾天內三度見面，而且你原來是賣出門環的人，所以，你那藝品店還真的有點名堂！」

這話令華生像個刺蝟般全身都充滿防衛，身體僵硬的聽從劉太太的指示入座，桌上有烤魚、燉牛肉、色彩多種的蔬菜，餐盤和餐巾都繪有花飾，餐墊上有閃著銀色光芒的刀叉和筷子。幾天前，這屋子還冷冷清清的像沒人住，現在連餐桌都充滿熱情。劉太太說：「真是很深的緣分啊，才能女兒先生都先後認識你！」華生心裡仍在想劉董那句「你那藝品店還真的有點名堂」，所指的應是他確認那對門環不是普通的門環，他知道它有什麼功用？他利用它做了什麼？他知道有個異世界？

直到小桃坐到他身邊，那從衣袖的拂動間飄散出來的香水味帶有一種醒腦的作用，他想起自己來到這房子的目的。那麼他不該怕任何問題，他更應該了解劉董的底細。於是他的目光專注的落在桌上的食物，烤魚上的酸豆和檸檬片擺放的方式美得如一幅藝術作品，他說：「這麼美的排盤，怎麼忍心食用？」

「飲食就是要引起心靈的愉悅和胃口的飽足，當然要有美的視覺，才能達到這兩項目的。」劉董說。

小桃為他的盤子挾入食物。桌上兩瓶紅酒。劉太太為大家斟酒，略過了小桃，因為她還得開車下山，送華生回市區，也回她市區的住處。

劉董說出盛宴招待貴客的用意：「我聽小桃說你想要回那對門環，也想見見我，我就感到你是個對老東西有感情的人。所以對你也很好奇。但沒想到台北這麼狹小，幾天前已認識你了，不但對我的新室內空間提供意見，還邀我去看你的藝品店，我想你是很特別的人，對老藝品研究多久了？」

「真的談不上研究，只是對某些老東西會有一種說不出的情感，好像觸摸到它，看到那光澤，那形狀，那紋理，會特別記得，如果賣出了還心裡想起那物件，想久了就真的很想再收回來。」

「你這樣不如當個收藏家。」

「收藏家需要相當的財力，我沒那個能力，靠買賣賺點生活費而已。」

「好的物件留起來，可以有相當的增值潛力。」

「但我並不知道什麼是好物件。我只是一種情感上的喜歡。」華生小心翼翼的強調自己對藝品的無知。

劉董的眼光落在華生臉上，讓華生感到不自在，他順手舉起酒杯敬酒，小桃坐在他身旁，以水代酒與他碰杯，突然說起：「你能不能今晚留下來？我家有客房，若能留下來，我也可以喝點酒。」

「那我叫個車下山即可，妳儘管喝，就不要送我了。」他為小桃面前的空杯斟酒。

劉太太說：「就請司機上山來載你，今晚大家喝個盡興。」

牆上的掛鐘滴答滴答撥動鐘擺，好像在催促著什麼。他們互敬了兩回酒，劉董站起來，走向通往後院茶室的門，他往茶室望了望，又回到座位。說：「那門環已賣出，做為店主哪有追回的道理。就算你想買回，我也不可能將它從門上取下來退回給你或賣回給你。」

「如果我出高價呢？」

「那我就懷疑出高價的動機了。如果只是情感因素，既不是富有到可以浪擲金錢，那又何必為了一個情感將金錢賠上去。情感是可以取代的。」

華生認為有反擊的必要：「情感是沒有道理可言的，喜歡就是喜歡了，沒有可以取代。」

大家都笑了，華生不解他們是把這句話當普通常識或者只當成一個笑話，他為了拿回門環得有些堅持，就算裝模作樣，也要把自己對門環不捨的情感傳達出去。

他繼續為自己辯解：「譬如你收藏許多藝品，若不是對藝品有獨特的喜愛，何必花錢購買，又興建藏室擺放，難道這不是情感的作用，愛之而收藏之。」

「對我而言，收藏是喜愛也是樂趣，而且經濟負擔得起，付出一點金錢的代價，關起門來欣賞，這是很個人的事啊！」

「所以你的意思是，金錢上負擔不起，情感就可以轉移掉，不必執著在那物件上？」

「對物件可以這麼說！」

「看來你不會將門環還給我。」

劉董很肯定的說：「不會，但歡迎你隨時來看門環。等下飯後，我們就去茶室，沒有哪個環境比我的茶室更適合那對門環了！」

28 磁鐵的吸引力

帶著微醺，微微的寒意撲上臉頰，體內的酒熱好似從四肢發散了一些，寒意拂在身上，格外清爽。通往茶室的路徑，貼近地面有矮短的燈柱照明，將路徑上鋪蓋的青石板橫紋照得凹凸有致。兩旁的矮叢綠葉輕泛路燈的瑩黃，彷彿停止生長般，靜止不動。

推開玻璃門，劉董將燈光全打開，溫潤的色溫投在木質家具上，好像多了一層透明釉彩，厚實感益增。四處的植物也增加了色溫，葉脈透著光澤。各處嵌燈的不同色溫明度投影在茶室的擺設上，有的溫潤有的華燦，好似來到夢境，穿透玻璃門所見的室外夜空，幽暗深沉。

來到茶室的是劉董、小桃、華生。

劉董坐在茶桌的中央，小桃坐在父親身邊，負責為茶壺加熱，華生坐在劉董對面，側個臉，可看到那扇造景紅門，及其上鑲嵌的門環。

劉董注熱水為泡茶壺暖壺，倒出水後添茶葉，再次沖入熱水後倒去第一道沖沏水，再入熱水，等待茶葉散開透香的時間內，他為集茶杯和小茶杯注熱水暖杯。做著這些程序的劉董一聲不吭，待第一泡茶倒入小杯中，送到各人面前。就口品茗，劉董才燦然一笑，說：「你一定覺得我這個茶室的設計很古怪，悶在心裡不說。」

華生環視四周，像他初次來到茶室那樣，眼光最後仍落在嵌著門環的紅門。說：「古怪也是一種設計。以風格來講的話，沒有什麼設計是絕對標準的，做出怪風格反而令人印象深刻。」

「這個茶室完全按照我的意思做，不像山下那個藝品展示廳由彼得來做，對我來說，茶室是個人休閒空間，可以不拘束的按自己的方式做。我說做，並不說設計，因為在像你這樣的空間設計師面前，我完全不能沾上一點設計的邊。」

「劉董太客氣了。只是業餘和專業的區別而已。業餘的可以天馬行空發揮，專業的為了餬口，作品常被業主修成不是自己的風格，或者為了業主的要求，製作不同版本的產品而已。就像製作制服，古典風、現代風、後工業風等等，都有所本。但最珍貴的創意是擺脫既有框架，開發無人能尋其本又能引起美感的作品。」

「這你說的重點就是美感。就算獨創，沒有美感的共鳴也稱不上創作。我這茶室談不上美感，純粹就是個玩意。」劉董慢慢斟茶，慢慢斟酌語句似的，說得非常慢。

華生馬上接口：「很貴的玩意！」

三個人的眼光同時巡覽空間，明清風格的厚實檀木櫥櫃、茶桌、紅色門扉、門扉上的瓦片簷遮、歐洲座鐘、壁上的油畫、植物造景、鍛鐵花架、玻璃門，在復古風中又有現代元素。他們的眼光穿過彼此，穿過茶杯上澄蜜色的茶液，穿過對方的眼神，落在紅門上的金色門環。

「我爸喜愛什麼，一向不計代價。」小桃說。

「所以到手就不釋放？」華生不放棄詢問。

「除非情感轉淡。」劉董為自己附註，也似為眾生附註。換得華生喃喃自語：「情感若有雜質便不純粹是情感，可能只是現實上的權宜而已。」

小桃正為水壺添水，聞言盯著華生問：「現在談的是一個嚴肅的愛情問題嗎？」

「哈哈，不是，在談妳父親的玩意範圍很廣，茶室不過是冰山一角，他的藝品收藏種類很多，代表的是情感的廣博。」

「他有錢，他玩得起。」小桃漫不經心的將水注入水壺。然後靠近父親身邊，一隻手勾著父親的手。

劉董拍拍女兒的手，笑說：「我收的大多是仿製品，這叫什麼情感？可以取代的，轉移的，投射的，廉價的，偶合的？哈哈哈。」

父女兩人相視而笑，華生看看錶上的時間，又看看紅門旁邊櫃子上那個顯目的座鐘的指針，三點。他眉頭輕皺了一下，問：「劉董收的不見得是仿製品，像你背後那座鐘，聽小桃說是在阿姆斯特丹的古貨店買的，應是個古董鐘。」

劉董將座椅旋轉到背後，他伸手可及那鐘座。

「沒有錯，這是從荷蘭帶回來的鐘，那家古貨店總有些稀奇的東西，我曾在那裡買到可能是清朝流蕩到歐洲的瓷碗，說不上精細，但總是代表清朝的東西，應該是來往亞洲和歐洲的商船帶到歐洲去的，所以我每隔一段時間到那店裡去看看有沒有什麼中意的寶物。這些非仿製品，但也不是什麼值錢的收藏。」

「這個鐘這麼漂亮，但指針不能動，是發條沒功能了嗎？有修復的可能嗎？」

「過去的鐘大都機械式，需要上發條沒錯，但這個鐘即使上發條，放在那位置，也走不動。」

華生一時沒有意會過來話語中的意思，仍好奇的問：「所以它可以上發條？」

「它可以上發條，但放在那位置，走不動。」劉董再次強調。

華生頓時像雷擊般醒了，進門時的微醺感已全然消退。「放在那位置走不動？這意思是……？」

「沒錯，這是我帶你來茶室的目的。我想你對這對門環情有獨鍾不無道理，但這東西到了我這裡，發現了它的特殊，我當然也不會鬆手。我蒐集藝品二十幾年了，看到好東西也知道是個寶。不管真品贗品，能有特殊處就是好品。

有蒐集癖的一定是要真品，真品才具有物件承載時間的背後意義，一個貴族使用過的器皿，和使用它時的故事，它如何被製造出來，又如何在時間的過程裡留存下來，都使物件豐富。雖然我看不懂這對門環的特殊性，但感覺得到它的重量和做工精細，想必出於一個不凡的高官或貴族家裡。那個高官或貴族有什麼樣的故事，門環放在那人家的門上多久，或許都會很有趣。

我要帶你看的，不是門環經歷了什麼故事或時間對它的意義，而是它的力量。」

「啊！」華生感到電波擊在他身上似的，令他動彈不得，力量！劉董知道握著那門環可通向另一個異空間？他緊盯著劉董的眼神，想從那眼神裡找到他心思的任何詭詐痕跡。劉董卻半轉了個身子，一手觸摸櫃子上的座鐘，將手指滑向座鐘的底部，另一隻手指向紅門上的門扉，像要開啟一道密碼似的，華生和小桃的視線依他所指的方向，游梭在座鐘與門環之間，聽著劉董彷彿進入太虛幻境般的說法：「這個座鐘很沉重，原因是內部材料可能是一個磁鐵，外鍍純銅，鐵日久氧化，和銅產生一種合金現象，在銅層透出紅色的色層，所以看來是銅紅色，它的發條和指針，也是以同樣的合金手法製成，所以金屬的部分看起來是一致的顏色。而那個門環也是類似的金屬構造，內容物是帶磁性的鐵，外層厚鎏純銅，內含物的磁性非常強，但座鐘的磁極和門環的磁極，在這個角度下，同性的磁極剛好相互對應著，當兩者靠近時，這股互相排斥的力量推擠著指針，所以指針就停滯不動。本來這個座鐘，我放在更遠些的櫃子上，那時指針可以運作，但把它挪到這個位置，發現它的指針不動了，無論發條上多緊，都不會動。這房裡唯二的主要金屬製品就是座鐘和門環，我合理懷疑是金屬磁性的排斥作用，所以把座鐘拿開放在離門環遠一點的位置，它都能轉，我更加確定，座鐘和門環有磁性的互斥作用，造成指針無法運轉。這樣磁場的互相排斥作用，我不知對這個空間有什麼影響，但我喜歡讓座鐘被門環牽制著，這是個有趣的現象。」

「但為何是停留在三點？」華生問。

「我把它撥到三點，這個角度的指針剛好呈九十度，是由零出發的九十度，我以為這個角度是有哲學性的，超過九十度就太多，少於九十度就太少，是過與不及的一種提醒，九十度符合中庸。」

華生不相信劉董的說法，反駁他：「應該是呈一直線，停在六點的位置才是中庸，那剛好是指針繞行一周的中間點。」

「真要計較，走完兩圈才是一天二十四小時的結束，若以你這說法，應該是回到原點十二點才是中庸，也就是歸零，時針和分針疊在一起，合而為一。但這樣我覺得太矯情，我不相信合而為一是最好的結果。那缺乏個性。所以九十度最好，時針和分針向內遇合時的角度都四十五度，這才是中庸。九十度直角發生在很多接合的層面上，空間的成立，尤其仰賴直角，要形成直角，需先有精準的四十五度角。」

華生不再理會劉董的堅持，他想看看搬離座鐘後，指針會不會動。

「可以將座鐘搬離那個位置嗎？讓我們看看是否失去磁力的互斥後，指針可以動？」

這時小桃搶先站起來，走到座鐘前，說：「爸，你從沒跟我說過這個原因，我一直以為是發條壞了。現在我可以搬動它嗎？」

劉董說：「最好不要搬動，座鐘和門環間有個磁場，我不知道搬動後，會不會復原。」

華生疑問：「復原什麼呢？磁場影響到什麼嗎？」

「看不見的東西很難說到底影響了什麼……」劉董似乎在尋找適當的用語，華生以為他不想搬動，應該是座鐘的擺放角度和門環的位置一定是經過精密的計算，一旦搬離，放回來時，一點點的角度差異都可能令原來的設定破功。那麼這原來的設定一定是藏有什麼玄機，只有劉董知道這個設定的必要性，也許這個磁場設定可以進入異空間。這個想法，讓華生猛然酒醒，他想測試劉董是否找到進入異空間的方法。他鼓勵小桃：「為了證明座鐘沒壞，也為了證明它和門環間有一定的磁場相斥距離，小桃，就把座鐘搬遠些吧，證明指針會動後，就可以再放回來。劉董你說是不是？」

「這個座鐘自從定位後，就沒有更動過，如果你要搬動，確實可以測試換了位置後，指針還能不能動。小桃，妳就將它抱到那面牆的櫃子上吧。」劉董指了進門最右側的牆。靠牆的是隻矮櫃。上面有一盆鐵線蕨。

小桃將座鐘放在花盆邊，上緊發條。所有人都盯著座鐘看。

秒針一格一格走動，滴答、滴答。空間像開啟了一道裂縫，從裂縫可以看到什麼？小桃先是哇了一聲，把聲音送進裂縫裡，華生的眼光巡睃四周，看聲波可能帶來的空間變化，劉董盯著那秒針的前進，繞了一圈後，分針往前推進一格。

「真的能走吔，我一直以為它壞掉了。」小桃說。

劉董轉向華生：「現在你相信座鐘和門環間有一個磁力作用互相牽制了吧？」

「怎證明一定是門環？而不是和這空間裡的其他物質，比如目前我們正使用著的鑄鐵茶壺或那片紅門裡的什麼物質。」

「紅門是木質，沒有磁性；這鑄鐵壺的鐵成分低，它可能被座鐘或門環吸住，但距離的關係，磁力對它沒有影響。不過，如果你堅信座鐘的磁力和門環沒有關係，那也無妨。信不信只在心念間。」

「現在得再把座鐘搬回原位，證明它回到原來的位置，指針就無法走動。」

「小桃，妳就按華生的意思，將鐘放回原位吧。」

小桃將座鐘抱回來，放在原來的櫃子上。劉董站起來往鐘的位置走去。他雙手握著鐘，調了一個與原來一模一樣的角度。他放開手後，秒針便戛然而止，那滴答的聲音也停止了。劉董好像如釋重負，臉上笑得很輕鬆，他將座鐘時間調到三點鐘的位置，然後坐回原位，問華生：「怎麼樣？你相信確實有一個互斥磁場阻止了座鐘的指針走動吧？」

華生望向門環，這對從藍屋子取下來的門環若有奇異磁場，他一點也不意外，但這磁場到底能具有什麼意義？他問劉董：「既然你認為這兩個物件之間有磁場的互斥，那為什麼要讓這個互斥存在，你可以把任一個拿開，或換個方向，事情就有不一樣的結果。」

「為何要有不一樣的結果？我以為互斥是一個有趣的現象，就讓時間不要動，懸浮在那裡，不是比常理更有趣嗎？」

華生只好直截了當問：「這是你不願退回門環的原因嗎？」

「沒錯，所以我帶你來看。門環既然有磁場的特殊性，和我的座鐘磁場剛好湊成一對，它可以讓那座鐘停止走動。好像看到一個時間的永恆停止。我的蒐集藝品經驗裡，從來沒見過這樣的事，所以一定要留著這個門環。」

「留住時間？留住時間？你認為時間真的可以留住？」

「看你用什麼角度看！」

「死亡呢？一個人死亡了，算不算他的時間停止了。」華生想知道劉董對時間的看法。

「那只是生理時間的停止，他的魂還會有作用，在這個空間或那個空間。這世界上未被解開的疑問還很多，在另一個空間也許是在重複我們這裡的時間，或者別的空間只是延續這裡的時間罷了。」

「這是沒有科學論述的。」

「不見得沒有，但存在你的心念間，你認為有的，就會存在。你所認為有的事，就是你的一部分。」劉董說。

華生覺得離題遠了。只能說劉董口風很緊，沒有透露他有進入異空間的跡象。而劉董也沒試探他是否藉那對門環去了異空間，這令他感到一切事情都莫名其妙。

「既然是不可能還我這對門環，我也只好告辭了。」起身前他想到什麼似的，又問：「據說這座鐘是在荷蘭的古貨店買的，這種底座有磁鐵的座鐘會是什麼年代的產物？是否那時代的其他金屬物件也流行內嵌磁石或磁鐵？」

「十七世紀才有小型的發條鐘，要發展到像這個座鐘一樣的工藝起碼也要幾十年，可能來到十八世紀，這鐘估計是產於那時，當然確切產於何時我無法說得很肯定，同時代的鐘或其他物件是否也會嵌上磁石我也不知道，也許這件是很獨特的特製品，只是人們沒有機會了解。現在它碰上了這對門環。我相信這是最好的配對。」

一切出於偶然或必然呢？華生沒有想到劉董會有一個發條鐘，和門環產生磁場上的相斥，而使時間停止。他寧可相信劉董施了什麼咒語，在他私人的茶室裡營造詭異的磁場相斥說法。劉董將指針撥到三點鐘也是一個詭異的巧合。藍屋子的鐘，指針永遠在三點，他每次進入，都是下午時光，那才是一個停留的時刻，沒有風，沒有雨，沒有夜晚，沒有晨曦。在那靜止的時刻裡，拿出的物件卻在這個空間有了可以買賣的生命力。一切是這麼不可思議。

他心裡充滿疑問，到底劉董是否知道有一個異空間的存在，他茶室裡布置出來的磁場可能讓他進入那個異空間嗎？為何座鐘和門環的材質都含有磁力？劉董知道他進入過異空間嗎？

他可以肯定的是，劉董收藏的東西都是真品，贗品只是他防盜的說辭。他看重門環也許不只是它和座鐘間形成的磁力相斥，而是有別的功用。而那幅藍屋子畫作，既從歐洲來，他得去找答案。

小桃送他到門口，他問：「妳說妳父親在阿姆斯特丹買到那個座鐘？」

「是。」

「可以給我那家店的地址嗎？」

「當然可以，怎麼？你也想去挖看看有沒有什麼寶物？」小桃問。

「是的，請給我地址，也許我可以帶回一隻傳說中的美人魚。」

29 疏懶的清晨

檢查結果很快出來，老董事長死於心肌梗塞，隨後家屬也訂出喪禮時間，訂在距離去世日子的三週後。公關部門便負責起製作老董事長的一生回顧，露西因先前做了他的生平紀錄，被邀請成為製作團隊的成員之一。

雖是有了行動的自由，卻有製作回顧影片的任務。

露西來到華生的住所，像剛從一座煉獄出來似的，她躺在他的床上，全然放鬆的平躺著，望著天花板上的罩燈，說：「真不能相信好端端的一個人就在眼前沒了聲息，從此消失在人間。分明沒多久以前還說著笑著。」

華生躺在身旁，原本翻閱一本荷蘭的旅遊書，他將書靠在胸前，仔細聽著露西的喟嘆。他接腔：「妳還很年輕，覺得死亡可怕。但死亡是必然的，應該不要覺得可怕。」

「你這樣說太老成，你大不了我幾歲，難道可以很坦然面對死亡嗎？不覺得人生突然斷掉很可惜嗎？他做了一輩子的事。」露西一隻手指頭纏繞被單的角落，那個尖尖突出的角落好像一個需要對抗的盾器，她以手指不斷揉壓它，就像征服了這個盾器，也像一種不屈服。

「可惜是可惜，但生命本身也許就沒什麼意義呢，不過是被生下來，就努力的活著。」華生說。

露西還是要為人生說句話：「你正在壯年，這樣說太消極了，人生要努力活著，不管成就如何，努力就是意義。」

「妳很樂觀，但我覺得不是努力就有意義，有時努力了也沒有什麼成果，人生只得到虛無。」

「你這種說法感覺像個歷經滄桑的老頭，你好端端做著空間設計師的工作，不是很好嗎？怎會像個沒熱情的老頭。工作不如意嗎？還是太累？」

「都不是，只是勸解妳不要在意死亡。妳惋惜的是一個老人的去世，老人去世也是很正常的事，不必感傷。」華生的手在他胸前的書上輕輕滑動，而後滑過書，攬住了露西被子下的腰，那書便滑到床的另一側，滾落床下，發出噗的一聲。

「咦，書掉了，那什麼書？」露西問。

「荷蘭的旅遊書，有阿姆斯特丹的地圖，我得去那城市一趟，妳要一起來嗎？」

「什麼時候？」

「最近一兩週，我們可以馬上訂機票。」

「那不行，我正在參與回顧短片的內容，要等老董事長的喪禮過後才能走。」

「我要去找一家古貨店，看看有什麼貨色，對我的工作很重要也很急。」

「有那麼急？那你先去好了，趕快找到你要的東西趕快回來。以後我們還有機會一起出遊。」露西靠到他胸前，那裡溫厚結實。她心裡想的是如何把老董事長的人生以最簡單的方式化做文字陳述。華生的手游移的節奏令她燥熱了起來，像有個悶熱的夏天即將襲捲而來。

她問他：「我最近整理的那些老董事長的口述筆記你要看嗎？」

「當然要看。完整了嗎？」

「破碎了，他倒下的時候，並沒有把該講的講完。也許你可以從筆記裡找到線索。」

「線索？什麼線索？」華生的手來到她的胸部。她感到他心不在焉了。

「不知道，他說的那些事，也許應該有個答案，可惜他沒說完。」夏浪襲來了，她覺得自己的腦子得淨空，讓夏浪有機可趁。

「把筆記留給我。」華生說。

最後那盞燈也關了。漆黑的室內，不知懸宕了什麼，總覺得有個東西在他們兩人之外浮動著，露西心想，是自己不專心吧，她應該不要再殘存老董事長臉垂下的畫面。她感到華生整個占據她，她得沉到一個可全然放鬆的角落，任華生為所欲為。

隔日清晨，露西從隨身背包抽出筆記，裡頭凌亂的補記了老董事長說不要寫的部分，那是令老董事長最後一天擾亂睡眠的原由。華生一邊讀著，發出驚嘆：「鑄鐵菊花？我那藝品店也有一片鑄鐵菊花圖案，妳數過老董事長留著的那菊花有幾瓣嗎？」

「沒有數過，看起來就是很多花瓣。」

「日本皇室的家徽是十六花瓣，我店裡的是十五花瓣的鑄鐵菊花，沒仔細看，很容易誤以為是日本皇室的家徽象徵物。」

「那片鑄鐵菊花怎麼來的？」

「怎麼來的不記得，總之是跟著一大批的藝品買進來的。」露西看不到華生眼裡的謊言，「我猜想是工藝匠仿皇室菊花圖又不敢冒犯，所以打造了十五瓣的菊花鑄鐵片，表示對菊花的喜愛。」

週日清晨，陽光來得隨便，從窗口投到床單上，清亮得朦朧了，露西半個臉陷入柔軟的枕頭，她看著那柔軟的陽光把窗影打糊，只想在這美麗的清晨疏懶下去。她側了個身，看著正在翻筆記的華生，他臉色凝重，完全破壞一早清亮的陽光。她說：「那兩個菊雕的巧合並不算什麼稀奇，是分開的事件，你在意什麼呢？」她把手放在他坦蕩的胸前。

「是驚訝在日治結束時，這位帶著鑄鐵菊花的人到底代表了什麼？」華生近乎自言自語。

「不管那個人搭船去了哪裡，或是他留下來的鑄鐵菊花對老董事長的阿公有什麼意義，如今看來，都是過去的事了，不是嗎？」露西挪動身子，讓自己更靠近華生。

「雖然這樣講沒有錯，相關的人也一一過世，但妳想想，常讓我們心裡過不去的，往往是過去的事，老董事長生前還惦記著阿公送走日本人的那幕，還惦記著鑄鐵菊花的存在，這不就證明過去的事不全然應該放進記憶的灰燼，它對現在存有意義。雖說對生死不用太掛念，但那些前人留下的東西，輝煌也好，虛無也好，對後人有時有重要意義。」

「這是你當初要我去探看旅館沿革室的用意嗎？想從過去的文物找到什麼嗎？」

「有點吧，比較多的是好奇。」

「但我陷進去了，還從老董事長的口述做了筆記，」露西的手指畫過他手上的筆記，壓著封面，那是她無數次碰觸的記憶入口，「我替老董事長記下的回憶，也是過去的事，那是因為許多的過去累積成現在，而現在他也成了過去，這些記錄下來的過去，如果他是個社會上重要的人，可能就社會研究來講會很重要，如果他是個平凡的人，不過就是家族留做紀念，是這樣吧？我想，我的這些紀錄，說不定老董事長的後人也不太在意呢，畢竟這紀錄不完全。」

華生拉過露西的手，放在他的胸前：「不管對他家人的意義是什麼，妳做的對我有意義。」

露西不解。她的手指滑過他胸前，他們曾經過去，而後有了現在。「我不了解為何對你有意義。」

「我喜歡讀妳寫的，妳為我把L旅館的沿革拼湊起來，從船隻在淡水河上行走，來了洋人住客，到如今招待各種慕名淡水小鎮的觀光客入住，這旅館的歷史猶如一個小鎮史，也是反映了不同時代的面貌。」

「不，你不知道，老董事長並沒有把故事說完。」

「那不重要，沒有事情應該有完善的結果，妳應該放下，老董事長沒講完，就當是天意。」華生抓著她的手，整個人壓向她。

露西任他擺布，陽光投在他結實的胸膛上，她靠向那胸膛，聽到心臟有力而緩慢的跳動聲響。這片胸膛像個廣袤的丘陵，她登上去，可以更靠近雲，看到廣闊的人生視野，在視野的盡頭，或許是兩人白頭相依，那景象令人嚮往。她將身子挪上去，更靠近他的呼吸一點，晨陽下的疏懶是延續昨夜的纏綿，在愛的語境裡，沒有日，也沒有夜。

30 阿姆斯特丹

飛機起飛的時間接近午夜，時值大年初一晚上，華生利用春節年假和請了幾天私假，打算在阿姆斯特丹停留幾天。昨晚回到台中與父母度過除夕，他們很少相聚，夏天腳傷的時候，父母完全不知情，他刻意不想讓父母擔心，待他腳傷復元後，曾回台中與父母見面，彼時已事過境遷，他走路行動都正常，覺得沒必要提起腳傷的事。

除夕夜是例行性的家人團聚，兄長都有家庭，和他們相聚一晚隔天就北上，以出國為由，家人沒有苛責他的短暫停留。但因在台北自己有房子了，雖未婚，卻覺得台北才是家，回台中總是沒有心情多停留。

露西在台北等他，他從台中回來時，露西已在家裡替他準備了午餐，拉出他的行李箱，找出他的冬天毛帽和大衣、毛衣，全部放在床上方便他挑選放入行李。二月的荷蘭，氣溫低冷，露西還特地替他添購柔軟的皮手套。行李裝妥後，他們去散步，走了好幾條街，體驗大年初一冷清的街景。露西說，他不在的期間她會住在他家裡，為盆景澆水，他寬大的工作檯適合她整理一些文字資料，她要住在那裡，感受他的氣息。

他可以想像，此刻，露西正開著電視或躺在床上閱讀，直到眼睛疲累睡意來襲，而擁著被子沉沉睡去。她不會知道，他並不是為了尋找客戶的裝潢物件而到阿姆斯特丹。他要去那裡找什麼？找得到嗎？他扣上安全帶，將自己整個靠入坐椅，只覺是為了一個如夢幻般的經驗，而想找到答案，不知是否又是另一場夢境，因此飛機飛上雲端，他感到彷彿是要去一個不存在的夢幻之境。

而現實畢竟是真實的，轟轟的飛機引擎聲，旁邊乘客沉入睡眠發出的鼻息聲，空姐通過走道的腳步聲，都是一個通往目的地的真實聲響，這些聲響證明一個空間的具實存在，他是在一個真實的載體裡，要去的也是一個真實的空間。他又想起舊手機裡那接起電話的女聲，那是藍屋子的空間，那空間是具實存在的嗎？到底在哪裡？

恍恍惚惚間，他有時像沉入一道漩渦，深不知底，亦無意識，有時清醒聽到空姐送餐巾送食物的問詢聲，每個座位前的螢幕播放著不同的影片節目，發出刺眼的光亮，他想到那即將要去探尋的城市，以及尋找答案的期待與遲疑，便又恍恍惚惚沉入昏暗的睡意裡。

飛機輪子著陸引起頓挫力，機身搖晃，與陸地的確實接觸，即使是夢境，也該甦醒，或者會跌入一個更大的夢境？華生感到無法判斷真實與夢幻，因為在他的經驗裡，有兩個空間的存在，而這是一般人無法體會的，所以他的現實也是夢境，夢境也是現實嗎？這對他已不是判斷問題，而是他想一探究竟的問題。何時能探出才是他質疑的。

按小桃建議他居住的旅館，出機場，搭上計程車即可前往。在這座偌大的機場，不得不使人相信，生活的每一刻都是真的，每家商店販賣的貨品，都是與現實生活息息相關的用品，吃的穿的用的，具足是現代人的口味，專賣荷蘭紀念品的商店櫥櫃和門面所擺的貨品，印滿鬱金香的茶杯、背袋、木屐造型的飾品，都明白表示這裡已是荷蘭，他跨進來了，家裡那幅藍屋子是從阿姆斯特丹港口裝上船，它的畫家署名是荷蘭文，是出於名不見經傳的荷蘭畫家，他會在阿姆斯特丹的古貨店再看到同一位畫家的作品嗎？計程車開出機場後，華生一刻也不鬆懈的睜大了眼睛看著街景，彷彿每個房子每個區域，都可能是那畫家曾經落腳之處，隱藏了什麼連接兩個空間的密符。

飛機抵達的時間是清晨，旅館還不能辦入住。他先將行李寄放在櫃檯，旅館附設一個對外營業的餐廳，從櫃檯走幾步路就可通到餐廳，他跟櫃檯拿了免費的城市地圖，往餐廳去。

餐廳令人驚豔，挑高的空間，天花板垂吊水晶燈，L型的吧檯上，投射燈璀璨的亮著，靠牆的位置都因大片玻璃而引來明亮的室外光線。他找了一個靠窗的位置，點了熱湯和三明治，及一杯咖啡，他飢腸轆轆，需要熱食安撫腸胃。在四人座的寬大桌面攤開地圖，研究目前的方位與小桃所說的那家古貨店的距離和方向。他發現小桃介紹的這家旅館，離古貨店並不遠，過馬路即進入熱鬧商圈，徒步逛街相當方便，可見小桃的用心，與對阿姆斯特丹的熟悉。但他也想去碼頭，碼頭在東邊，有點距離，也許該搭電車去。他研究電車路線，像一個旅人到達陌生的地方那樣，先了解自己身在何處，找到定位點再找目標物的方向。

侍者送來食物，餐廳無限時提供冷熱食，這對有時差的旅人尤其方便，他的東方胃還在東方的時間，眼前送來的熱食讓他整個人振奮起來，毫不猶豫的先填飽腸胃。窗外原本晴亮，此時飄起細雨，天色也瞬間灰暗下來。行人的衣服濕答答，騎腳踏車的人頂著斜雨加緊踩踏車板。侍者問他要不要糖和奶。不要。他說。端著喝掉了一半咖啡的杯子，望向窗外，想等雨稍微變小。腦子的思緒開始像一群飛繞的蚊蚋，紛紛擾擾的迴旋。突然他想起還沒跟露西報平安，便透過手機留了訊息，也拍了一張餐廳照片傳過去，露西很快回覆。很高興他平安抵達，她正在上班中，這是個美麗的餐廳，好好享受美食。並回傳給他一個愛心圖案。

雨一時沒有停歇的意思，時間靠近中午。如果現在去找古貨店，不一定能趕上入住時間，但錯過也無妨，晚一點辦入住不妨礙什麼，只要有床可以度過今晚即可。正打算結帳，門口走來一位穿入住櫃檯制服的服務生，來到他身邊，說有準備好的房間，他可以提前入住。

提前入住像個意外的禮物，方便他可以取出行李裡的防雨外套。但更沒想到的是，旅館自動為他的訂房升級，配給他一間位於角落的套房型房間，一張加大的雙人床，一個有沙發的起居室，一副書桌，衛浴寬敞，磁磚和五金都閃亮乾淨。這個升級出乎意料，尤其他有數晚的停留，住到更大的房間彷彿中了彩券。是否這段時間天冷，是住房的淡季，他才能受到升級？

這旅館是古典式的外觀，保有景觀陽台，他推開落地玻璃門，俯在陽台欄杆上，看到的是對街上同樣古典的建物，屋牆上有裝飾線條和浮雕花樣，遠方運河邊的樹梢有稀落的樹葉。電車駛過街道，腳踏車和徒步的人群，使街道看起來很忙碌。

從陽台返身，正對著大床，床上牆壁貼了一張和床同寬幅的現代抽象複製畫，沒有署名，藍色和紫色交錯的色調宛如華麗的夜間迷情，沙發布面亦是藍紫色調。這房間超乎他的預期，雖然他寧可住在一個色調更單純素雅的房間，但旅行中的偶遇，一種短暫的迷情色調也算是個驚豔，帶來體驗上的刺激。他往床上一躺，在這藍紫色調包圍的氛圍裡，柔軟的被子讓他的身體彷彿飄浮起來了，柔軟而香甜。他感覺自己的意識很輕的散漫開來。

等他突然驚醒，已是下午近傍晚，原來搭機的疲倦感令他跌入睡眠。雖然床溫柔的托著他，但他不能再貪睡，得打起精神去找古貨店。

他戴上呢帽，穿上防風雨的保暖大衣，大衣連著一頂同樣防風雨材質的軟帽，這樣即使下雨，也不擔心淋濕保暖的呢帽，他也抽出皮手套，這都是露西為他準備的。他將手指穿入手套，彷彿把露西也帶上了。

往運河的方向走，可以輕易辨識路，過了王子運河，再往國王運河方向，即可以通向車站和水壩廣場。他不急著往地標式廣場走，他依據手中的地址，在兩條運河間尋找街道，窄幅高立的建築沿運河而建，每戶的屋頂花式不同，這是過去水手用以辨識家門的方式，是每個家的專屬記號，找到那屋頂形狀即是水手遠航回來所渴望的家門。如今不管為屋子重新漆色或加上裝飾，每棟窄幅的建築在運河邊都像童話王國裡的景象，具有美麗花紋的窗戶開向運河或臨街，都有一股與水色相映的幽幽情致。

雨時大時小，風颳起雨絲，水珠四散，連撐傘都不易。露西為他準備的這件防雨外套正適合這天氣，帽子也防止了雨水的侵入，但褲子被雨打濕，近晚的氣溫陡降，他靠疾行抵禦濕冷。天色近暮，突然開雲，河面反射最後的天光，沉沉雲靄倒入水中，散亂了樹影，水色因而濃淺交疊。雨驟停，風也息了。路燈亮起，光影投入波中，運河便又亮了一次，幽深的河色中倒映一盞盞橙黃的路燈，站在橋上望去，不得不感到城市的漫美。

古貨店的門面不算起眼，樸舊的店招顯示它的歷史。但不巧的是，六點就打烊，他只能匆匆進店裡稍微瀏覽。

店主坐在櫃檯，比了一個歡迎入內的手勢，要他自由觀看。店主看起來是個老先生，眉毛已半數變白，憑那年紀，他相信他是店的主人沒錯。店裡有兩面牆設層架，架上有各式各樣古舊的物件，鐵製銅製的茶壺、錫製的器物、座鐘、球具、盤具、燈座、手搖磨豆機、酒杯、相框、衣飾、東方瓷瓶等等各式各樣的生活用品，另一面沒層架的牆面，則掛了壁毯、掛鐘、宮廷服飾、壁飾品、畫像、吊燈等等，地上一個個的籃子裡也有零碎的雜貨。這些擺設物，像是集合了跳蚤市場攤商從家裡帶來的老祖父老奶奶時代的家用物，看起來就是舊貨，他目光火速尋找有沒有亮眼別緻的貨色，他走到一個專放瓷碗的層架，有幾個色澤溫潤，應是東方的器物，他拿起翻看碗底，是日文。再翻看另一個青花圖案的瓷碗，碗底是荷文。店裡沒有其他人，他問店主：

「這是你的店嗎？這些物品大約是多久以前的物品？都是荷蘭本地的物品嗎？」

臉色紅潤，步履有點蹣跚的白眉毛店主來到他身邊，兩手插著腰，也像是在扶著腰以支撐略駝的站姿。店主聲調親切，像跟一個天天見面的鄰居講話般的，以緩慢的英文說：「這是我的店啊，你一定是第一次來，我從沒見過你。這裡的東西要說是哪時候的物品，有些我說得上來，有些我也不知道呢，通常都需要專家來看看。別人把東西拿來賣我時，從他家裡哪代人的藏品拿出來的，賣的人有的也說不上來。至於是不是荷蘭本地的商品，那更難說了，有的是荷蘭製，有的是很早以前從海外運回來的商品，在荷蘭賣出，本地人買了，當然也算荷蘭人用的東西了。荷蘭船從東方帶回許多東西，一旦在荷蘭交易，難道不是變成荷蘭的東西了嗎？當我們都使用東方來的花瓶時，只要在商店買得到，我們當然說那是荷蘭本地人在使用的物品。」

華生問：「那麼如果是荷蘭本地生產的物品，你這裡大約都是什麼樣的物品呢？」

「本地製造？起司，哈哈，我不是開你玩笑，沒有比起司更能代表荷蘭的生產物，但我知道你不是這個意思，你想知道物品，」他指著牆邊的宮廷服飾，「那些衣服是民間製作的，有些是仿製，有些是貴族家裡流出來的，客人得自己去挖寶；那些飾品也有荷蘭手工，牆上的肖像畫也有林布蘭的風格，但我不知道這是哪位畫家畫的，畫的是誰；架上的鐘也有荷蘭製造的，機械製品也十分出色。放在這裡的是些老傳統的手藝製品，當然你要現代一點的，不如就走上街去看鑽石，除了荷蘭，沒有更好的鑽石工藝了。」

「鐵製藝品呢？有沒有和鐵、銅、磁石這些相關的工藝品？」

牆上有一面老掛鐘，滴滴答答發出秒針走動的聲音，分針很靠近六點鐘的位置了，店主瞄向那掛鐘，說：「這掛鐘是荷蘭工藝，你所說的銅或鐵製品是指這一類的嗎？若是雕像荷蘭就不擅長，其他的治礦製品，我說不上來，你知道，荷蘭人很會貿易，城裡有包羅萬象的歐亞各國的奇奇特特產品，客人會把什麼貨物拿到我店裡來買賣那可說不定的，我開店幾十年，跟你一樣期待今天又有什麼人拿什麼東西來讓我估價轉賣呢。如果我能告訴你一些物件的故事我很樂意，但我今天的營業時間到了，如果你想找點什麼，是不是改天再來？」

華生從架上拿了一支以木屐造型為飾頭的紅酒開瓶器，這是少數的新東西，可能是應付觀光客需要。標價只有幾歐元，也許剛好可以讓老闆覺得幾分鐘的談話沒有損失。付帳的時候，他說：「抱歉，沒先清楚你的營業時間，明天我會再來。現在我需要這個開瓶器，好度過今晚。」

「明天你可以花更多的時間尋寶。」老闆說。

「會的。」

六點的天色已全暗，電車在大街上密集行駛，商店的燈光明亮，逛街的人出奇多，看來大多觀光客，冷風澆不熄他們的探索熱情。每年有許多遊客到阿姆斯特丹，從十七世紀黃金時代以來，它一路走向貿易中心，港口特性成為各種文化的匯集地，不得不說荷蘭人很會做生意，早期從東方帶回許多貨物農產，將東方物品傳送到西方，而今它的企業擴展到世界各地，各國的人來到阿姆斯特丹轉機、洽商、觀光，都彰顯了它不可取代的地位。交通和貿易樞紐地，通常思想開放、自由色彩濃厚，阿姆斯特丹就具有這樣的特色，走在商店雲集的街區，人來人往氣息喧騰熱鬧，遊客來了一批又會有下一批，沒有停歇的流動宴席。

巷弄裡成排的餐廳聚集用餐者，造型奇特的霓虹燈管閃爍店裡的特色風情。他只是隻身孤人，並不打算走入這充斥著啤酒、紅酒招牌的餐廳聽取成群客人的喧譁。他走進一家食品店，買了簡單的三明治、煎餅、水果，及一瓶紅酒。他口袋裡有一支開瓶器，回到旅館後，他可以隨心所欲吃掉這所有食物，喝掉整瓶酒，在特大的床上爛躺到長途搭機的疲勞褪去，不必在意幾點起床。這是一個人的假期，也是一場難以預料結果的旅程。

31 再訪古貨店

第二天，陽光明亮，雖然溫度還是很低，陽光卻使人愉悅，華生戴上暖帽，來到遊船搭乘處，他想趁天氣晴朗時，搭船遊城，期待好視線留住對城市的清晰印象。

遊船穿越河道，狹長的樓宇以顏色和裝飾造型盛載童話般的情境，歷史性的建築時有所見，河道與河道間切割形成的陸地宛如一塊塊的糕點連綴成整座城；碼頭停靠大型遊輪，這個在十七世紀曾經被喻為世界倉庫的城市，水域風華如珠光燦爛，他從船艙往遊輪望，高不見頂，亦不見深，宛如一座海上商城，能停碩巨的郵輪，表示港口水域夠深，那承載幾世紀水上商業霸權的煌輝不減其色。港口吞吐世界貨物，亦吞吐東西域交流的歷史。華生想像載著藍屋子畫作的貨船從港口駛出，貨船上的水手不會知道他們正運載了一個可以通向另一空間的入口，而這樣一個空間的入口航行在水上時，是否也是在回溯一條貨物交流的路徑，畫中的門環來自何方，又流到何方成為畫家的題材？

穿回童話般的河道建築間，靠岸碼頭排著另一批等待上船的人。連等船遊河也是一種周而復始的程序。他感到自己不過是這程序裡的一點小泡沫而已，如果是這樣，不如就享有小泡沫應有的歡樂，純粹當個觀光客就好，跟芸芸眾生一樣享受生活中的喜與樂。可惜他心中總懸念那個空間的存在，下船後，得趕往古貨店，以便在店中有更長的時間了解貨物的內容。

古貨店只從中午開到下午六點，不知是否因為店主年紀大了，照顧店的精力有限，昨天在店裡並沒看到店裡有其他幫手。

在路上的小店用過三明治和咖啡，他沿著運河緩慢散步往古貨店行去。河道波光粼粼，樹木的倒影在有陽光的河面上清晰可見，枝葉隨著波光散綴如星。如果身邊能有個伴侶同行，當是浪漫愜意，可惜露西不能來，早上出門前他們通過話，露西為了老董事長喪禮的事，還有數場籌備討論會要開。「替我帶條鬱金香絲巾回來吧！」露西聲音甜蜜，像河道波光柔軟。

店裡已有幾位客人，他們在架前賞貨，華生走入店裡，店主記得他，說：「你來了，歡迎慢慢看，有什麼問題就問我吧。」

「怎麼稱呼你？」

「波爾。」

「波爾先生午安，我昨天提到想看看銅鐵之類的製品。」

波爾仍是步履蹣跚帶他走到較靠內裡的一排層架前，說：「銅鐵不是集中在一區的，因為製品不同，有的是製成刀類，有的是門把，有的是廚房鍋具，有的是鐘或裝飾品，在這架上因為有比較多家庭五金類，所以你可以看看，但別忽略了，牆上的掛鐘材料也有銅的成分。」

華生首先拿起層架上的一隻門把，那是簡單的圓形帶一字尾銅把，重量很沉，銅色暗淡，這麼沉的重量是因為裡頭是鐵質或其他金屬嗎？或者全銅？也許是銅的含量較高的黃銅，才具有堅固的形體。如果它裡面包著磁鐵呢？會吸附一切含鐵的東西嗎？華生舉目望去，伸手可及處有一個鑄鐵燭台，他拿起那燭台，靠近門把。毫無動靜，沒有吸力。放回燭台後，他又拿起架上的另一個展示品，那是鐵製盒子，他將盒子靠近門把，仍然是沒有動靜。

架子上也有座鐘，玻璃層裡的指針下是個小鐘擺，除了外在的金屬平整的鍍面外，鐘面沒有特別的裝飾，和小桃家的座鐘相較，宛如平民與富貴之家。他雙手捧起座鐘，不如那鑄鐵壺的重量，可見座鐘裡有空心的設計，如此更彰顯小桃家的座鐘內確實含有特別的紮實金屬。至於牆上那面掛鐘，有老式的鐘擺，鐘面呈白色，材質不明，鐘的外圍是銅金屬加上裝飾性的木雕花朵和動物，這樣的產物似乎接近現代。而牆角落立有一根衣帽鐵架，鐵架頂端是個有地球陸地浮雕的鐵球，架身延伸出去的六支衣帽柱是閃電造型。華生拿起門把靠近鐵架，沒有任何吸引力。

他只好把門把放回原位，並把架上的金屬製品都拿起來感受質地和重量，直到最後一件物件放回架上。波爾走到他身邊，問他：「沒有任何一件滿意？」

「暫時沒有。這幾天還會有新的物件進來嗎？」華生一邊說著，一邊注意到牆上那幅畫像的簽名。

「有沒有貨不一定的。你也可以看看其他的物件啊，像那些織毯、器皿，甚至刀劍，在它們被使用的時代，應都是些好東西。」

「你這裡最早的東西可追溯到什麼時候？」

「一百年、兩百年，很難說，有時我估算不出年代，不過就算是很久以前的東西，好貨進來只能算是一場意外，真正的好貨都應該進博物館去了。」波爾笑了起來，眼神有一絲詭異的神色，彷彿心裡有另一套看法，以為博物館也有漏網之魚。

波爾隨即補充：「店裡的東西都是很庶民生活化的，這些從一般家庭流出來的東西，客人來找，大都是基於懷舊情感。不然，你想，新織毯那麼多，怎麼還會有人來挑不知經歷了多少年的老織毯呢！」

「也許是對織工和圖案的喜愛吧！」華生接腔。說著時，他發現店裡只剩他一個客人了。於是他問了較私人的問題：「波爾，你自己顧店，自己整理貨嗎？你沒有一兩個年輕人幫你搬那些有重量的東西嗎？」

「我會叫送貨來的人自己將貨物放到我指定的位置上。當然，若有重的東西要搬，我樓上有小伙子，只要我撥個電話，小伙子會下來幫忙。謝謝你的關心。」

華生又看了一會架上的物件，確定沒有什麼東西需要，最後決定買走那把銅質的門把，這剛才被他誤以為裡面也許有磁性可以吸鐵，但即使這樣也不代表它有什麼神奇力量，不過是基於來了店裡，不好空手離開。

帶著這把沉甸甸的門把離開波爾的店，華生並沒有想利用它做實際的使用，只能把它當旅遊紀念品般的擺在櫃上或牆上當裝飾品。

回到運河道路，很快融入逛街的人潮。隨著人潮移動，就會是在主要街道上。街道上有食品、服飾、紀念品店，看到其他藝品店，他走進去，大略瀏覽以滿足觀光客為主的藝品店賣的是什麼物品。有許多是製作品質粗俗的各種文化圖騰的製品，出產於現代，包含東方的物件，具日本風的茶具、中國的絲綢衣服鞋袋、印度的棉紗製品、印尼的草編袋。他也走入較精緻的荷蘭商品藝品店，風車、輪船、建築物的縮小版陳列在架上形成荷蘭風景；木屐、圍裙、蕾絲窗簾充滿居家氣氛。而這些並不是他想要的。

漫遊了幾條街，日落後，又颳起寒冷的風雨，他想起要為露西買條絲巾及其他的紀念品，但他還有幾天的時間可以物色更理想的質感。他走進一家書店，站在英文書區前，想找本如何在荷蘭尋找古貨的相關書籍，但瀏覽完整架藝術文化類和旅遊類的書目，未能找到。看似沒有斬獲的一天，除了手上這沉甸甸的銅質門把。

夜間的冷雨越發刺骨，走回旅館已又餓又累，時差和不斷的走路令他疲倦，餐廳還營業，燦亮的水晶燈下還有許多客人，或用餐或坐在吧檯聊天。他坐到昨天用餐的位置，叫了熱湯和牛排，沒有什麼比大吃一餐更能慰勞此刻的疲倦，飽食一頓後，他將會有一場深沉甜美的睡眠，好為明天另將展開的探尋之旅儲備足夠的體力。

街上的行人在細雨中疾步而行，商店的燈光溫暖的投射在路面和行人身上，店招的彩色燈光在雨中暈開了，迷離了城市，迷離了坐在此處用餐的情感，到底置身何處？回溯三百年前，荷蘭東印度公司船隻的水手帶回東方商品時，這城市還沒有電力照亮一整個夜晚的街景，而航行數月的海洋另一邊的貨物已因運輸而為此地及歐洲帶來了東方情調。如今，他只是一個旅人，反過來尋找當初東方文物可能流徙來此的足跡，或東西交匯後的物件變種。雖然不知有沒有答案，但坐在這裡的此刻，他感到自己猶如一名遠洋歸來的水手，在迷離的城市水道間，迷惑於家在何處。

32 夢

華生還躺在床上，腦子裡似乎有一場甜美的夢正在發生，突然手機的鈴聲響起，中斷了那個夢境，在他伸手去拿手機的那刻，夢境已忘得一乾二淨，意識裡感覺那是個想一直做下去的夢。

是清晨，窗簾透進晨光。他以為是露西，卻是小桃的聲音。

「嗨，吵醒你了？」

「是妳，發生什麼事了？」華生完全睜開眼睛，想著小桃打這長途電話的必要性。

「我在樓下。」

「什麼？」華生坐了起來。

「我在旅館大廳。早上的飛機到的。一大早還不能辦入住，你要暫時收留我還是讓我去外面吹冷風到下午三點才來辦入住？」小桃清脆的聲音清晰，他相信她確實在大廳。

這旅館是小桃介紹他住的，難怪小桃可以直接過來找他。

「上來吧，把行李也帶上來。」

他給了她房間號碼，他跳下床打開門，然後去盥洗。明亮的盥洗室有一個玻璃淋浴間和寬大的洗臉檯，窗口投進來的晨光好像帶著鮮亮的顏色，反射在玻璃上有種閃亮感，照得他心情異樣的明亮起來。昨晚在餐廳感到獨自置身異境，不知身在何處。小桃的突然來臨，他那孤寂感一掃而空。

他從盥洗室出來，小桃也拉著行李推開門了。

小桃穿著米色的防風外套，內著杏黃色薄毛衣，看起來有點單薄。手上拉著一隻大行李。她把行李放到進門處的角落。盯著他問：「還在睡？」華生還穿著睡衣。

「妳怎麼來了？一大早。還好我還沒出門，不然妳穿這麼少就上街去逛到下午嗎？那不感冒才怪。」

「這你就多慮了，冷了可以邊逛街看上保暖的衣服就買來穿，我是不擔心冷不冷的問題。」小桃坐進沙發裡。華生將水壺灌滿水，打算燒開水給她。

「說吧，怎麼就來了？」

「我要去倫敦，先來這裡三天，看你有沒有找到古貨店，順不順利。」

「所以三天後妳飛倫敦？」

「對。」小桃陷在沙發裡，長途搭機，看來也有些疲憊，有倦容。她用手托住臉，看他取出杯子準備給她水喝。她說：「這房間不錯，很寬敞。沙發坐起來也舒服。我晚上可以睡這沙發。」

「妳沒有訂房間嗎？」

「沒有。」

快煮壺的水很快就沸騰了，水蒸氣從壺嘴冒出，霧白的水氣急騰，散開如絮，在空中纏纏繞繞的。華生將水倒入兩只杯子，問她：「要泡茶或咖啡嗎？」

「不要，加點礦泉水，可以喝溫的。」

華生替兩杯熱水加了冷礦泉水，折衷成溫水，端到她面前。他在她身邊坐下。

「我的房間被升級，是不是妳搞的鬼？」

小桃慢慢把那杯水喝了，半瞇著眼睛說：「不是搞鬼，是我想住進來。哈哈。」她的嘴噘了起來，把杯子放在茶几上，就半斜臥在沙發上，疲累的聲音說：「我可以睡在這沙發上，兩個晚上而已。」小桃連外套都沒脫，她的腳抵到了他的，外套的下端覆蓋了他睡衣的衣角。他也飲盡水，站起來，拉起小桃。

「妳一定累了，去床上睡，那張床是妳的了。」

小桃一邊脫去外套，走到行李箱處，攤開行李箱，說：「我先洗個澡，我確實需要好好睡個覺。」

「妳去洗吧。我去樓下給妳弄點吃的上來。」

小桃洗澡時，華生換了外出服，套上外套，到樓下。街上的咖啡店多已開張，他挑了一家，買了早餐麵包和咖啡果汁等，拎了一大袋的食物回到旅館。小桃已經躺在床上，像嬰兒般的陷在那柔軟的被子下。

「吃點東西再睡，胃裡有食物，妳會睡得更好。」

小桃從被子裡滑下來，她穿鬆軟的長睡衣，好像裹了一件小被子，被子裡的身體瘦若無肌。她還喝果汁，說：「麵包總是冷的，這是在歐洲旅行得適應的事。」

兩人又坐在同一張沙發慢悠悠吃著早餐，或說是早午餐，旅人的時間可以隨意分配，這樣隨便吃著食物，不必受制式的時間序控制，便有一種從生活中脫序的無重力狀態，他們相視而笑。華生說：「沒想到妳會來，更沒想到來到這麼遠的一個城市同房間裡吃東西。」

「這不意外，想做什麼，只要去實踐就好。」

這要算想法單純還是勇往直前呢？華生沒想到小桃是這樣一個實踐者，突然就出現眼前，而且早就預謀好了。

「我自己找得到妳給我的那古貨店地址，何需勞動妳特別來一趟，妳大可直接去倫敦，那裡應該好玩多了。」

「你在下逐客令嗎？」

「我在想今天妳的出現以及現在兩人在這裡吃東西，是不是一場夢境。」淡薄的陽光從窗口斜射進來，窗口所望出去的空間，蒼灰清冷，下午或許又會有一場雨。確實像一場夢。

「你說它像夢就是夢。拘泥什麼呢？現實和夢不必分得很清楚，不然你想想，我在舞台上演出，不也是夢？費盡力氣扮演別人，舞台上的也不是現實的自己啊，但因為自己去從事了那個表演的活動，表演就成了現實中的事。所以呢，人本來就可以和夢相處的，夢就是現實！」小桃喝光了果汁，那仰頭把果汁喝光的姿勢就像面對一個攝影鏡頭，刻意的做出一個優雅的姿勢，然後在空中停住，像等待攝影師擷取畫面特寫。

他伸手將那空杯取下，小桃的手懸空，接著側過身來環抱著他。華生身子略向後縮，又覺後退無門，他一隻手迎向她，一隻手捉著杯子靠在沙發上。

小桃將臉倚在他肩上。沒有聲音。

他從突然的恍惚中意識過來，問小桃：「妳決定在這房間留下來？」

「嗯。」

「那妳還是去睡個覺，補足了精神，我們下午可以出去走走。」

小桃抬起頭，站起身子，上床把自己鑽入被子裡。她問：「你去過古貨店了嗎？」

「去過了。」

「有沒有發現你要的？」

「沒。但帶回了一個門的把手，紀念性的。」

「你怎麼回事？你喜歡的不是門環就是門把，你是扇門嗎？」

他可以去躺在她身邊，證明自己不是一扇門。他為這句話噴笑，以收拾茶几上的食物紙袋掩飾。

他還是走到她身邊，低下頭為她把被子拉到頸部。說：「我今天才知道我是扇門！」

小桃不作聲，也沒正視他，側躺著，望著窗外透進來的光線，過一會說：「我們再去一次古貨店吧，這次也許可以看到不一樣的東西。」

對華生來說，那店裡已沒什麼東西可以滿足他要找的答案，但他也沒拒絕小桃的提議，就當散步，他們總得有去處。

「妳休息夠了，我們隨時都可去。」

小桃閉上眼睛，身體動也不動。華生說他出去一會就回來。他想小桃是聽到了，但不想理他。他穿著厚外套走在街上，冷風颳來，臉上有凍涼的感覺。他沿著運河一直走，河中有遊船一艘艘來回交錯，波光滾動，樹木倒影也散亂搖盪。他彷彿看到心裡的倒影，邊走邊觀看那倒影，不知不覺走過了幾個橋頭，眼前有花攤聚集，形成一整條街的花市，每個攤位沿運河排列，對向則是商店。鬱金香種子成袋販售，還有各種花卉的種子一包包的置放在陳列架上，盆花、鮮花、觀光紀念品，鋪成花街的鮮烈印象。商店中也有藝品店，他挑中一家走進去，布滿了觀光的商業氣息，色彩濃烈的東西方具特徵的民族服飾，包含日式和服、中式旗袍、荷蘭圍裙，以及日常用品，他繞了一圈即走出來，感到自己為了找擁有舊物的商店而犯了失心瘋，看到藝品店就想去看看裡面有什麼。這個城市留住了世界倉庫的實質，無論飛機或海運，都有國際轉運功能，也帶入國際人流與物流，它相較於十七世紀擁有東印度公司的商貿功能，更顯龐大而複雜。熱鬧的街上可以看到各種異國料理餐廳，匯集著印度咖哩、日式拉麵、西班牙點心、義大利餐、中國餐、美式牛排漢堡、法國菜等等各種引人注目的店面設計。既是融合了多國文化，也就形成了城市本身的情調，流動的、浪漫的、璀璨的、糜爛的、敗壞的、罪惡的，都聚過來，行走其中，在匯流的大河中便覺個人的渺小。無論他走了多少步，都是無足輕重。但也因為無足輕重，他做了什麼想著什麼，又有何重要呢？他繼續走，冷風或許可以讓他的思慮平靜下來，做個小人物，有放任自己的小小喜悅。中午的城市，上班的人出來用餐，餐廳和超市有大量的人潮。他繼續走，像要把自己融入城市，但更多的是想放掉自己，應該不要執著重回藍屋子，應該不要眷戀任何感情的牽絆，應該當個不必太在意業者約束的設計師，應該放任快樂來臨時儘情去快樂就好。他走回頭，走到一個花攤前，買了一束鮮花。冬天的鮮花，仍然是顏色豔麗如剛塗上的色彩。

小桃還在睡。

他把花束放在她的枕頭邊。包裝紙接觸床鋪的聲響驚醒了小桃。小桃微微睜開眼睛，又閉上眼睛陷入柔軟的枕頭裡。她似乎跌入一個夢鄉不想醒來，均勻的呼吸令臉龐有一種靜美的安詳，她臉龐輪廓清晰緊緻，闔著的眼睛和嘴唇間透顯一股清秀知性的美。他站在床邊看著這個美麗的臉龐，那像個磁鐵，他滿街尋找含磁性的物質不可得，又去繞了一趟街，回來後卻發現磁性存在於這房裡。

躺在她身邊的時候，他無法置信自己是如何滑進被子下，柔軟的棉質布套所包覆的羽絨或纖維軟如雲霓，他剛滑進來，小桃睜開了眼，她的頭靠向他，他尋索她的唇，比雲柔軟比水潤澤，溫熱的體溫蒸騰欲望，小桃的手在被下游移，伸進他的肌膚，進入他的血液，流竄到他的神經末梢，激起肌肉的亢奮。這個肌膚如絲的胴體握起來陌生，那柔軟如無骨令他沉陷，陷溺其中，他將熟悉她。

一整天，他都在熟悉她。她的每一聲嬌喘，每一個動作，每一個翻身時的沉醉眼神，每一個兩人緊緊擁抱時的愛與驚惶。那下午他們沒有去成古貨店。一直到日落，到夜宴的喧譁在街上遠近傳來，他們沒有離開過房間。

33 魂

坐在華生寬大的工作桌前打開電腦整理筆記，窗口的採光明亮，讓露西感到謄寫記憶的工作環境富足美好，書寫間，時間不知不覺就過去了。

也是因為空間裡有華生的氣味吧，所有他用過的東西，擺放的物品，都是華生的影子，似乎華生就在這家裡，在有華生氣息的空間整理筆記，內在有安穩感。

整理筆記出於意願，在籌辦老董事長的喪禮期間，她不得不回想幾個月來和老董事長的相處，以及他所說的那些故事。她把筆記本中凌亂破碎尚未運用的口述紀錄，加以揣測想像，試圖拼成一個完整的面貌，填補老董事長沒說完的部分。她也想，當初受了華生委託去了解沿革室，既然進入了這個家族的成長史，或許她可以做得比華生的預期高，把茶棧的初始，到現在的轉型做完整的交代。華生從荷蘭回來的時候，她希望能把完整的紀錄給他看。

＊＊＊

我坐在這裡，跟妳說的這些故事，不知妳能否了解，這個旅館能成為如今的十幾層大樓是四代人的共同努力，第五代人正在訓練接棒的過程，它象徵我們這個家族對工作毫不懈怠。如果我的父親不能守住我阿公的創業成果，我在光復初期景氣不好時，不咬著牙根把旅館轉型為以餐飲為主，就不會有如今這棟樓的成立。還好在阿公二十間房的基礎上，我在六〇年代擴充為五十間房，這是我最大的挑戰，當時是非常節省，才能撐過財務的窘迫，把五十間房的旅館經營出穩定的基礎。每個人有他的時代命運，我的時代經歷日治到民國，和我阿公歷經清朝到日治到民國，可說相對單純，但也有許多的挑戰，比如我幼年講台灣話、日語和接受日本教育，到青年時期得使用華語和接受新政府文化，感覺像在接受異國文化，那時我迷惘什麼是根，家庭裡說的台灣話才是我語言的根，可是有一陣子，台灣話像毒語般受到禁止。

日治時期剛結束時，阿公已七十五歲，我的父親五十歲，又加上二十五歲的我已整天都在旅館工作，可說那時是我們三代人同時參與旅館經營，直到阿公全然退出，不再管理旅館的帳冊。阿公的決然退出很快，是他送走了那位來到旅館留下鑄鐵菊花的人後，他有幾天的時間在街上到處遊走，走到渡船頭和車站又走回來，那條是昔日藝妓和旅人來住旅館的路徑，他走了幾天後，就對我父親說，新政府時代了，你沒什麼顧忌，就放手去經營旅館吧，帳務自己管理，交到你手裡，旅館只能做大不能做小。

是否經歷了日治時期的阿公受了什麼委屈？還是因為愛戀著櫻子小姐而對日本有什麼特別的情感？一旦日本投降退出台灣，他就有情感上的落空？他都沒說，只是要我父親放心去經營。我猜想七十五歲的他送走那個男人後，感到一個時代過去了吧，所以才那麼決然的放下他對旅館一輩子的經營。我願意相信，他放得下，是因為他把父親訓練成可以承接事業的人，而且還有我，從小在他身邊聆聽故事的我，已經成為旅館的一部分，也成為阿公的一部分了吧！他一定認為我可以把旅館接續下去。

確實我做到了！而我的兒子、孫子也對旅館業有新潮的看法和做法，這是令人欣慰的。我走了後，可以了無遺憾。

而我阿公的東西會不會一直被保留下來？如果我能預知我會突然倒下，我一定會再叮嚀他們盡力保留第一代開業祖先的物品，那才是我家族的根。阿公留著茶棧時期旅客們留下的物品，既有對客人的忠實情感，也有當時物質文化的意義，它們大多是渡海而來，從東北亞、東南亞、歐洲、美洲，百多年前的物品，可能今日也不易找了，有些還得去博物館才看得到。當然更重大的意義是，我的阿公真厲害啊，沒讀什麼書，少年就在茶棧接待客人，竟能跟不同國籍的人打交道，他開創家業的膽識和殷勤是我們每一代人都得謹記的。

我錯失了跟子孫交代的良機，我不在呼吸著的空間，已沒有發言的餘地。我能做的是，進入妳的意識再繼續跟妳說。就讓我來說說妳曾問起我的，櫻子呢？櫻子回來過嗎？

我因幼年聽了阿公對櫻子的眷戀，長大後的少年時期，特地去大稻埕尋找舊日藝歌樓是否還存在。可惜的是，街道踏走了許多遍，都不見藝歌樓牌坊。我想起阿公提到藝歌樓的斜對面是小吃店，我便一家家小吃店看過去，對照阿公的說法，對面應有樓坊，問了幾家小吃店，這裡是否曾有個叫藝歌樓的酒樓？離阿公迷戀櫻子的年代已有三十幾年，樓坊店家早已幾次更迭。大稻埕十分熱鬧，茶莊布行中藥批發分布在這區域，酒樓餐廳仍有歡聚人群，而南北貨有不少日本的乾貨，經營者也有許多日本人。我所詢問的店家，很幸運的，有一個年紀老大，賣著魚焿麵食的老闆指著一棟二樓建築說，藝歌樓在那樓經營了十幾年，後來轉手了，店名也改了。我問他記得藝歌樓的經營者嗎？他說不知道，但記得藝歌樓的長期音樂表演者常住的旅館，他們總是進出那旅館。我根據他的說法，找到那家旅館，年邁的老闆是日本人，我問他在三十幾年前是否接待過在藝歌樓表演的團體或個人？叫平野的日本老闆說當然有，藝歌樓的表演者都住他這裡，他們訂有優惠的住宿合約，直到十五年前酒樓換人經營後，就中止住宿合約了。那麼你認識一個叫田中的經紀人嗎？以及他的妻子櫻子。

老闆說了以下的話：田中和他的妻子櫻子，在當時很多人都知道的，他們的婚姻很短暫，才結婚幾個月櫻子小姐就離開大稻埕沒有回來，她是因為田中被抓了才離開的。田中除了引介藝妓到台灣表演，也有經營藝娼，他的一名藝娼被發現跳河自殺，追查身分時，找到了田中先生，警察來將他押走，那天下午，櫻子就離開旅館，沒有回來了。我們不知道是不是櫻子知情藝娼的存在，以離開避罪，或是櫻子利用田中被押走時，脫離田中，因為兩人看來很冷淡啊。櫻子是個美麗的藝妓，很難不記得她。住宿時，她說她是九州大分縣人，每次來台灣都從福岡上船，本來只是一名表演者，後來就變成田中太太了。田中被押走後，就沒有回來，藝歌樓的住宿合約裡再也沒有田中先生和他的藝團了。

平野先生談起這段往事，沒有更多的內容了。我沒有將得到的訊息告訴阿公，怕阿公心緒翻攪。如果平野先生說的是真的，田中的事業因此中斷，櫻子回日本後是否再加入其他的藝團或另嫁他人呢？可以確定的是，藝歌樓像很多事物一樣，如煙一般的消失了。櫻子在往後的日子是否透過什麼管道回來，她有什麼必要回來嗎？真的已難以追查。

我所景仰的阿公有他意氣風發有魄力的一面，也有不願讓我們知道的，謎樣的內在。

我進入妳的意識，是希望透過妳傳遞給我的家人一個觀念，雖然時代改變很大，更新了旅館經營的方式，但先祖的東西能留則留，那些東西雖是物質，也有精神上的意義，不忘本才是立業的根源，如果在我的頭垂下來的那刻前，能預知死亡近在眼前，我一定會親自跟他們強調。我以為我設立沿革室的做法，他們應該明瞭我的用意。但第五代、第六代、甚至第七代，他們還會在意什麼是曾經？什麼是老時代的紀念？他們會不會把沿革室的東西跟著我的過世而當做沒價值的舊物處理掉？妳說我該不該顧慮到這個可能性，而用盡辦法請他們守住先人的東西？過幾天，他們將在喪禮上送別我，我的一縷魂魄離開後，我料想是不會回來了，陰間有路不回頭，在我還能努力表示意見時，我透過妳表示。我盡我為人的最後一點心願。

＊＊＊

打到最後一個字，露西有不可抑制的失魂感，點上最後的句點，在螢幕前發呆幾分鐘，才感到自己的魂回來了，而那個寄放在她意識裡的魂正在飄離。她不知道這段文字如何產生，但她確定對董事長和L旅館的記錄已經走到終點，這幾個月對旅館沿革投入的關注終於可以放下，再沒有她的事。有一種如釋重負的感覺，讓她回看了自己畢竟只是個二十六歲的年輕小姐，應該像這個年紀的女生們，看電視電影逛逛街，注意時尚流行，為自己添購可以增色的服飾。

她把所有紀錄的片段加上最後這段，組成一篇長文，分章分節，利用華生的印表機列印出來。這只是一份數十頁薄薄的紀錄，但有故事，還有——她組織字句和故事脈絡的用心。那麼，這是誰的紀錄？那個說故事的人是誰？是誰把散亂的語言組織成故事？故事如果可以組織，它還會有一個未終線是可以走下去的嗎？

離開了台灣的櫻子後來的人生如何？她昔日的華衣還保留在一隻木箱裡，從她託寄的那天起，靜靜的安置超過了一世紀，而櫻子有後代嗎？

露西站了起來，伸伸腰，站在窗前看著街上的群樓，在極遠處，樓宇輪廓淡化，和天空接為一處。這是個好視點，華生選這房子選得對，有一個可以觀遠的視覺，看得到天空。有一天，這會不會成為她和華生共同的家？離這日子似乎不遠。露西從桌上拿起手機，給華生留了訊息，「我把凌亂的筆記都整理好了，工作告一個段落，似乎可以放下了。」

訊息送出去後，她才知自己的用語並不肯定。為何她沒有用「應該」或「已經」可以放下了，而用了「似乎」，到底是什麼讓她不肯定。她說不上來。故事的結尾有時不是句點，是直線，就看故事要多長。再望遠處天空淡如霧的白，她心裡浮起這樣的念頭。

34 貨倉

他們是第二天下午來到古貨店，小桃堅持他得再來一次。踏入古貨店，裡頭沒有客人，波爾先生戴著老花眼鏡坐在櫃檯閱讀著什麼單子。小桃跟波爾打招呼：「嗨，波爾先生，你應該還記得他！」在櫃檯前抬起頭來的波爾，看到小桃，露出驚訝的笑容，又見到隨小桃進來的華生，波爾說：「是，我記得他，他來過兩次了，這是第三次，我也記得妳，桃樂絲，妳將近兩年沒來囉！妳和妳的父親都好嗎？」

「都很好。你還是老樣子！」

小桃問波爾：「可以帶我和我的朋友去貨倉看看嗎？」波爾拉開櫃檯的抽屜，拿出一把鑰匙，他帶他們走到底，繞過服飾區，側面牆有一道門，波爾將鑰匙插入孔裡，門輕輕的滑開。幽幽光線投來，像走入異境，襲來玄秘的氣息。

裡面空間不大，一樣有層架，比店裡展示區的層架深，上頭放了一些做工精細的物件，螢黃的燈光下，華生感到物件像寶物泛著一層神秘的光澤，這些物件是寶物嗎？

為何放在這個貨倉裡？他低聲問小桃：「為何這些沒放到前面去賣？」

「我不知道，只知他有這個貨倉，每次跟爸爸來，波爾都會開這個門讓我們進來挑東西。」

「所以妳家的座鐘也是在這貨倉挑的？」

「嗯，所以我一定得帶你來，才進得了這裡。波爾只讓熟客進來這貨倉。」

華生心想，劉董到底買了多少貨才算得上熟客？熟到讓波爾記住他和女兒的長相。華生看著這位不滿三十歲的年輕小姐，她跟著父親觀看藝品，有了一定的見識，才會一去他的藝品行就挑中那對門環，這眼光太神奇，他不禁對小桃年輕外表下的老練感到一種不協調，小桃的內在會像一口深井難以窺盡嗎？也許沒那麼複雜，她只是個富家千金，有見識，有膽識，有任性。

「桃樂絲小姐，如果這位先生來的時候有像之前你們介紹來的買主一樣，自我介紹是你們介紹來的，我一定會開這個門讓他進來的。」波爾臉上流露了生意人望著眼前利益的神色。

可見之前的買主都有成交，華生將手插入大衣口袋，他懷疑這些物件的等級和標價可能是他難以承擔，這是小桃沒要他自我介紹的原因吧，小桃親自帶他來，她自己當買主，他就沒有購買的壓力。華生不得不佩服小桃的細心體貼。

他決定親自問波爾。

「為何這些物件放在這裡？和外面那些有不一樣嗎？」

波爾的手摸索牆壁，摸到一個旋轉鈕，他微微轉動那鈕，燈光便亮了一些，層架上的物件像透光般的形狀清晰。他老邁的聲音緩緩的說：「這是我挑選過的物件，客人拿來轉賣時，有時會講來源，有時不會，但從經驗上，我看得出來物件的稀有性和特別性，就會把它歸到這裡來，提供給出得起好價的客人挑選，這些客人通常是收藏家，他們懂得好貨；但我也有失手的時候，世界上的物件那麼多，有些也許很特別很有價值，我卻沒看出來，而放到外面那個較平價的區域，那麼買到的客人就是賺到了。我想，外面的那些好貨也不少，不然客人不會持續來我店裡。」

「意思是放在這裡的，經過你的眼光判斷，一定是很特別的？」

「特別的說法見仁見智，我判斷它做工精細，熟客也許喜歡，就會留在這裡。但如果是藝術投資，也許沒有市場性。這我不打包票的，客人可以自己決定買不買。」

若以小桃家裡那個帶有磁性的座鐘當判斷標準，他願意相信波爾的這個貨倉會有些奇特的東西。華生迅速瀏覽各個層架上的物品，眼光落在最靠近自己的一個層架中的一個小件，那是航海用的指南針，體積比懷錶大，銅製品，顏色深沉，內外有三層環設計，最內環是軸心，鑲了一個扁平的綠石，第二環標示東西南北的大方向和細刻大方位間的小方位，最外圍標示三百六十度的角度數字，指針由綠石的中心點指南指北。而最奇特的是，它在零度和九十度的位置各鑲了一顆小小的鑽，宛如夜空中的星子，兩顆的位置正是北方和東方，以時鐘來講，正是三點鐘。華生腦門彷似充血，舉頭看看這空間，莫名的暈眩像一道突然貫來的閃電擊在他腦裡，讓他腦門熱得不知身在何處了。

喚醒他的是小桃和波爾的對談，小桃對一串鑲著翠綠寶石的項鍊討價還價，波爾似乎不相讓，他聽到小桃說：「這不是什麼頂級貨，我只是覺得這顆綠石還可以再利用，它真的不值你開的這個錢，再讓三成，請再讓三成。」華生看到波爾笑著以老邁粗啞像細石碾過般的聲音，不相讓的說：「所有的東西都只有一件，不會再有了，因為只有唯一，很想要它就是這個價錢。」「我沒有要完整的它，你可以只拆那綠石賣我嗎？」「不，那就不是一件完整的物件了。」

華生的眼光像水母一般漂浮了一下，才對焦到那條項鍊，無論它標什麼價，小桃應該買得起，但小桃有她的精算，這條銅金項鍊色澤暗淡了，它有三個主要墜飾，一大二小，上面都鑲有綠石，中間那個最大的墜飾所鑲的圓形綠石顏色飽和，另兩個墜飾上的綠石則如兩顆綠豆大，整體比例稱不上完美，這大概是小桃覺得不值得以標示的價格購買的原因。那寶石的綠，與指南針上的綠石顏色接近，十分配稱。華生翻看了指南針標示的價格，以珍貴的古貨來講，是合理價也是他可以負擔的，他問波爾：

「如果我買下這個指南針，你可以給桃樂絲這串項鍊她要的價錢嗎？」

波爾看看兩人，沒有直接回答，倒說：「你們還可以看看有什麼喜歡的。」

「能聽聽你的看法嗎？為何把這兩件歸到這個貨倉裡？它們特殊的是什麼？」華生儘量讓聲音顯得平淡，然而他聽到自己的心裡像戰鼓一樣每敲一下就像往戰場更進一步，有亢奮有緊張。

波爾先說指南針：「也許你看出來了，這個指南針和別的不一樣，它做工很細，底部鑲了一片綠寶石，刻度上還有兩顆小鑽，雖然我不知那是什麼等級的鑽，但小而耀眼，像會發光似的。我沒看過這樣的指南針，也不知它是哪個時代的用品，是否被水手隨手扔棄了，或航海祖先家裡清出的東西，總之是和一簍子的舊物給一起送到我這裡來的。先生，我相信你很有眼光。它是個特別的東西。」波爾轉向桃樂絲，「至於這條項鍊，鍊條有許多鈕結，銅金厚實，最特別的確實是這個綠寶石，顏色很通透，很像是祖母綠這樣的等級，它應該值不少錢，這是我把它放在這裡的原因。我知道你們東方的玉石，如果具有這種色澤和大小，價值恐怕可以買一部好車呢！桃樂絲很識貨也很有品味，這條項鍊上的綠石再適合妳不過，就算把整串項鍊戴在脖子上，也會是最光華奪目的脖子。」

「不，樣式太老了！」小桃提高聲音，「我買了後還得翻新。」

「至少妳知道這是顆好寶石。」

指南針底環的綠石雖然不似那條項鍊的綠石那般通透，但綠得青翠，增色銅金屬的剛冷，掌握在手裡，心情好像被那綠映得青翠舒怡。三點鐘，華生再環視這貨倉，這會是另一個永不改變時辰的空間嗎？這是另一個永遠三點鐘的藍屋子嗎？這貨倉沒有窗戶，屬於一個內室，波爾將較珍異的物件放在這個內室，那麼生客永遠不知道有這些物件的存在，來者必由熟客帶領，是波爾在控制購買者的來歷嗎？是否這些物件根本不是賣家帶來的舊貨，而是從一個類似藍屋子那樣的空間搬過來，所以波爾沒有大肆張揚？華生注視波爾的眼神，那眼神雖老邁但沉靜，眼周的皺紋往太陽穴流瀉，下顎頸項也鬆垮乾皺，他的年紀足以了解幾十年來在店裡進出的物件變化。華生試圖再問他：「波爾，在你的經驗裡，你看過可能是兩三百年前的東西被拿出來販賣嗎？」

「在我年輕跨入這行時，看過一些東西很奇特，比如很沉重的鑄鐵壺，手工打造的，比如一幅細到如蟬翼的絲織衣服，上頭還有刺繡，我以為那是荷蘭商船從東方運回來的，那少說也有兩三百年吧，類似那樣的老東西都被買走。現在要找到百年以上的東西要看機會，我也很有興趣看賣家拿什麼來賣我，但有些我真的看不出年代，像你看上的這個指南針，銅色已有氧化，上面也有磨痕，它不是多新的東西，也許就有兩百年的歷史了呢，十八或十九世紀的，你說是嗎？若是用在航海上的，現代已不需這種傳統指南針了，若是純粹是個工藝品，也可能是那個年代下的產品。鑲兩顆小鑽，就是個特製品，應該有什麼意義，也許有故事，它正在等像你這樣的有緣人。」

果然是個老練的生意人，波爾說動他是個可以擁有這個指南針故事的有緣人，不管這個特鑲小鑽的指南針有沒有特別意義，他相信被使用過就有故事，每個舊物件身上都帶有故事，他也願意成為指南針後續故事的接棒人。他握著它，就好像把永遠的三點鐘握在手裡。

他們沒再挑選別的物件，波爾最後願意給桃樂絲七折價買下那條項鍊，他還期待桃樂絲和她的父親為他帶來下個買家。

他們走在街上的時候，小桃說：「這是個怪店和怪老闆是吧？我也不知我爸爸當初怎麼找上這家的。我才跟爸爸來過幾次，他記得我，東方面孔沒有難倒他。」

「妳漂亮，誰都不會忘記妳。」

小桃靠過來，手伸進他的手肘挽著他。任誰看了都會認為他們是一對情侶。華生轉過頭來，想當街親吻她，她的唇像一杯紅酒發出濃潤色澤，香醇醉人。他當真那麼做了，在運河水波的光影下，他們站在橋頭，華生攬過她的肩膀，雙手環抱她。親她時，他忘了腦中的暈眩，忘了剛才那貨倉像塊鐵石悶壓他的胸膛，忘了露西交代他替她買條絲巾。

35　女聲

指南針放在桌上，它指北的位置是房間側面陽台的方位，而正陽台向東，往東的方向看過去是直往水壩廣場的位置。他們剛從那裡回來，小桃去百貨公司感受水晶燈和大理石的明亮，每個櫃位玻璃罩裡精緻美麗的物品都像心情的點亮品，他看到小桃從那些物品間得到的快樂神采，即使什麼都沒買，仍像灌滿了精神能量，走出百貨公司，是煥然的一個人，和下午在古貨店貨倉為了一條老項鍊討價還價像是兩個不同的人。廣場上，繁華與川流的人群是流動宴席，來來去去，天上的飛雲捲動一切繁華的氣息，把時間帶往前去。

回來後他把指南針放在沙發前的小桌上，它極盡功能的指出這個房間的方位，底盤上的綠石像貓眼，凝視著這房裡藍紫的色調。

暮色暗沉下來，通往水壩廣場方向的各種燈光燦亮，路燈、河燈、每棟建築裡的燈、腳踏車上的反光板、汽車的前後燈、商店招牌的霓虹燈，各種光亮在夜空中交映，雲遮去星子。他們沒再出去。

小桃光溜溜的身子在被下散發溫暖的氣息，他的手滑過那如絲的緊緻皮膚，他全身也跟著繃緊，他貼合她，兩人的身體線條宛若軌與槽，一貼合就緊密，他無法拔離那槽，那像個天生的歸處，兩個切開的靈魂合而為一，他們在那節奏裡，一離開就能再輕易組合。小桃有時像魚一樣滑動，溜出他的掌握，鼓動他的追逐。水的陷溺，他幾度欲泣，不了解為何陷溺其中，他只願時間無止無盡，這房間永遠存在，即使浮於水上，跟著潮流迴旋，也能日昇月落沒有止息。他聽她偎在他懷裡發出的柔軟聲息，如水流吟唱，散解他的每一根神經，終至無城無門般的迎向她的軟吟。一陣一陣風暴來了又去，他受那一波一波的潮浪湧得幾欲船爆桅落，他奮力以最後的力量，極度的激情進到小桃的深處送出自己，他聽到小桃喉嚨發出一聲略為高昂的吟叫，那聲音的頻率像極了遺忘在藍屋子裡的手機所發出的女聲回應。「喂」，小桃是叫出了這樣的聲音嗎？在漆黑中，他眼前卻放亮，看見藍屋子裡的景致與他當初進入時一模一樣，三點鐘光景，陽光緩和，屋內物件眾多，屋外草木扶疏，他在往前行，正想拿起檯面上的物件，眼前再陷入一陣暗黑。他垂軟在小桃身上。他的身子震顫了一下。小桃感受到了，抱緊他。他心裡卻寒過一陣又一陣。他聽到那個「喂」像個環形骨牌，在心裡巡迴起落。

36 漫遊

小桃離開的時間是早晨五點，那時他還在睡夢中，是醒來後看到小桃留的紙條，她搭早晨的班機去倫敦。

這兩天他竟沒有問小桃為何去倫敦，為何搭早晨的班機。醒來時她不見了，她必然輕手輕腳打扮、整理行李，怕把他吵醒；或者他睡死了，什麼聲音也吵不醒。昨晚兩人一再纏綿，他像個戰場上筋疲力盡的殘兵，跌在濠溝裡無力動彈。

他仍躺在床上，看著紙條，回想昨晚的一切。他們甚至沒有進晚餐，小桃早上一定飢腸轆轆。小桃昨晚在這張床上，沒有停止輕吟，她最後的聲頻是他的幻覺嗎？當然，一定是他的幻覺。現在，他感覺被子裡還有小桃的體溫，他攬起被子，就像攬起小桃。呃，小桃，妳是何時進入我心裡？華生感到自己困在一個夢的城堡，他得趕快翻城逃出。

想到來阿姆斯特丹的初衷，他得更積極尋找與畫中景象相關的線索，那房子造型，那門扉，那金屬門把和門環，畫家的可能行蹤，類似的畫，是否他最後只是來到這個把畫送出港的城市，感受了城市的現代氣息而已呢？假期所剩不多，他要盡力尋找線索。

他展開漫遊。他去碼頭所在的區域，是片範圍相當大的區域，擁擠的老區域，離船舶裝卸貨的碼頭還太遠，遊人的腳步只能到這裡。他相信畫作在運到碼頭前已裝載成箱，收入某隻貨櫃，運上貨車，才抵達碼頭出海，它真正被蒐購裝箱的地點或許離城市很遠。他轉而去城市的其他區域，探看典雅建築間透露的現代商業氣息，試圖從新的商業氣息間體會老時代可能的城市面貌；他走入博物館，看到陳列室的航海時代船舶介紹，牆上的帆船畫作，玻璃展示櫃裡的實體模型，每艘船上豎立多根桅杆，大片帆布密繫桅杆上，多股繩纜從桅杆布開，牽繫船身，這些船隻組成的船隊航行於海上，載著物資和商人，交匯東西方文物，也展開海上霸權與土地的侵略，那樣的時代雖過去了，世界卻融合了，不同膚色的人，共同享用不同陸塊生產的食品和物品，把異國情調融入生活中。他來到這裡尋找門環落跡歐洲，被畫家拿來當繪畫的取材，不就因這些船舶的運輸而起嗎？帆船改為發動機輪船後，至今仍是海上的運輸工具，穿過海流，人與貨一開始交流，就沒有終止。構成藍屋子取材的物件曾被船送來歐洲，而畫作成品又由船運往東方。以大空間來看，其間的差異只是時間而已。而每個不同的時間點，有不同的人為了什麼目的而踽踽獨行。

獨行的他漫走經過一條運河又一條，一段橋樑又一段，看到賣畫的藝品店就走進去，大多是新品，充滿各式風格；舊貨市集提供琳瑯滿目的各種用品，人們生活用得上的物品難以想像的多，茶杯、桌墊、桌巾、刀叉、水盆、帽子、枴杖、老裁縫機……他看得眼花撩亂，這些物品被製造出來，比人的壽命還長的在時間長軸上流傳下去。他沒有找到可以下手的目標物，他不知道是不是他心神半數不在，無論他走到哪裡，心中都出現小桃的身影。他沒有給她電話，她也沒有給他。他想像她走在倫敦街頭的美麗身影，不知她會想像他此時人在哪裡嗎？她還記得那張大床上兩人把時間忘記，沉溺在肉體之歡的愉悅嗎？愉悅？她愉悅嗎？

有幾次，他努力擺脫小桃令人血液沸騰的身影，把注意力放在他所看的東西上，看能不能看出特殊之處，但總覺得索然無味。

他決定離開阿姆斯特丹，搭上巴士，到其他城市觀看，沿途尋找線索，也欣賞荷蘭風光。

大城市的面貌大都翻新，典雅的老建築與新的現代化建築並陳，鹿特丹新穎的建築展現現代建築的美學工藝，卻不是他所要追尋的標的，漫步其間，感覺那新穎與歷史記憶背道而馳，他寧可置身老舊街道，聞著潮濕腐朽氣息；城郊住宅或有大戶，氣派豪華，巴士所經之處還看不到老式鄉村景致，建築大多翻新；他也去到最南邊的馬斯垂克，古老的房子、陰鬱的色調，老舊屋牆的暗淡蝕痕充滿歷史感，是另一番城市景觀，走在中世紀舊屋間的路徑，有如從歷史幽暗的一角走來，老建築裡的餐廳有新穎的空間設計，也有典雅的壁花描繪，足見歷史累積的文化美學深度；行經漁村，臨水小鎮，排樓的水鄉風情獨特，可以聊慰訪舊的心情；回到北邊，在早期以採煤礦為主的羊角村感受到建物的原始與鄉村的寧靜，水道邊的平房建築是理想中的居家，也近似藍屋子畫中的房屋風格，素樸、簡單，但觀看了各城市的房子後，他知道這些編織蘆葦為屋頂的房子不是藍屋子的原形，藍屋子是經過畫家結合不同房屋印象改造的房子，那門上不合理的門把與門環的同時存在，也出於畫家的組合，且離現代不遠，畫家組合了舊式門環和新式把手五金，兩種時代的產物拼合在門面上，通向的是一個蒐放各種東西方物件的屋子，那些物件也許歷經數百年，在海洋的潮流裡運送、流轉，而能集為一室。這是個怎樣的畫家？他的默默無名不代表他平凡，有些不平凡的人並沒有在時代裡成為代表性的名字，但他的能力可能創造了某些特殊的現象和影響。藍屋子上通往幽秘異境的管道到底是如何形成？畫師具跨足異界與現實的特殊能力嗎？他在他的畫作上塗上了什麼特殊的符碼，使他陷身其中？

　　長途的巴士之旅，他帶著那枚指南針，有時拿出來，像個探險家似的，以它驗證方位。他只是要一再確認這是枚可以作用的指南針，也藉機觀看那兩顆發著細小光亮的小鑽，它們是陪伴他旅程的兩顆小星星。他心裡也浮現小桃和露西，攪動他心底的漣漪，在長程的車程裡，他以為自己走很遠了，遠到可以放掉情感的牽絆，和對藍屋子的執著，遠到已來到一個邊陲，一個陌生的地方，重新開始人生。

但人生能不能重新開始？假設過去遇到的人都不存在，也從記憶消失，那麼從眼前所見的事物開始，便是新的人生，人與人有新的相遇和未來。過去的好事壞事，善與惡都消失，在新的人的組合裡，重建新的善的經驗。新的人生就一定是善的嗎？世界可以沒有惡嗎？若惡還是存在，何需有新人生？他把頭埋在他的雙手間，頭抵在前座的椅背上，偏著頭望向窗外。郊區的房子疏離，隔著樹林與平野，在其中的一棟造型平實的房子裡，也許曾有一個畫家隱身其中透過畫面製造神秘的異境入口。他一直盯著平野與樹林間的房舍，那風景本身已如畫，一幅一幅的畫作連接，鄉村景致在飛，空中凝結雲狀的形體，形體逐漸膨脹，形成一棟具體房舍，房舍迅速放大，近在眼前，他以為走進去，就是另一個空間了。房舍逼近車窗時，他急忙拿出放在口袋裡的指南針，他要知道，進入房舍後，有沒有方向感，方位存不存在。他低頭讀方向，指南針隨車子晃動，他們在往西南方移動，那是回阿姆斯特丹的方向，此時是連車子都進入房舍裡了嗎？他再抬頭看那房舍，房舍已消失，窗外並不是房舍，視線的遠方是平野與烏雲沉重的天空。

車子進入市區，因車流擁擠而車速降慢後，他悠悠醒來，數日的旅遊各地，非常疲倦。他手中握著指南針，慶幸沒有因睡著而鬆手掉落。

37 家

露西給還在J旅館的恭子寫了一封信。她腦裡浮現宮崎海邊旅館外的長灘，鬼洗板斜切入海，海水沖上來，又從鬼洗板的凸痕溜滑梯似的一層層滑入海裡，長灘連到太平洋，海水廣渺，水面有時反射炙眼的陽光，有時水氣柔軟如煙逸散於水平線，晨曦或夕照都美得令人懼怕海的廣大無邊也隱含了吞噬的力量。是的，那海吞噬了恭子的愛人，使得恭子守在J旅館，陪伴那可能徘徊不去的幽魂。

親愛的恭子：

妳都好嗎？我回台灣將近一年了，時而想起妳，總掛念著妳好嗎？工作順不順利？愉不愉快？我想到妳可能還站在大廳裡招呼團體旅客，帶著他們認識環境，就感到好心疼妳的嗓子和腳力能不能負荷。但我想敬業的妳，一定都會負責的把工作做好，並從中得到樂趣。希望工作中也有快樂的事滋潤妳的生活。

還常回去探望妳的父母嗎？他們都好？

最近我聽到一些故事，有個故事提到大約一百一十年前，一個出生於大分縣的藝妓來到台灣工作，那時台灣由日本統治，兩邊往來密切，這個叫櫻子的藝妓跟著藝團來表演，也在台灣結了婚，嫁給藝團的經紀人，卻很快就兩人分開，她回到大分縣，似乎就不再回台灣了，因為回去時，留下一些東西在台灣，保管人一直等不到她來拿。而保管人當然也不在人間了，他的後代承接保管。最動人的是當初的保管人等待櫻子回來等待了一輩子。

妳說，這是個愛情故事嗎？我不確知，但我對大分充滿了好奇，如果有機會，我希望能去大分，如果那時妳也能在，那就太好了，我可以見見妳，又可以四處走走，不是兩全其美嗎？所以，請告訴我妳會在大分的日子，我可以安排那時去看妳。至於宮崎，我是不會回去了。當初離開有離開的理由，既離開就不會再回去。唯一掛念的，就是妳，以及妳我足跡所到之處，因友誼而豐富的美麗景色。

露西

她想著恭子那令人愉悅的白裡透紅臉蛋，想著在異鄉工作時，兩個寂寞的心靈彼此傾訴、依靠，她離開後，恭子會寂寞嗎？還是有同事可以取代她，成為恭子可以傾訴的友人呢？這樣想著，她不由更想念恭子，也希望快點看到她。

至於為何寫了這封信表達想去大分，她自己也難以解釋。百年前的櫻子早就作古，生前也可能移動到他鄉，如今只因櫻子是大分人，昔日搭上往九州的船回大分，她就起心動念去大分，難道是自己投入太深？

她把信投進郵箱，像搭上一艘船，一艘往北開航的船。

寄出信後，她去買了些新鮮的蔬菜。年假已過，大家都恢復上班數天了，她所參與的喪禮追思，幫忙寫出照片上的文案後，就沒有她的事。在旅館的工作回歸正常業務。只是年間到年後這段時間，旅客不少，上班到淡水，下班回到華生住處的節奏沒有變。

這天她補休年假，因年假值班，沒有真正休息到，她利用這天買了菜，準備了料理食材，晚上華生回來，如果他想吃熱食，可以即食做給他。下午的時間還很長，華生正在飛機上，他抵達機場後，會有車接他回來，她正可利用等他的空檔，再把家裡打掃乾淨。這幾天她頂多擦拭檯面，感到應該為地板吸塵。她打開所有門櫃尋找吸塵器。

有個門鎖住了，她沒想到家裡會有一個需要上鎖的門。縱想置之不理，又因找不到吸塵器，想起在床頭櫃看過一串鑰匙，基於好奇心，她拿出鑰匙，一串四隻，剛好是家裡的四個房間，她一一試過，試到第三隻，門可以開啟。扣的一聲打開門，也打開牆邊的開關，燈亮了，她以為可以看到吸塵器和一些多餘的家電盤碗什麼的，卻是一些藝品，花瓶、水杯、燭台、燈柱、酒器，大型的像是造型特殊的雕塑花架、變形的人像、動物等，材質有瓷有金屬，看得出有珍貴性，還有些包裝起來，並不知裡面是什麼。露西知道華生開藝品行當副業，這時才知他把某些藝品放在家裡，為何放這些在家裡？捨不得賣，或當倉庫，不管怎樣，並沒聽華生提起。如果這些都很值錢，她可以理解為何需要上鎖。物件看起來真不少，但華生又是從哪裡拿到這些東西呢？難道和放在客廳展示櫃裡的那些藝品一樣，都是跑船的親戚帶回來的？那麼，這位親戚還真是神通廣大不可或缺。她關了燈，鎖上門。把鑰匙放回床頭櫃後，繼續找吸塵器。最後在陽台的一個半人高的櫃子裡找到，那櫃子裡還放了各式各樣的清潔用品。她發現單身獨居的華生有一種潔癖，家裡的東西都井井有條，分類收納做得很好，她在這裡沒什麼用武之地，只需做除塵的工作即可。但她為自己設定的重要性是維持一個家的溫度，有人氣就有溫度，她每天為他暖被，他回來後，會發現這不是個冷清的家。

電視新聞畫面播報一則交通事故，一輛巴士在高速公路撞到護欄滑落斜坡而側翻，車體有部分凹陷，窗玻璃破裂，斜坡散落玻璃碎屑與凌亂散開的行李，救護人員正在抬出傷者。她轉換頻道，停在一個教導烹飪美食的節目。從採買選擇食材，到切工、搭配顏色、準備醬料，新穎發亮的鍋具和寬大的廚房令人心曠神怡，食材還沒下鍋就充滿幸福感，她抱著抱枕欣賞廚師熱鍋準備開始料理，色香味近在眼前，那是一個家的想像，美食與幸福與溫馨的夢幻連結，食物帶來的力量可以構築家的夢想。

開門的聲音，華生拉著行李進門。

站在玄關的華生像尊佛般的散出光亮，她幾乎是跳了起來，迎向他，環抱著他說：「你可回來了。」

華生也回抱她，隨即放手去拉行李，露西接過來，把行李提到客廳，華生又接過那行李，說：「很重，我來。」他提往臥室去。露西跟在後面，問：「這麼快？以為會晚一點才回來。」

「飛機提早降落，出關拿行李也很快。」華生放好行李後，拉開臥室的窗簾往外望，「我離開的期間，城市好像沒什麼變，這條街一個樣。」

「當然沒變囉，你才出去幾天，換個新店家新招牌也得有裝潢時間呀！我們出去吃還是在家吃？我有準備食材。」

「在家。這幾天在外吃膩了。」

「就以為你會這麼想，才特別排休假，好好為你做一餐飯。」露西迎向他討了一個親吻。

那吻啄在額上漫不經心，她想他累了，催他去梳洗。她來到廚房，把放在冰箱裡的食材都拿出來，兩人的食物不必太複雜，貴在美味，剛才美食節目上那注重顏色搭配以勾起食欲的主張她已牢牢記住，特別又多刨了紅蘿蔔絲切碎，準備灑在奶油綠蘆筍上。鮭魚片上也擠了檸檬汁、抹上奶油和鹽、灑上洋蔥末，放入烤箱，已熬煮的雞湯再燒熱，即可食用。她取出各種用得上的調味料，熱鍋、下菜，進行每一個烹調的動作。待她熄火回身，華生站在餐桌旁，手上拿著一條絲巾和一個小盒。

兩人都坐下來時，他說，他走入一個百貨公司，選中這條有鬱金香圖案的絲巾，它柔滑粉嫩，適合她。他要她自己打開那小盒。

她打開，是枚鑲鑽的戒指。她看著他，想找他的意圖，他淺淺的笑，說：「不要誤會，到了鑽石王國，應該把人家的專業帶回來。這還不是訂婚戒，不夠大顆。」

她想問，那什麼時候才有訂婚戒呢？但又問不出口，這種事應是水到渠成，在很自然的情況下發生，若現在還不是時候，就不必強問。現在她在青春的當口，她可以再給自己一點時間。家可以很具體，也可以是種感覺。

好像沒有想像中的熱情。華生沉默的用餐，她讀他臉上那經歷了長途旅行後的倦意，他的眼神充滿猶豫，她問他：「這趟有達到目的嗎？」

然後華生開始講話，講他看了哪些東西，走了哪些城市，尋找設計上的啟發，在阿姆斯特丹選到設計上可以運用的物件，那些都有待日後進一步洽談。他也買了些東西給自己，一個門的把手，一個指南針。

「門的把手？一定很酷，我猜猜，很美很古典那種。」

「不，平淡無奇，沒有紋飾，只是因為不好意思空手走出那家店。」

「那麼，指南針呢？」

「有點歷史感，有趣。」

「你買的東西就是跟觀光客不一樣，給我買了絲巾與鑽戒還算正常。」露西看他很捧場的把菜肴吃光，感到一種溫馨像家裡有盞燈籠一直散發暈黃溫暖的光亮，「不過，你就是個愛老東西的人，不然不會開個藝品店賣那些老東西。」

「偶然吧！」華生臉上平淡，好似藝品店是個可有可無的存在。

「就像你要我去調查L旅館的歷史，也在扒老東西。不知你是考古還是念舊？」

「如果是考古和念舊，妳要選哪項？」

「當然是念舊。你想，我又回來聯繫你，難道不是念舊？你呢？」

「兩者皆是，或不是，傾向不是。」華生凝視她後，站起來，走到落地窗注視著窗外的夜色，層層的大樓占滿視覺，頂端的黑幕被城市的燈光打得透霧。露西走過來，也看著那透霧的黑，問他：「你怎麼了？」

「我們都很善於在事物間做選擇，如果什麼選擇都不做，是不是輕鬆點？」

「為何講到這個哲學性的問題？我感到你有心事，在荷蘭有不愉快嗎？」

華生抱住她，她把頭靠在他肩上，整街的夜，就在她眼前，她感到他的心跳不平靜的鼓動。她想問他要看她寫的筆記最終章嗎？但她暫時不問，她發現站著的他，身體傾斜而沉重，似要睡著了。幾乎是他依靠在她身上了，這沉重而疲倦的身體也可以是家的感覺嗎？如果它是家，她也願意承受。

38 灰霧

隔天華生即進辦公室，年後他們必須把手上的商場企畫案完成，公司排了緊鑼密鼓的結案進度，不斷討論和修改各分區設計圖。他的電影空間部分，得重提目前可行的施工設計，而且施工費也分配到一個基本的經費，必須以這個經費內可完成的施工為設計原則。也就是，就預算設計，太過燒錢的設計不予考慮。

他將設計回到傳統概念，成排的售票窗口，對面是小吃販賣部，其間有座位空間容納觀眾飲食，幾個通道走入不同的放映廳，只要避免通道與售票大廳進出間的動線狹窄，就做到了基本規格，再來則是充足的洗手間空間，以及牆面廉而不俗的材料運用。真正的功力在廉而不俗，這考驗設計師對裝潢材料的熟悉和美感，廉價的材質也能挑出高質感，華生認為這對他來講並不難，他還知道怎麼以局部性的質感提昇整體的美感，當他設計過精品店面後，他更有信心，只需局部的高質感材質，就可營造出整體的高級感。他打算兩三天內就提出合於預算的設計案，只要掌控在預算內，空間感可以容納預估進院人數的活動空間，案子通過的機率就很高。

坐在電腦前繪畫，不知不覺又是幾小時過去。他找彼得吃午餐。

他們下樓到附近一家供應簡餐的咖啡館，剛過了午餐人潮，他們在靠窗的角落坐下來。彼得問他：「大家都回來上班了，你多休了幾天假，別說你利用過年結婚了吧？」

「還沒有要告別單身。要棄單一定會通知你們。」

「都幾歲了，沒玩夠？露西都回來了，兩人還沒計畫？」

「你又關心這些做什麼？先把我們的案子做完吧。你認為這個商場的案子可以過關嗎？」

「都控制在預算內，如果安全性的規範都有做到，沒有不過的理由。至於美感，那見仁見智，有些業主急著動工，美感上過得去就不會挑剔，能夠跟你談美感的業主，是少數中的少數，若遇上了，他可能比你懂得更多。」

他喜歡和彼得聊天，就是因為彼得總讓他知道人外有人，像認識劉董，也是彼得的關係，而彼得不知道他後來去過劉董陽明山的家，劉董跟彼得提起過這件事嗎？

「那麼劉董呢？他那個要置放收藏品的空間完工了嗎？他有沒有滿意？」

「完工？還沒，沒那麼快。他後來聽了你的意見，把櫃面改成柚木，我請木材行送樣品給他看，他挑中了一款，將來還得進行到打磨和油漆才算完成。難道你沒時間感了嗎？我們去看裝潢工地才一個月前的事。」

「我感到已是許久以前了。」華生確實這麼想，從去了劉董的新裝潢空間，看到他的收藏品，到他來到三點鐘藝品店，以及華生去劉董山上的家，所經歷的事至今，彷彿時間已過了數月，也許是因為他去了荷蘭一趟吧，空間的改變令人誤以為時間也轉移，而且以不規則的方式轉移，那麼藍屋子因空間的改變也產生時間轉移的感覺嗎？那是一個時間產生了誤差的空間，也是一個靜止於某個時間的空間，他因為一個媒介而進入，現在那個媒介消失了，他努力想找回媒介，卻徒勞無功，並陷在泥淖裡。

「劉董有再要求什麼嗎？」華生問。

「沒有，就照規畫做，油漆完成，工地掃乾淨，空間就是他的了，他的展品要放哪個位置是他的決定。他的好貨還真不少，是吧？」彼得大口吃著送來的商業午餐，主餐是炸魚片，彼得在那魚片上淋上酸醬，切下魚肉，以叉子送進嘴裡。華生想起在劉董家的晚宴，精緻的餐墊上擺放的刀叉閃耀銀光，反映一室的貴氣，那華麗的晚餐像個弓上的弦，一拉開就是把箭，把他射向了對藍屋子畫作來源地的追尋，而後他發現自己是連衣掛在牆上，一箭穿過，動彈不得。

華生儘量讓自己的聲音聽起來正常，「他刻意的低調，大概也是避免無謂的困擾吧，你想，一旦有人覬覦，來偷來講價，如果暫時還不出讓，對他都很麻煩。我總覺得他是真愛那些東西，寧可自賞。」

「有財力就隨他囉。」彼得回應。

「如果不僅僅是財力的關係呢？比如那些物件能讓他彷如置身於物件的時代，從中得到一種穿越時空的樂趣，是否就不是財力的關係了。」

「這樣說也不無道理，藉物轉移時空。這有時需財力，有時不需要。像讀一本講述過去或未來的書，也可以達到時空轉移的樂趣，看古文物也可以回到那文物時代的情境，現在也有人預約太空之旅，那是付出極大的財力去達到一種空間的轉移，他一旦上到外太空做空間之旅，可能時間感也會相當的不同。不同想法的人和擁有不同財力的人，自然有他們自己的方式去穿越時空。這相當有趣。」

華生聽著彼得這樣說時，把他盤上的食物都吃淨了，手中握著水杯轉了幾圈，他問：「如果真的能身歷其境去到另一個過去的空間呢？」

「靠什麼過去？一定是過去的嗎？說不定是未來。」

「某種媒介，或，聲波。」

彼得笑了起來：「你是說像靈媒這一類嗎？還是乩童？」

華生把水杯裡的水一飲而盡，他聽得到水從喉嚨滑下食道的咕嚕聲，那微細的聲音觸動他的每一條神經，讓他感到此時此刻他需要進到另一個空間找到時間感，到底那是過去還是未來，彼得提醒了他，在未來的空間放的何嘗不會是過去的物件，為何他以前會以為他去的是一個過去的空間？

「你發起呆來了。不要想那些你根本無法證實的事。我下午要再去看看劉董那邊的木工進度，你要一起去嗎？」

「不，藝品已看過，是你的案子你去完成它。」

他們以完成案子計時，一個案子接一個案子，時間就跟著往前。

這個下午，華生去三點鐘藝品行，阿忠跟他報告了年前年後的進出貨情況，他也看了銷貨單，都是平常的新製藝品，屬於紀念性或贈禮性的需求，沒有特殊需求的客人上門。他從口袋拿出指南針，放在櫃檯上，看指針所指的方向，看那兩顆小鑽在光線的照射下，折射出的小小光芒。他認為製作這個指南針的人是個藝術家，因為兩個小光芒，他看到指南針不僅指南。

他把它拿到藍色櫃子裡的一個鐵製雕花架邊測方向，微弱的鐵磁性令指南針的方向與方才在櫃檯測的略有偏移。他再把指南針放回口袋。方向的位移，反而使他安心，那像一個事理，客觀環境的改變影響主觀認定，而且證明鐵器是個確實存在的物件，藍屋子空間拿出來的物件是確實的物質。

現在，他給小桃打了一個電話。

「妳回來了？」

那邊的聲音說：「回來了。」那聲音低沉，平靜無波。

華生覺得自己沒有選擇，即使聽到的是個平靜無波的聲音，他都得打起一點漣漪。「可以見面嗎？」

小桃靜默了一下，說：「在哪裡見？」

「由妳決定。」

「你是否還是要看那對門環？」

他沒想到小桃猜中他的目的。他靜默，心思轉到小桃是不是對他失望。但他更難啟齒的是，他也想見她。他心裡填滿她的聲音她的體溫她的皮膚觸感，然而，這道奇異的光畫過眼前，他不知道能不能攔手捉住那光。

「你沒回答表示你真的想看那對門環。你來山上吧，我在家。公車上到路口讓我知道，我會來接。」小桃說完就掛了電話。

他口袋裡帶著指南針，他叫了計程車直接往陽明山上小桃的家，他記得路徑，路徑上的電線桿有標號，即使不認電線桿，他也認得出她家的大門。一向在城市裡，他不認為需要有車，他的住處離公司近，走路過幾個紅綠燈就可到，去遠些也有大眾交通工具可搭，路上更是到處計程車。這些條件勝過四處找停車位。以生活的方便度來講，他願意長住此城，在群樓遮住大量陽光的騎樓下度過大部分的戶外時光，而騎樓的商店色彩正是城市的色彩，髮廊、服飾店、酒吧、電器行、飲料店、家具行、寵物店、金飾店、診所……，其間可能摻雜看起來永遠烏黑幽暗充滿機油味的機車行，他喜歡這些混和成一鍋雜碎般的商店氣息，行走其間，除了讓他眼花撩亂，也意識到生活像個百衲織布，由這些不同花色織就了內容花樣，而時間在流失，流失在織線細縫間。說到底，他喜歡的是時間流失在色彩多樣而混雜的織布上。他是走在織布上的人，時間的流沙在腳下。

計程車正在穿過花色，往綠色之丘走。快抵達時，他通知了小桃。小桃在門口等他。她穿一件桃色棉衫，白色窄管褲，她貼近鐵柵門，像門邊開出的一朵花。

「急什麼？不是才回來，就急著看門環？」小桃水霧霧的眼底，看不到盡處。

跨進門，看到兩部汽車，一部是劉董的，一部是小桃的。

「我爸在家，知道你要來。」

「也好，我希望他能再讓我進入茶室。」

「既是賓客來了，怎會不招待茶水。」

華生突然停住腳步，正視小桃，小桃也止步。

「妳何時回來的？好不好？」

「回來兩天了，我在倫敦很好。」

「為何沒給我電話？」

「你也沒給我電話。」小桃轉身往大門。

華生跟在後面，輕聲說：「所以我來了！」

劉董打開大門，他一副休閒打扮，手中拿了一支菸斗，見到他就說：「我正打算出去，聽說你要來，我就留下來。小桃說你希望能看看門環，當然歡迎，只要不把它帶走。」

「嵌在你的門上，已經帶不走了。」

劉董帶他直接往茶室走。那敞開的門，以及玻璃的穿透性所引入的陽光，把茶室內的植物完全照映得鮮綠動人，初春下午斜照的陽光，也將茶室外的樹木照得青翠宛若夏天。他們一進入茶室，小桃端出茶具，煮水壺插上插座煮水，華生的視線沒有離開過她，她彎腰，她伸手拿壺，她打開茶罐拿茶，她的眼神像閃電一樣在空間與他交會，她轉身協助父親從櫃子拿出一組新茶杯，她到設於靠窗處的水槽洗杯子，她好像做足每個動作，乾淨俐落間充滿節奏，她像一直在舞台上，凝聚觀者的視覺。

茶桌上的談話儀式都準備好了後，劉董放下手上的菸斗，菸草早已燃盡了，室內淡淡的菸草香，與第一泡茶的茶香纏繞。華生置身在這氣味與植物間，有種家的感覺，但他知道這只是錯覺。家應該不拘於氣味或擺設，家只是一種心裡的感覺。

「我山下那個藝品展示廳快完成了。將來設好了，你也可以常去那裡看藝品。」
「中午彼得有跟我說已選定櫃面材質。」
「我採用了你說的柚木當櫃面。那確實是一種穩重的承載。」
「經過彼得的設計，將來藝品放上去，整個空間應該會很有氣質，來觀看藝品的人也會感到空間與藝品相得益彰。」
「只有摯友才會受邀來看，這個空間，最主要是要讓那些物件可以有個位置透透氣，而不是老是包在箱子裡不見天日。」
「劉董是個大方的人，可以分享收藏。我這回從荷蘭帶回一個東西，這是今天來的目的，上次我在這裡，劉董說座鐘和門環間有一個磁場的互斥，我對這點相當好奇，一直放在心上。」
「誰都會好奇，我也很驚訝這現象，才會不肯退回你這對門環。」
飲過兩杯小桃添的茶後，華生從外套口袋拿出指南針。放在桌上，那指針指出了南方的位置，南方正指向劉董所坐的位置處。
「劉董是識貨的人，你看出這個東西有什麼不一樣嗎？」
劉董拿起指南針，他的眼光停留在底部的綠石和那兩顆小鑽，又把指南針翻過背面，巡睃周身，說：「確實不一樣，這應該是個人特製款，有點歷史了，銅身的光澤晦暗，也有磨痕，這些磨痕和它的綠石和小鑽一樣珍貴。」

華生笑了：「呵呵，果然是愛老東西的人，看到磨痕就以為珍貴。」

「它不是現代機器生產出來的。」

小桃又為他們倒茶，小桃瞄了那指南針一眼，露出淺淺的笑。華生同樣捕捉到那笑，也回敬她一個笑意。想到在古貨店裡，這個可愛的人一直陪伴著他，不覺心裡又是一陣熱流竄起。

飲盡這杯茶，指南針還在劉董手裡把玩，莫不是劉董想蒐購為己有吧，他心裡正忐忑，聽得劉董說：「你一定也看出來了，這兩顆小鑽的位置呈九十度，正是三點鐘，這個工藝者，或者要求工藝師將小鑽鑲在三點鐘位置的人，跟我一樣迷戀右方九十度角。你在哪裡拿到這個東西？」

「就是阿姆斯特丹你常去的那家古貨店。」

劉董臉露驚訝，他繼續在掌中觀賞那指南針，說：「呵呵，如果我早點去，會在你之前買下它。」

「不管它裝飾的意義是什麼，我放在身上，來到這裡，是想利用它指南指北磁極的特性，來測測那門環和座鐘的磁場會不會影響指南針的功能。」

「這是一個普通指南針就做得到的事。」

「沒錯，但剛好我手上有了這個指南針，用它來測又何妨？」

他們同時站起來，轉身往鐘座靠近，劉董將指南針還給華生，一邊說：「磁力的相斥既已存在，我是覺得不必測，測了又能改變什麼？」

「劉董不反對，測了又何妨？」華生將指南針置於鐘座旁，指南針的指南方向，和剛才從劉董的位置量測的，有約十度的差異，也就是鐘座的磁場，使指南針產生偏移，這證明座鐘的磁性確實對指南針產生了影響。三人都看到了指南針的偏移。

華生又將指南針握在手裡，他走向紅門扉，將指南針靠近門環，指針做了一個大幅度的旋轉，應該指南的針頭卻指北，與在鐘座旁測量的剛好呈相反的方向。三人看著指針，詫異沉默。

劉董說：「有一種反經石，即是令指南針該指南時卻指北，它的磁場有反向性，這門環應該是具類似這樣的磁性作用，這是預測得到的，不然也不會牽制座鐘，和座鐘產生相斥。」

華生想知道相斥的分界點在哪裡，他往座鐘的方向慢慢移動指南針，在兩者的中間點，指南針搖晃不定，他旋轉整個圓盤，指針仍無法固定，可見在兩個距離交會的地方磁場紊亂，而且阻絕了地球的南北磁極。他看著這個磁場四周，右邊是鐘左邊是門，而正對面的白牆隱隱約約有片灰霧，是之前就存在，還是現在出現呢？他每次來，都沒注意到這塊小白牆有什麼特殊之處。但現在它有一層灰灰的似乎浮出牆面的霧氣，他往前探，瞬間眼前一暗又一亮，亮光出現時，藍屋子裡的景象重現，他看到屋裡櫃子上、架子上的物件仍然放置各式各樣的物件，在一切靜止的物件中，唯一會動的仍是指向三點鐘的座鐘鐘擺，它規律的擺動著；窗外綠意森森，午後陽光明亮，離門很近的櫃子上有他放在那裡的舊手機，他心跳加速，難以相信這景象，伸手想拿回那手機，眼前卻又灰霧雲繞，身體有一股拉力將他往後拉，他從這片灰霧中一眨眼，眼前是那片白牆，下午的溫和陽光從所有玻璃窗門投射入內，把白牆反射得更白，成為一個耀眼的存在。

是劉董和小桃一左一右拉住了他，他聽到劉董說：「你怎麼想往牆上衝呢？千萬不可。你怎麼了？」

他覺得自己半個身子已進了藍屋子，要不是後面的拉力將他拉回，他會全然置身其間。

已經不必多說，他以為進入藍屋子的通道確實轉移到劉董的這個茶室，他相信劉董利用兩個物件的磁場設定出一個異空間的出入口。他坐下來後，深呼吸，讓心跳緩降，在這安靜等待身體冷靜下來的當口，他寧靜看著劉董，劉董額上的髮絲全汗透，鬢髮還留著微細的汗珠。小桃仍坐在父親身邊，打開茶壺蓋，拿攪棒翻弄壺裡已泡過多次的爛葉。

在那彷彿電擊的一刻，他沒有放鬆手中的指南針，這個摸起來透涼的金屬體為他偵測到一個混亂的磁場，他將指南針放入口袋，手指撫摸那兩顆位居北方與東方的小鑽，它們形成的九十度角可以使立體空間形成。感謝指南針在歷經時間的流轉中，沒有因主人易手而掉脫了這兩顆鑽，讓它維持一個也許是獨一無二的存在。

存在。坐在這個空間，他感到存在是個歧義字。它可以是追求具實的一個詞，像這個指南針及其上的綠石和小鑽，具實看得到，觸摸得著；像所有生命存在於時間裡；但過了一定的時間空間，存在還算不算數？看得見的是存在，看不見的難道就不存在？具實的物件不在於這個空間，而去到另一空間，眼前是消失了，但它存在於另一空間。至於那消失看不見的生命，也可能以無形存在，透過文字或其他媒介存於記憶。他恍然頓悟，藍屋子裡不斷擺動的鐘錘可能是代表自然界時間的不斷推進，誰都無法對抗自然界時光的流逝，而那恆常不變的三點鐘是種時間的停滯，在我們記憶的某刻，我們希望某種時光的永久停留，因而可以使消失的人事物喚回時間，重新存在。那是種心理時間。我們的一生所對抗的，正是自然時間與心理時間的具存。

這個體悟令他額上也冒汗了，但眼前這可能進出藍屋子許多次的父女，看到那個鐘擺會跟他有一樣的體悟嗎？劉董將他的座鐘調向三點鐘，以九十度做為信仰，難道沒有用意？不管如何，此刻，他從那半踩入的空間被拉出來，他知道此路已斷，他將在這個空間存在下去。如果他消失於這個空間，在生命的終點處，他不說出這經歷，便沒人知道有個異空間可以跨越。他在這個自然時間催促著的空間裡，如果要使某個時間永久停留，就是把經歷的事件說出來，留下紀錄，留住心理時間就是留住了存在與記憶，但如果他說了，誰又願意相信？

「你剛才那舉動，令人驚嚇。」劉董說。拿面紙擦掉額鬢間的微汗。

「抱歉。我不知道發生什麼事。」華生以為不說或許會知道更多。

「你剛從國外回來，這趟旅程也許太累了，時差也沒換好，你應該多休息。」劉董以他企業家的務實，像發號施令般，「你不如休息個夠，讓生活回到正軌。這個門環既要不回去，你也不必老掛在心上。我那新空間完成擺設後，歡迎常來。雖然對別人有管控，但你和彼得都參與設計，如果對欣賞藝品有興趣的話，你們可以隨時來，這樣將來若空間上有使用的問題，我也方便向你們請教。」

他知道這是逐客令，他和劉董交會了一個眼神，在那眼神裡，深似無邊，他彷彿看到了一個掩藏的深意，如果他想看藍屋子裡的物件，只消去那展示空間，架子上那些來源不明的物件，也許有的搭船進來，有的搭飛機進來，也有的，從內心難以控制的貪婪引進。他不禁笑了出來，在這世界上，他算不上孤獨，或許。

39 天長地久

「妳為何把我拉住？」小桃送他下山時，他問小桃。

穿著桃紅色棉衫的小桃看起來瘦得單薄，他感覺她像是瞬間瘦了。

「你要往那牆上撞，我們怎能不把你拉回來。」小桃握著方向盤，看向前方路面，側臉的弧度像遠方一座高峻的山。

難道只有他看到那灰霧？

「我看到白牆上起了一陣灰霧，妳沒看到嗎？」

小桃將方向盤握得更緊，他可以看到她手背上分布的血管透出淡淡的青色。她側過臉來白了他一眼。

「你真的需要好好休息。」小桃說。

「我沒有要撞牆，我只是向那灰霧走過去。」

小桃繼續眼睛看著前方開車。

「妳不問問我看到什麼嗎？」

小桃扭開音樂。一位男歌者的聲音。車子裡彷彿變成了三個人。

小桃沒有回應，越是沒有回應，華生越覺得小桃一定知道那個異空間。在阿姆斯特丹，她的身體柔化他，他也在她的聲音裡看見藍屋子的存在，他現在相信這一切不是幻覺。他伸出手來，掌心翻上，他希望小桃會騰出手來握住它。但小桃沒有。

歌曲裡的男聲有點淒涼，正唱到一段思念的心情。

「你父親還會讓我去他的茶室嗎？」

這回小桃終於出聲了。「不，我想不會，他怕你又要撞向那面牆。」

或許她父親怕的是，有人識破那個管道，揭發他拿取了不該拿的東西。

華生心裡浮現一個念頭，如果有一個大盜盜取了整座山，他拿了幾塊石頭又算什麼？

下車前，他問小桃：「我們還會再見面嗎？」

小桃轉過身來，桃紅色的棉衫壓近他的胸口，小桃沒說什麼，但把臉貼過來，他以雙掌托住她的臉，他親她，像在阿姆斯特丹的橋頭，把她的肩也攬過來。他們的時間或許停留在阿姆斯特丹。世界上，不知什麼算天長地久，但親吻的時候，以為那就是了。

40 訴說

華生將阿姆斯特丹帶回來的門把，安置在儲藏室的門上。他原想擺放在某個位置當裝飾用，從茶室回來後，他拿出電鑽和螺絲，將門把安置在原來圓形門把的下方，原來的圓形門把中央有鎖孔，而古貨店買來的門把沒有鎖孔，所以必須保留原來的圓形門把。如此看來，門面兩個門把有點古怪，但他想，若只是要當裝飾，安置在門上也算是一種裝飾。他心底真正想的是，古貨店買來的，在舊時光曾發揮守門作用的，就回到它的功能，守著儲藏室裡從藍屋子拿出來的物件吧。那些物件原本想放回藍屋子，但既然這條路在茶室裡被阻斷，也只能暫放在這個儲藏室了。

晚餐時間露西帶來食物，她手上拎著餐廳的餐盒，她從淡水下班，出捷運站順路買晚餐，時間已過七點，她打開門的聲音驚醒他。安好門把後，他躺在沙發上睡著了。

聞到菜香，他坐起來。露西穿一身黑。素雅的黑洋裝，使她看起來成熟。他不知道露西出社會幾年內，已磨成了一個成熟的女性。露西說：「你一定是時差的關係想睡覺，這晚餐菜色不錯，吃了再去床上好好睡一覺吧。」媽媽似的口吻，他坐在沙發上一動也不動。

露西風一般過來，跌坐在他身上，又把他拉起來，推他進浴室洗把臉。他出來時，桌上已擺好裝了盤的食物。

「難得看到妳穿黑色。」

「今天早上老董事長喪禮，來告別弔唁的人很多。結束後，我們員工都回去上班，黑衣服就穿到底了。」

「妳年前忙的事，落幕了？」

「嗯。但是……」露西臉露猶豫，「什麼情況才叫落幕？」

露西的這個問題，讓他語塞，找了一個臨時的解答：「也許任何時候想讓一件事停止就是落幕吧！」

「那麼如果心裡還有猶豫就沒有落幕的時候吧，今天老董事長的喪禮辦完了，他走上了一個亡者的世界，但我心裡面仍有時想起他的聲音及他說的那些事，身邊也留著為他整理的筆記，感覺是一個舞台的轉移，幕哪能算落了？」

「妳可以不必那麼在意。」

露西從提袋抽出筆記，遞給華生，「你不在的時候，我寫了最後的紀錄。也是你要我去研究沿革室後的最終章，我的能力只到這裡了。至於研究沿革室到現在，也不知算是幕落了，或是另一幕的開始。」

華生不解露西的語意，但他翻開筆記，翻到最後章，這數十頁紀錄的最後部分是他唯一尚未閱讀的。他完全沒想到只不過請露西注意沿革室裡展示了什麼物件，沒想到露西接觸了老董事長後，反而替旅館家族做起紀錄。

露西趁他閱讀的時候，收拾殘肴，將桌上碗盤端走，拿去流理臺沖洗，他的餘光捕捉她的身影，黑洋裝充滿成熟的魅力，這位在年輕時候，就將青春與他共度的女孩，彷彿是在他身邊長大的，雖然有三年的時間離開他去日本，但她回來了，死心踏地照顧受了腳傷的他，在復健過程陪伴他。她站在廚房裡，將洗淨的碗盤擦乾歸位，好似是這家裡的女主人，難道她不應該是嗎？華生專注回筆記上的文字，只有專注可以克服散漫飛離的思緒，那無解的思緒不去理會，就不會形成困擾。

待露西坐回來，奉來兩杯洋甘菊茶，說：「你還在調時差，喝了這茶好睡。如何？最後這章是否完成了老董事長對後人的交代？」

「是妳取代他的意思，對他的後人做了交代吧！」

「哈哈，那我算是發揮了寫字者的主導權嗎？」她看來只是開玩笑，華生卻正視了這個說法。

「露西！」他喊她。她等他說下去。

室內卻靜得可以聽到排水管裡有殘存的水流聲緩慢的往樓下流動。

「怎麼?」露西問，盯著他，他以為露西夠聰明，看懂他臉上的猶豫。

「妳有看到家裡的儲藏室門上多了一個門把嗎?」

「我看到了，還沒想到問你，你說了，就應該有什麼事。」

「我想告訴妳一些事，也許妳也可以整理成筆記。」

露西眉頭瞬間微皺，好像對筆記這個用語感到沉重，見他遲未說話，她說:「有長到需要整理成筆記嗎?你不在的時候，我為了找吸塵器，去過那儲藏室，我在床頭櫃拿到鑰匙，進去後發現裡面放了不少藝品，你以前從沒告訴我家裡有這麼一間房是放著藝品的。」

洋甘菊茶的杯緣還燙手，華生轉動杯緣，好像那只是個冷杯子，他在想謹慎的措詞，眼前這個有點清瘦的女子以好奇的眼光等待他把話說下去。

直到他停住轉動那杯子，他緩慢的說:「妳重新回來我身邊時，事情就發生了，也許我應該從為何跌傷腳說起，我會把所有細節告訴妳，在我自己無法理清事情如何發生時，妳或許有能力將它整理清楚。現在妳把L旅館的沿革，超出我預期的完成，我讀完它時，就相信，當初請妳去研究，原來冥冥中是為了把我的事件也找到一個對的人記錄下來。」

露西表情越趨凝重，不禁挺直了背脊，身體趨前，似乎為了能更近的聽清楚華生所說的話。

「今晚我無法全部敘述完，在我們還能相處的機會裡，我會盡記憶所及，毫無保留的跟妳說。對妳，我只剩下最後的這點坦誠，如果我不這麼做，我無法和自己妥協，那將是永遠不能復生的深淵了。」

「別說得這麼沉重，無論你發生什麼事，我不會驚訝，我願意聽你分享。現在你好端端坐在這裡，沒什麼比這個更重要。」

「妳覺得一個人存在眼前才是最重要的？」

「就現實的意義來講是這樣。」

「什麼情況是不存在眼前，也同等重要？」

「深埋心裡，便宛如存在。」

「就像妳完成老董事長的紀錄，而在終章妳讓他進入妳的意識替他說話，他就算是深入妳心裡？」

露西動了動身子，把手伸過來，握住他的手。「你怎麼了？到底發生什麼事？」

「有人的地方有法律，沒人的地方有法律存在嗎？」

「沒人何需法律？」

「那麼貪婪可以被原諒？」

「沒有其他人的話，又要被誰原諒？」

華生終於露出笑容，他拿起杯子，緩緩喝那已半溫了的洋甘菊茶。

「那麼讓我告訴妳，那放在儲藏室裡的物品，是我從一個無人的地方搬來的，至今我不知道那地方是不是無人，我想把它們放回去，但已尋不到原來的路了。」

「沒有路是找不到的，你可以繼續找。」

華生想著這句話，露西明亮的眼裡是純真的光芒，投射在他臉上，他回饋給她的，必然是個陌生而困惑委靡的醜陋中年男子臉色。

「我一直在找，或許吧，或許最終會找到。」他近乎喃喃自語，聲音幾近低沉，卻字字嵌進他心裡。

在這個街上還燈火流燦的夜晚，他開始跟露西講藍屋子，講他心裡隱密的欲望與徬徨。他記得露西剛回來時，也是在這樣類似的夜晚跟他講在宮崎的生活。事隔半年多，換成他來講述她所不知道的他。這情景如此親近，又如此恍惚。

41 轉送

華生花了幾天講述藍屋子的故事，她在他家裡望著那幅藍屋子畫作，聽他進入畫作後處身新空間的描述。她每天下班後，去他那裡，他們一邊用餐，他一邊講著故事的碎片，他有時講的是對一個物件的看法，有時只是陳述他走在一條街上想像一個異空間的可能入口，有時談點對某種食物的感覺，也談點對空間設計的理念，她從沒聽他講過那麼多話。

在講到他開的藝品店招牌時，他說他店招上的鑄鐵菊花真正來源是藍屋子拿出來的，那時只是以為這片扁平的花雕很適合嵌在店招木板上當裝飾，就嵌上去了。這天下午他去藝品店取回這片鑄鐵菊花，他想起她替老董事長記錄的筆記裡補記了老董事長臨終前的最後一個故事，那個送來鑄鐵菊花的人不知是誰，雖然故事斷了，但他有個類似的鑄鐵片，他要把店裡這塊很類似的鑄鐵菊花送給她。華生拿出鑄鐵片，露西接過來，掂在手裡，這鑄鐵片比老董事長展示那片小，厚度也較薄，菊花瓣數不盡相同，但設計很有日本菊花紋的特性。她問：「如果真的是從藍屋子拿出來的，你不是不應該轉給我嗎？」

華生說：「老董事長說的那個數十年前送來鑄鐵菊花的人都無下落了，他已不在這個空間，只有物件留下來，對物件來說，只是換個空間繼續存在。藍屋子的物件是我拿出來的，妳留著不過是為它換個空間，轉送給妳是我的心意，妳從那個有菊花圖案的門開始進入儲藏室裡的物件故事，我剛好有這片類似的圖紋，就留給妳，當成一個斷掉的故事的紀念吧。」

「我並不需要紀念。這鑄鐵片只能證明你擁有這樣的東西。」

「是證明這手工的鑄鐵片可能在航海時代隨著船隻流入市集，而後和許多物件被歸到藍屋子來了。」華生將鑄鐵片放入一個硬紙盒裡，盒底鋪著柔軟的米色絨布，承托鑄鐵片的鐵灰色澤，菊花紋理一瓣瓣分明。不知怎的，她聯想起L旅館儲藏室木箱裡的櫻花和服，那躺在箱底的百年故事。

「你認為這個鑄鐵片是哪裡製造出來的？」

「以鑄鐵工藝和菊花紋路的設計法來看，我想是日本，和妳的老董事長他阿公所留存的鑄鐵片說不定是同時代的產品，或者更早，鑄鐵工藝剛形成時。」

「那它是搭著船去了他方，最後被收到藍屋子裡？」

「也許可以這麼說吧，」華生馬上改口，「不，它最後來到我這裡。」

華生親自將盒子放入她的手提袋，說：「我店招上的重要圖騰已收在妳這裡了，這是我曾經開業藝品店的證明，也是我曾經貪婪索取的證明，只有妳能為我保留這個證明。如今也只有妳知道我曾進入藍屋子的空間。」

她仍然難以想像有個地方叫藍屋子，但她保持繼續聽華生講進出藍屋子及後來尋找藍屋子的細節。當華生抽離藍屋子，講起空間設計概念，她視他如恆星，她仰望他。

那幾天裡，華生陸續搬回藝品店的物件放到家裡的儲藏室，他說要關掉藝品店，先把屬於藍屋子的物件搬回來，有一天，他要放回藍屋子。他扭開從荷蘭帶回來的門把，把裝著物件的箱子放到層架上，箱子沒拆開，那些物件密封在箱子裡。他也常進入那儲藏室裡好久不出來，讓她忐忑的以為那個門把會生出魔力來，一旦他轉開門把，她擔心門後面的空間會將他吸入一個異境，令他消失不見。

最後一天，華生講到了小桃，講到阿姆斯特丹之旅，講到旅館房間裡忘卻時間的欲望索求。華生好似進入一個真空裡，那裡只有絕對的吸引力，可以把現實拋到真空以外，在真空內只有性與靈的合一。露西眼中所見的一切擴大成為雨霧。人生裡難免遇上雨與霧，華生想要赤誠的面對她，他說：「完全的赤誠，才能解放。」

他以訴說解放他自己，那她呢？她走出他的家門，背後的暮色瞬間成黑。

42 再生

恭子寫信來說，很高興接到她的信，隨時歡迎她到大分縣，安排好日期後告訴她，她會在那時也安排假期，替她導覽大分，在這個溫泉最多的縣，山巒美景和古老的泉所都等待她的欣賞，如果她不介意，可以住在她家裡，鄉下地方，有足夠的房間。

露西即刻給恭子打了電話，約好在大分相聚的日期。

她想越早去大分越好。

她辭掉工作。L旅館的董事長不要她辭，他們無法忽視一個為家族故事做紀錄的人。露西說，在日本有工作等著，再回去做一段時間吧。L旅館說，將來有需要復職，歡迎回來。

在日本沒工作，但可以再找。

三月春天氣息彌漫的日子，春雨細細飄落，她告別旅館，造景庭園的杜鵑花粉紅、淡白齊開，團團簇簇圍著漸沉的暮色，雨水從葉片和花瓣上滑落，她走出庭園，往捷運站去。淡水小鎮如常來去許多觀光客，河水在雨霧中如起煙雲，水平線連著低垂散開的雲，對岸八里山巒錯落著雜亂的建築群，她沿河岸來到捷運站。陳主任站在捷運站入口處。

「你在這裡?!」露西說。

「盡同事之誼。最後一天的送別。希望有天妳會回來。」陳主任的眼鏡後，有對溫和的眼神。

「不回來也可能在別的地方。總有見面的時候。就送到這裡。感謝過去的照顧。」她揮手轉身。陳主任說：「隨時回來。」

搭上往日本的飛機，這句話還在她心裡發酵，當初如果沒有陳主任的幫忙，她可能沒機會接近老董事長，當然也就沒有後面的事了。如今她帶著筆記裡那已逝的故事，往櫻子的故鄉去，這是她早打定主意，要走一遍櫻子曾經處身的地方，那個孕育美麗女子的溫泉鄉，有櫻子返鄉的心情。但現在，她成了一個想在遙遠的異鄉找到一個落腳處的人。

她必須暫時離開，才能拯救自己。

飛機外是萬里長雲，只有藍與白兩種顏色。華生真的進入了那個異空間嗎？她存疑，甚至懷疑一切只是他為了愛上小桃而編織出來的故事，他羅織引誘貪念的空間，是為了讓自己的愛欲物欲找到解釋的方式嗎？華生從來沒帶她去過他的藝品店，他說他腳傷好後會帶她去，但他從來沒有。她沒去過，無法相信它的存在。

那麼他給她的那片鑄鐵菊花又是從哪裡來的呢？不管從哪裡來，它是過去的物件，歷經時間而流轉過不同空間。她把它放在行李裡，它既是可能源於日本，就讓它回到最初出發的地方，若真有藍屋子，就將它視為從藍屋子的一個角落，搬到另一個角落。若以天地視之，何物不屬天地所有？天地萬物，取之不盡，取之東，置於西，甚或人們不起物念，物留原地。物件轉換空間，演練的只是人的故事。

她會再回來，她的家鄉她終會回來，但不在近期。時間會改變一些事，沿革室可能收起改做他用，一幅畫可能破損落彩，一段故事可能逐漸淡化。她希望找到一個可以讓心靈安靜的地方，以書寫安置內在，以文字挽留記憶，信守對華生的分享承諾，寫一本書叫《藍屋子》。它將是什麼面貌？她自己要介身其中嗎？若不在其中，故事又有何意義？

為了使故事完整，她必須放入她自己。存在的，便不會逝去。在書寫的過程，也許她會化身為相關的眾人，具實了故事或編造了故事，一如老董事長幽魂潛入她的意識寫出最後一筆記事，那些人也將潛入她，助長她的書寫。她不知道書寫何時滲透了她，為了實現承諾，她成為一個留存時間與情感的人，但時間與情感真的能透過文字留存嗎？華生要她相信，以書寫留下心理時間，隨意進去記憶的某刻，不存在便可以以存在延續下去。

積聚的雲層連綿，在飛機的羽翼下。百年前，櫻子所搭的船在那雲下的大海裡緩慢航行。她們都會有一個終點，那個終點不是不存在，而是再生。

致謝

本部小說的第一、二章，最初是以〈藍屋子〉為名的短篇小說發表於二〇一五年五月號的《幼獅文藝》，由當時的主編吳鈞堯邀稿。我預留了發展為長篇的空間，於是續而寫成長篇小說《藍屋子》。

二〇二〇年二月，小說初稿略成，央請鈞堯幫忙看看由短篇發展成的長篇模樣，感謝他願意花時間閱讀，並對最後完結的呈現提供看法，讓我多做思考，修成更合於自己想法的定稿。

感謝服務於科技界的胡振興先生，以其物理專業知識，校閱小說中論及磁場相關的段落，給予適切用語的指導；他同時也是勘誤高手，仔細閱讀全文，超乎預期的扮演了如專業編輯的角色。

聯經出版團隊耐心規畫出版細節，無盡感謝。

創作是個人的執念，勞動多人在出版程序上的參與和付出，最盛大的謝辭也難表達由衷的謝意。謝謝他們。以及閱讀著這本書的您。

當代名家・蔡素芬作品集

藍屋子

2021年1月初版　　定價：新臺幣350元

著者	蔡素芬
叢書主編	李時雍
校對	施亞蒨
內文排版	朱疋
封面設計	李偉涵

出版者	聯經出版事業股份有限公司
地址	新北市汐止區大同路一段369號1樓
叢書編輯電話	(02)86925588轉5319
台北聯經書房	台北市新生南路三段94號
電話	(02)23620308
台中分公司	台中市北區崇德路一段198號
暨門市電話	(04)22312023
台中電子信箱	e-mail：linking2@ms42.hinet.net
郵政劃撥	帳戶第0100559-3號
郵撥電話	(02)23620308
印刷者	文聯彩色製版印刷有限公司
總經銷	聯合發行股份有限公司
發行所	新北市新店區寶橋路235巷6弄6號2樓
電話	(02)29178022

副總編輯	陳逸華
總編輯	涂豐恩
總經理	陳芝宇
社長	羅國俊
發行人	林載爵

行政院新聞局出版事業登記證局版臺業字第0130號

本書如有缺頁，破損，倒裝請寄回台北聯經書房更換。　ISBN 978-957-08-5676-7 (平裝)
電子信箱：linking@udngroup.com

國家圖書館出版品預行編目資料

藍屋子/蔡素芬著．初版．新北市．聯經．2021年1月．
384面．14.8×21公分（當代名家・蔡素芬作品集）
ISBN 978-957-08-5676-7（平裝）

863.57 109020177